지나고 보니 보이는 꽃

지나고 보니
보이는 꽃

최병우, 정병헌, 박인기, 우한용

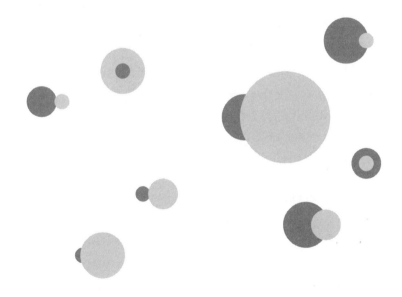

푸른사상
PRUNSASANG

우리 로고포(LOGO4)는

같은 대학교 선후배라고 이따금 만나면 그저 반가워하다가, 한번 의기투합하여 일한 것을 계기로 학연을 학문적으로 이어가고 있는 우공(于空) 우한용(禹漢鎔), 석영(昔影) 박인기(朴寅基), 남계(南溪) 정병헌(鄭炳憲), 석우(石宇) 최병우(崔炳宇) 등 네 사람이 이른바 로고포이다.

1987년 『고등학고 문학』(동아출판사) 교과서 편찬을 시발로 하여 '한국언어문화연구원'을 결성하여 우리 언어문화와 교육에 대한 관심을 집약해 왔다. 이후 지금까지 『고등학교 문학』(두산동아), 『고등학교 독서』(민중서림), 『고등학교 국어』(두산동아), 『고등학교 문학』(비상) 등의 교과서를 집필하였다. 또한 1997년에는 『중고등학생을 위한 한국대표문학』 전30권과 『문학작품 이렇게 읽는다』를 빛샘출판사에서 출간하고, 『한국소설명작선집』 전4권과 『교과서 시여행』 전2권(한우리북스)을 기획 편집하여 중고등학교 교육에 대한 관심을 표명하였다. 2005년에는 『한국의 고전문학』(집문당)을 집필하였는데, 이책은 베트남어로 번역되어 베트남의 대학에서 한국문학 교재로 활용되고 있다.

우리 로고포는 2008년 우공의 회갑을 맞이하여 기행 수필집 『우정의 길 예지의 창』(푸른사상)을 출간했다. 이 책은 연변, 중국, 동남아, 유럽으로 사통팔달 휘젓고 다니며 여행한 우리 로고포의 여행 상상력을 담았다. 2011년에는 석영, 남계의 회갑을 기리는 『사계의 전설』(국학자료원)을 발간했다. 네 사람 삶의 요모조모를 밝히고 그간의 우정을 확인하는 책이었다.

이제 석우의 회갑을 기념하는 이 책을 냄으로써, 오랜 동지로 지내온 네 사람의 회갑 기념은 마무리되었다. 다시 또 우리 로고포는 새로운 일을 도모하고, 이 인연이 어기차고 결이 고운 생애로 이어지도록 삶을 정갈하게 가꾸어 나갈 다짐을 두고 있다.

동행의 언어

　오래도록 함께 걸어왔습니다. 생각해 보면 우리 네 사람이 동문수
학(同門修學)한 지는 40여 년이 넘습니다. 학문의 길을 걸으면서 '언어
문화 연구'에 뜻과 힘을 모은 지도 30여 년을 헤아립니다. 돌아보니
우리가 동행했던 시간들이 기억의 구비를 이루어 펼쳐져 있습니다.

　시간이야 냉정한 것이라고 하지만, 그것은 시간을 유정한 것으로
읽어내는 사람들의 시간 인식이 있기에 가능한 말인 것 같습니다. 그
러므로 저 혼자 '냉정한 시간'이란 것이 설사 있다한들, 구체적 사연
을 가지고 사는 사람들에게는 그것은 무슨 의미가 있겠습니까. 결국
사람들이 시간의 흐름과 더불어서 유정한 사연들을 품게 됨으로써,
시간의 뜻 있음도 드러나고, 다시 그것에 비추어 '냉정한 시간'이란
인식도 허락될 수 있을 것입니다. 그래서 마음 안으로 흐르는 강물처
럼 기억이 시간을 일으켜 세워 가는 것인지도 모르겠습니다.

　우리들의 시간은 어떠했던가를 헤아려 보는 사이, 우리들 동행의
가장 젊은 벗인, 석우(石宇) 최병우 교수가 올해 회갑을 맞습니다. 우리
들이 공유한 시간에서 매우 뜻깊은 지점임을 느끼게 됩니다. 어찌 우
리들 안에서 함께한 기억들이 봉우리처럼 일어서지 않겠습니까. 유정
한 것들이 조금씩 솟아나와 마음 안에 강물로 흘러갑니다. 열심히 연

구하고, 정성껏 가르치고, 학문 공동체에 큰 봉사 작은 봉사를 마다하지 않는 최병우 교수의 사람됨과 그 인간적 매력이 새삼 돌아다 보입니다.

최병우 교수의 회갑은 우리 동행들에게는 각별한 의미가 있습니다. 그가 없이 우리들이 여기까지 동행하기는 어려웠을 것이기 때문입니다. 우리들이 갖가지 연구개발 과업을 수행하는 동안, 그는 때에 맞게 지혜와 기술을 발휘하고, 일의 매듭을 잘 풀고 맺습니다. 우리들 모두가 소진해 있을 때는, 진정한 동행의 묘미를 체득할 수 있는 여행을 준비하고, 기꺼이 여행 안내자를 자청하는 사람도 최병우 교수입니다. 우리들 모두에게 낙천 바이러스를 불어넣어 준다고나 할까요.

최병우 교수의 회갑을 기념하는 뜻으로 네 사람의 공동 산문집을 냅니다. 우리들 동행의 시간을 돌아보면서 음미하는 공간이 될 것으로 믿습니다. 동행의 참된 경지는 같은 길을 가면서도 조금씩 다른 시선을 서로 허용하고 인정한다는 데에 있는 것 같습니다. 잘 무르익으면 화이부동(和而不同)의 지경에 다가갈 수 있다고나 할까요. 동행의 묘미는 같은 길 위에서 다른 감수성을 아우르는 것, 같은 목적지를 바라보면서도 조금씩 다른 소명을 생각하는 것, 같은 견문을 공유하면서도 학문적 상상력은 다른 무늬로 피워 올리는 것 등이 아닐까 생각합니다. 물론 그 역도 가능합니다. 다른 세계관을 가지고 출발했으나 동행의 과정에서 내 인식의 곁자리를 동행자에게 조금씩 내어주는 것, 내 안에 결핍된 것을 동행자의 내면에서 찾아내는 것, 그리하여 마침내 동행자의 결점을 사랑하게 되는 경지에 오면, 그것은 소크라테스가 말한 가장 아름다운 우정의 차원으로 비상하는 것이 되겠지요.

함께 길을 가며, 친해진다는 것이 무엇인지를 생각해 봅니다. 우리들 안에서 고매한 것과 일상의 사소한 것이 서로를 지양하며 순환하기도 했습니다. 이성과 감성이 때로는 가파르게 각을 세우기도 하고, 때로는 서로를 넘나들며 허물어지기도 하며, 우리들 안에서 요동치던 시간도 있었습니다. 넉넉한 것 안에서 결핍을 재발견하기도 하고, 결핍을 통해서 넉넉한 것의 그늘을 터득하는 과정에 함께 있기도 합니다. 미래적 가치와 전통의 힘 사이에서 우리들이 고민하며 걸어갔던 길도 있었습니다.

그렇게 무르익은 동행의 언어들을 이 산문집에 담아봅니다. 산문의 세계가 삶의 행로에서 겪는 우여곡절(迂餘曲折)들을 언어로 드러내는 것이라 한다면, 우리들 공동 산문집에도 그런 모습들이 담길 것입니다. 삶의 행로를 에둘러 가야 하는 우(迂)의 상황도 보일 것입니다. 무언가 떨쳐내지 못하고, 어중간하고도 불편스럽게 남아도는 것들을 감당해야 하는 여(餘)의 맥락도 끼어들 것입니다. 바뀌고 변하는 세태의 온갖 구구한 사연과 더불어 우리들 마음을 굽이지게 놓아두던 곡(曲)의 풍경도 보이겠지요. 세상으로 나아가는 길에는 아프고 안타까운 절(折)의 모퉁이도 있어서 삶의 굳은살이 돋아나는 것을 볼 수도 있을 것입니다. 그런 우여(迂餘)와 곡절(曲折)을 이 산문집에서 함께 새기고 도닥거리려고 합니다.

그렇다고 해서 특정한 주제를 미리 설정하지는 않았습니다. 각기 자유로운 글쓰기의 주체가 되어서 자신의 경험과 기억과 느낌을 자신의 언어로 빚어내었습니다. 그것을 통해서 우리들 동행의 내면을 보여 줄 수 있다면 그것이야말로 가장 자연스러운 우리들의 자화상이라는 생각을 한 것입니다. 기대하건대 동행의 길 위에서 네 사람이 조금씩 다른 형질의 감각으로 보여주는 언어의 사중주 같은 것이 되었으면 좋겠습니다. 그러나 억지로 사중주의 형식에 갇히려 하지는 않았습니다. 네 사람의 경험과 기억이, 지금 이 시간의 지점에서 어떤 상호성의 무늬를 띤다면, 그래서 그것들끼리 이런저런 어울림을 빚어낼 수 있으면 그것이 이미 사중주의 지경에 든 것이라고 생각합니다.

우리에게 매우 평범한 공통점이 있습니다. 이제는 모두 이순(耳順)을 넘긴 나이가 된 것이 바로 그것입니다. 삶의 긴 행로로 보면 정상으로 올라가는 길이라기보다는 하산의 행로에 서 있습니다. 귀가 순해진다는 이순의 지혜라는 것도 산을 내려오는 사람의 깨달음에 호응되는 것인지 모르겠습니다. 열정과 용기로 이상과 꿈을 가지고 치달아 올라가던 시절의 인식론으로는 보지 못하던 것을 볼 수 있다는 것, 그런데에서 글쓴이들의 동행의식을 발견해도 좋을 듯합니다.

그렇다고는 해도 한결같은 관조의 자세로만 있는 것은 아닙니다. 각기 그 나름의 눈빛과 그 눈빛에 상응하는 오브제를 보여주고 있습니다. 석우(石宇)는 일상의 언어나 이미지들에게 비판의 말을 걸기도 하고, 난초의 정밀한 세계에 몰입하여 은은한 교양의 미를 보여주는가 하면, 식민지 근대의 문제들, 특히 우리 민족의 디아스포라라는 주제를 여기저기 다양한 의식으로 변환하여 일관성 있게 이야기합니다. 남계(南溪)는 전통에 대한 가치와 고전의식을 가지고 지금의 현실을 비판하는 자리로 나아가기도 합니다. 넉넉함과 허용의 묘미를 함께 동반하는 데서 글의 참맛을 발견할 수 있습니다. 만나고 사귄 사람들에 대한 따뜻한 시선들에서는, 되돌아보기의 아름다움을 읽을 수 있습니다. 석영(昔影)은 기억들을 인정의 세계로 다시 불러내며, 과거의 자아를 더 관용적으로 더 반성적으로 발견하려 합니다. 화해의 정서가 반성의 일종임을 보여줍니다. 우공(于空)은 자연의 세계를 향하여 투신하면서 생태의 섭리를 여러 형태의 산문 장르로 변증합니다. 그것은 그가 현실 농부로서의 삶을 실천하는 데서 나온 것입니다. 그 실천에 의거하여 세상사가 다시 해석되는 글들을 여기저기서 발견할 수 있습니다.

이 산문집을 내면서 우리는 우리가 소통하고 공감했던 많은 사람들을 떠올립니다. 긴 세월 동안 사귐과 인연을 맺은 많은 사람들, 살아오는 고비마다 마음을 함께 나누었던 사람들을 고마움으로 떠올립니다. 이 산문집이 그분들과 앞으로도 내내 마음의 동행으로 이어지는 끈이 되기를 기원합니다. 출판계의 어려운 사정에도 불구하고, 이 책을 기꺼이 맡아서 내어주신 푸른사상사 한봉숙 대표님께 깊은 감사를 전합니다.

2013년 9월
저자들

제2장 멀리 서니 오히려 가까운 것을

제3장 내 마음의 강물 끝없이 흐르네

제4장　나는 아직도 위험한 장난질에 바쁘다

제1장

사람답게 산다는 일을 생각하다

최 병 우 •••••

경동고등학교를 졸업하고 서울대학교 사범대학 국어교육과를 마친 뒤, 동대학교 대학원 국어국문학과에서 현대소설 전공으로 석사와 박사학위를 받았다. 그리고 서울대학교 사범대학 국어교육과 조교를 거쳐 강릉원주대학교 교수로 재직하고 있다.

강릉원주대학교에 근무하면서 신문사 주간, 인문학연구소장, 국제교류원장 등을 지냈고, 학회에서는 한국문학교육학회장, 한중인문학회장 등을 지냈고, 그리고 2009학년도 2학기에는 중국해양대학에서, 2011학년도 2학기에는 중국 산동대학 대학원에서 한국문학을 강의하였다.

『한국 근대 일인칭 소설 연구』, 『한국현대소설의 미적 구조』, 『한국현대문학의 해석과 지평』, 『다매체시대의 한국문학 연구』, 『리근전 소설 연구』, 『조선족 소설의 틀과 결』과 수필집 『칭다오 내 사랑』을 썼고, 『문학교육론』, 『다매체 문화와 사이버 소설』, 『중국 조선족문학의 탈식민주의 연구 1, 2』 등을 공저했고, 『문학작품을 어떻게 가르칠 것인가』를 다른 사람과 함께 번역했다.

아호 석우(石宇)는 돌로 지은 집처럼 자신의 세계를 단단히 만들어 살아가겠다는 생각으로 고등학교 시절 스스로 지어 현재까지 사용하고 있다.

민족의 스승, 신채호와 루쉰

한국과 중국 양국은 서로 다른 상황 속에서 극적으로 근대화를 진행해 왔다. 한국은 외래적인 힘에 의해 개항이 이루어진 후 스스로의 힘으로 근대화를 이루려는 다양한 시도가 있었으나 일제에 의해 국권을 상실하게 되면서 사상 유래가 없는 가혹한 식민지 통치에 시달렸다. 이에 비해 중국은 자발적인 힘에 의해 근대가 시도되었고 국가의 자주권은 유지되었지만 군벌의 발호와 이념의 갈등에 따른 오랜 기간의 내란과 일본 제국주의의 침략에 따른 전쟁 등으로 내우외환을 겪으면서 서구적 근대를 지향하며 중세적 질곡으로부터 벗어나려 노력하였다.

이러한 역사적 전개 속에서 양국의 민중들은 내적인 체제 모순과 외적인 압력이라는 이중적인 고난에 시달려야 했고, 지식인들 역시 근대화의 방향 설정에 극도의 혼란을 겪을 수밖에 없었다. 한국의 경우 일본을 통해 유입되는 근대적 풍경을 긍정적으로 평가하고 받아들이기에는 그 중개자로서 일본이 식민지 통치 당국자라는 점이 심정적인 거부 기제로 작용할 수 있었다. 근대를 맹신하는 것이 일제에 대한 찬양으로 비칠 수 있다는 점은 진정한 근대의 의미를 찾아 나아가려는 지식인들에게 많은 고민을 안겨줄 수밖에 없었을 것이다. 중국의 경우에는 한국의 경우와 다소간 차이를 보이기는 하지만 역시 이중적인 어려움에 놓일 수밖에 없었다. 지난 수천 년 동안 쌓아오면서 긍지를 가진 자신들의 문화와 새로이 쏟아져 들어오는 서양 문물 사이의 갈등, 근대화 초기에 대부분의 유학생들이 일본을 통해 근대를 배웠으나 그들과 전쟁을 치르면서 느끼게 되는 심리적 괴리감 그리고 외세를 극복하고 봉건질서를 탈피하기 위한 방법론으로서 좌우의 이념이 갈등을 일으키는 상황, 이런 것들이 지식인의 근대 설정에 많은 혼란을 야기하였을 것이다.

모순이 중첩된 이러한 역사적 상황 속에서 한국과 중국의 근대 지식인들이 진정한 근대의 방향을 고민하면서 올바른 근대를 찾아 나간다는 것은 그리 쉽지 아니하였을 것이다. 일본을 통해 수입되는 서구적 근대를 일방적으로 받아들여 새로움을 근대적인 것으로, 즉 서구적인 것이 근대적이라 생각한 일련의 근대주의자들이나 보수적인 관점에서 전통의 고수만을 진정한 역사 진행의 방향이어야 한다고 생각한 보수주의자들 그리고 일본을 통한 근대를 추구하다가 일제에 영합하게 되는 많은 지식인들의 경우 그들의 민족에 대한 고민의 무게에도 불구하고 근대화 과정에서 의식의 근대화를 위한 진정한 길을 걸어간 것으로 판단하기 곤란하다. 이런 점에서 한국과 중국 즉 동양적인 전통을 바탕으로 서구의 근대를 자주적으로 받아들여 진정으로 민족을 근대화하고 나아가 민족의 열악한 현실에서 벗어나려 노력한 지식인이 자칫 왜곡되기 쉬운 근대화의 과정을 올바로 이해할 수 있게 해준다.

한국의 단재(丹齋) 신채호(申采浩)와 중국의 루쉰(魯迅)은 양국에서의 근대화 과정에서 문제적인 개인이다. 신채호는 민족의 독립을 위해 평생을 바치고 언론인으로 사학자로 나아가 문학자로서의 삶을 살아 민족의 사표로 추앙되고 있으며, 루쉰은 중국 근대 문학의 아버지요 위대한 사상가로서 민족의 영웅으로 추앙되고 있다. 신채호와 루쉰은 동아시아의 중세적 질서로 보아 상류사회에서 태어나 전통 학문을 교육받았다. 그들은 전통 학문을 공부하면서 그에 대해 회의하고 새로이 밀려드는 서구 문명에 대해 관심을 가져 사회진화론을 바탕으로 사회를 변혁하려는 의지를 지니게 된다. 더욱이 신채호는 조국이 일제에 의해 식민지화하는 경험을 하고 또 일제의 팽창주의를 지켜보면서 점차 사회진화론에 회의를 느끼기 시작하며 결국은 사회주의를 바탕으로 중세적 봉건질서를 벗어나 진정한 근대를 이루어야 한다는 쪽으로 의식이 변화해 간다. 루쉰 역시 외세의 침략과 봉건군벌의 혼전 속에서 중국 민중이 받은 이중적인 고통을 통절하게 경험하면서 진정한 중국의 근대 방향은 무엇인지 모색하기 시작하였고, 이 과정에서 사회진화론적 관점에서 벗어나 사회주의에 의한 근대화의 방향을 선택한다.

그들의 이러한 정신적인 근대 인식 과정은 이 시기를 살다간 지식인들의 한 전형이 되며, 타협이 없이 그들의 신념을 지켜나간다는 점에서 한 전범으로 읽혀진다. 많은 사람들은 신채호와 루쉰의 사상과 문학이 갖는 근대적 의미와 치열한 정신을 이야기하고 있지만 이들 두 사람이 갖는 사상적 성장 과정의 상사성을 간취하지 못하였다. 신채호와 루쉰의 생애와 사상의 변천 양상은 한국과 중국에서 근대를 모색해 간 지식인들의 사상적 전개 과정의 친연성을 알게 해 준다. 신채호와 루쉰은 1880년과 1881년 즉 1년을 사이로 상류계층에 속하는 집안에서 태어났다. 그리고 그들은 영특한 머리를 바탕으로 주위 사람의 촉망을 받으며 많은 훌륭한 사람들에게서 교육을 받을 기회를 얻는다.

신채호는 비록 집안이 가난하기는 하였지만 할아버지와 주위 사람 그리고 집안 어른인 신기선의 도움으로 수많은 책을 섭렵할 수 있었고, 19세의 나이에 성균관에 들어가 공부할 수 있는 기회를 갖는다. 사대부 집안에서 태어나 자란 루쉰은 비교적 자유로운 가정환경 속에서 원하는 책을 마음껏 읽을 수 있었고, 샤오싱(紹興)의 이름난 사설학원이었던 삼미서옥(三味書屋)에서 전통적인 교육을 받을 수 있었다.

성균관에 입학한 신채호는 독립협회에도 관여하고 학문에 진력하고 문동학원이나 신동학원을 운영하며 교육에 힘쓰다가 1905년 장지연의 충고를 받아들여 언론에 뛰어든다. 이때부터 글로써 민족을 깨우쳐야 한다는 신념을 가지게 되며 다양한 서양 서적을 통해 사회진화론에 관심을 가지기 시작한다. 17세에 샤오싱을 떠나 난징(南京)에서 강남수사학당과 광무철로학당에 재학하며 신학문을 배우던 루쉰은 1902년 국비 유학생으로 선발되어 일본 유학의 길에 오른다. 이때 센다이(仙台) 의학전문학교에서 수학하다가 1905년 소위 환등기 사건을 경험하고는 의학을 통해 개인의 병을 고치는 것보다 글을 통해 민족을 각성하는 것이 옳은 길이라 깨닫고 학교를 자퇴하고 도쿄(東京)로 돌아와 동생 저우쬐런(周作人)과 함께 약소민족의 단편소설을 번역하여 단행본으로 출판하기도 하고, 문학에 관한 논문을 집필하기도 하면서 사회진화론적 사상에 관심을 갖는다.

이후의 사상적 변천과 삶에서도 이들은 매우 유사한 양상을 보인다. 신채호는 한일합방을 앞두고 신민회 회원들의 결정에 따라 중국으로 망명한 이후 점차 사회진화론의 한계를 느끼게 되어 차차 사회부조론에 바탕을 둔 아나키즘에 관심을 보이기 시작한다. 루쉰 역시 중국의 열악한 현실을 바라보면서 사회진화론에 대해 회의를 느끼고 민중에 대한 애정을 바탕으로 사회 변혁을 위한 올바른 방법을 찾기 위한 모색을 지속해 사회주의로 나아간다. 결국 그들이 사상적인 모색을 통해 도달한 곳은 직접적인 실천을 통한 민족에 대한 헌신이었다.

신채호의 경우 3·1운동과 임정 설립을 겪으면서 아나키즘을 거쳐 차차 직접행동론 즉 민중에 의한 직접혁명론으로 발전하고, 결국 자신의 이념을 실천하다 투옥되어 1936년 감옥에서 사망하기에 이른다. 루쉰 역시 신해혁명과 5·4운동을 경험하고 나아가 5·30사건과 3·18사변을 통해 군벌이나 권력을 가진 사람들에 의한 민중의 탄압을 직접 체험하면서 중세적 질곡을 벗어날 새로운 사상을 모색하다 결국 사회주의에 경도되어 좌익 문단의 지도자로서 수많은 논쟁에 투신하며, 1936년 폐결핵으로 사망하게 된다.

신채호와 루쉰은 매우 유사한 지적 성장 과정과 사상적 경향을 드러내 보인다. 이들은 전통 사회의 문벌 집안에 태어나 전통 학문을 수학한 지식인이 민족에 대한 사랑과 민중에 대한 애정 그리고 자신의 신념에 대한 강렬한 지조를 지닌 채 일생을 살면서 근대를 형성해 나아간 동양의 근대의식 형성 과정을 단적으로 보여준다. 이들의 삶은 전통 사회에서 근대화로 넘어가는 과도기를 살다간 지식인의 삶의 전형적 모습이다. 그들은 지식인이 가져야 할 의무를 잊지 않고, 또 지식인으로서 민중들에게 무엇을 어떻게 하여야 하는지에 대한 신념을 잃지 않았다. 바로 이러한 올바른 정신과 강인한 신념이 양국에서 두 사람을 영원한 민족의 스승으로 존경하는 원인이 된 것이리라.

신충의 삶과 문학을 생각한다

『삼국유사』에 실린 신충의 이야기는 단속사 연기설화이다. 현재 경남 산청군에 폐사지로 남아 있는 단속사가 지어진 인연을 기록한 것으로『삼국유사』에 실린 많은 설화들과 사찰 연기설화라는 점에서 유사성을 지니는 바 그 내용은 다음과 같다.

신충은 신라 효성왕의 잠저 시절에 친하게 지내니 왕이 결코 잊지 않을 것을 약속했다. 몇 달 후 효성왕이 왕위에 올라 공신들에게 벼슬을 내리면서 신충을 잊자 그가 「원가(怨歌)」를 지어 잣나무에 붙이니 나무가 시들어버렸다. 왕이 크게 깨닫고 이찬 벼슬을 내리니 잣나무가 살아났다. 효성왕이 재위 5년에 죽고 왕의 아우 경덕왕이 즉위한 이후 왕의 총애를 받아 상대등에 올랐다. 경덕왕 22년(763) 두 친구와 약속을 하고 벼슬을 버리고 남악에 들어가 승려가 되니 왕이 두 번 불렀으나 나아가지 않고, 단속사를 지어 왕의 복을 빌며 여생을 마쳤다.

이 설화는 사찰 연기설화라는 점에서도 많은 연구자들의 관심을 모을 수 있지만 뒷구절이 없어진 「원가」라는 향가가 남아 있어 문학연구자들의 관심의 대상이 된다.

> 무릇 잣나무가
> 가을에 시들지 않음과 같이
> "너를 어찌 잊겠느냐?"고 이르신
> 우러르던 얼굴이 계시온데
> 달그림자가 옛 못에서
> 가는 물결을 애닲아 하듯이
> 임의 모습이야 바라보나
> 세상도 한스럽구나   (양주동 주해)

이 작품은 잠저 시절에 한 '당신을 잊지 않겠다' 던 약속을 잊은 현재의 임금에 대한 섭섭한 마음을 노래하고 있다. 어려운 시절을 함께한 사람으로서 임금이 된 이후에 공신들에게 상과 벼슬을 내리면서 자신과의 약속을 잊어버린 임금에 대한 섭섭한 마음이 없었을 리 있겠는가. 신충은 이 작품을 지어 임금과 함께하던 잣나무에 걸어두었고 잣나무는 시의 영험인지 시들어 버린다.

『삼국유사』에는 노래가 하늘을 감화시키기도 하고 용왕을 억압하기도 하는 등 신이한 힘을 갖는 예가 적지 않다. 이 설화에서도 노래의 힘으로 잣나무가 시들자 임금이 깨닫고 신충에게 벼슬을 내리니 잣나무가 생기를 되찾는다. 노래는 인간의 염원을 담아 세상에 던져지는 것이며 인간의 염원만큼 자연을 변화시키고 인간에게 깨달음을 주는 존재임을 보여준다. 문학이 단순한 문자로 이루어진 재미있는 글쓰기의 하나이거나 이념이나 도를 전파하기 위한 수단이 아니라 세계를 변화시키고 신과 자연에게 감응하고 인간을 변화시키는 힘을 가진 것이라는 믿음을 보여준다. 이는 향가가 노래가 아니 더 나아가 문학이 일상적인 담론이 아니고 신이한 힘을 가진 담론이라 인식한 신라인들의 문학관의 설화적 표출이다.

「원가」에 나타나는 바와 같이 임금에 대한 섭섭함과 애절한 마음을 드러내는 시는 이후 우리 문학사에서 중요한 한 유형을 이룬다. 고려 시대의 정서가 지은 「정과정곡」이나 조선 시대의 송강 정철이 지은 「사미인곡」과 「속미인곡」 등과 같이 충신연주지사(忠臣戀主之詞)라 불리는 한국 시가의 전통이 이 작품에서 시작된 것이다. 물론 이후의 시가들이 주로 여성적 화자를 등장시켜 남편이나 연인을 그리는 형식을 취하여 임금에 대한 간절한 사람을 읊은 것에 비해 작자의 섭섭한 심경이 직접 드러나는 차이는 보이지만 이 작품에 보이는 신하와 임금 사이의 마음의 통로가 시를 통해 엮어진다는 것은 시가 사라져 가는 우리 시대에 시의 기능에 대해 다시 한 번 생각하게 하는 바 있다.

이 설화에서 또 하나 중요하게 바라보고 싶은 것은 약속의 중요성과 약속을 잊어버린 데 대한 신충의 처신 문제이다. 효성왕은 임금이 되기 전에 신충에게 앞으로 절대 잊지 않을 것이라며 옆에 있는 잣나무를 증거로 삼았다. 사시사철 푸르른 잣나무에 맹세하는 행위는 신의의 절대성을 담보하기에 적절한 행위였다. 그러나 그는 왕의 자리에 오르자 챙겨야 할 사람은 많고 정사는 바빠서 신충과 잣나무에 대고 한 맹세를 잊어버린다. 주군이 권력을 잡은 이후에 함께 고생한 사람을 잊어버리거나 오해하는 이야기는 진(晉)나라 문공과 계자추의 이야기에서부터 동서고금을 통해 수없이 많이 존재한다.

우리들은 살아가면서 사람과 사람 사이의 약속은 반드시 지켜져야 하며, 사람 사이의 신의는 인간사 그 무엇보다 중요하다는 말들을 많이 하고 또 듣는다. 신의의 중요성을 강조하는 설화나 이야기는 무수히 많으며, 약속을 지키기 위하여 목숨을 바친 사람을 기리는 많은 설화가 존재한다. 하나님과의 약속 혹은 타인이나 자신과의 약속을 지키기 위하여 목숨을 버린 사람들이 성인이나 의인으로 상찬되곤 한다. 이는 상황이나 필요에 따라 약속이 쉽게 잊히거나 무시되어 버리는 현실을 반영한 것이다. 약속이 현실세계에서 너무나 쉽고 소홀히 취급되기에 약속을 지키는 행위에 그렇게 커다란 의미를 부여하는 것이리라.

여러 가지 이유로 권력을 잡은 사람들은 이전의 동지를 잊어버린다. 바빠서 그럴 수도 있고 챙겨야 할 사람이 너무 많아 그럴 수도 있고 또 어려운 시절을 함께한 사람들의 떠세가 싫었을 수도 있다. 그러나 그 이유야 어떻든 이전에 함께했다 버림을 당한 사람으로서야 섭섭하기 마련이고, 그를 위해 무한한 고생을 한 사람으로서는 원한을 가질 수밖에 없기도 하다. 그러나 힘없는 그들로서는 권력을 가진 사람에게 무어라 대들 수 없는 노릇이다. 신충 역시 그러한 상황에서 노래를 지어 왕이 자신과의 약속의 증거를 삼은 잣나무에 걸어둔 것이고 영험을 보인 것이다.

이를 뒤집어 보면 신충의 이야기에는 노래의 신이함 속에 신충의 행위가 지닌 경박함이 가려 있다는 생각이 든다. 그는 임금의 잠저 시절에 함께 바둑을 두고 가까이 지냈고 그러한 행위에 대한 고마움으로 절대 잊지 않겠다는 약속을 받았다. 그러나 그는 이것을 근거로 자신을 부르지 않은 일에 대해 원한을 가지고 「원가」를 지어 잣나무에 걸어 둔다. 이것은 왕이 자신과의 약속을 기억하게 하고 자신이 이전에 왕에게 한 일들에 대해 고마움을 느낄 것을 강요하는 행위이다. 이로써 그가 잠저 중인 귀인과 가까이 한 행위가 다음의 영화를 기대하고 한 행위임을 단적으로 드러낸다.

자신이 한 행위에 사심이 없었다면 설령 왕이 3년이 되도록 자신에게 아무런 벼슬을 내리지 않았다 하더라도 원한의 마음을 가질 일은 아니었다. 자신의 지우가 뜻을 펼 수 있게 된 것만으로 감사하고 묵묵히 살아가든가 오히려 자신에게까지 마음을 써야 할 지도 모르는 지우를 위해 몸을 감출 수도 있는 일이다. 오히려 부름을 받고도 계자추처럼 산속으로 들어가 버릴 수는 없었는가. 신충과 같은 사람들이 많음으로 하여 새로 권력을 잡은 사람들은 자신의 패거리들을 챙겨야 하고, 여기서부터 백성을 위한 올바른 정치는 물을 건너가게 되는 것이라는 것은 누구나 보고 들은 일 아닌가. 이런 점에서 신충이 「원가」를 지어 잣나무에 걸어둔 행위는 비판받아 마땅하다.

신충은 효성왕 3년부터 경덕왕 22년까지 25년 정도의 벼슬살이를 끝내고 속세를 떠나 남악으로 들어간다. 경덕왕이 몇 차례 부르지만 속세와 단절한다는 의미의 단속사를 짓고 두 왕을 위해 복을 빌겠다 하여 임금에게서 허락을 받아낸다. 그는 높은 벼슬인 이찬으로 시작하여 오랜 기간 신라 최고의 벼슬인 상대등을 지냈다. 두 임금을 섬기면서 인간으로서 누릴 복록을 누릴 만큼 다 누리고 난 뒤 무욕의 길인 승려로 나선 것이다. 그것도 속세와의 인연을 완전히 끊기보다는 두 임금의 복을 빈다는 명분을 통해 속세와의 인연과 권력의 끈을 일정 정도는 유지하면서 말이다. 이로써 신충의 탈속은 어떤 의미에서는 무념무상의 승려의 길로 나선 것은 아니라는 해석마저 가능해진다.

그럼에도 불구하고 신충의 행위는 단속사의 연기설화로서만이 아니라 인간의 삶의 중요한 한 모범이 된다는 의미에서 『삼국유사』에 실린 것은 아닐까 하는 의문이 든다. 물론 그의 행위가 앞에서 말한 바대로 순수한 의미로 받아들이기 어려운 바 없지는 않지만, 그가 상대등이라는 자리를 자진해서 반납하고 속세를 떠나는 모습이 당시로서 특이한 것은 아니었을까 하는 것이다. 권력의 정점에 있을 때 그 자리를 떠난다는 것은 진정 어려운 일이다. 터럭 같은 욕심 때문에 그 정점으로부터 오욕의 나락으로 떨어지는 예를 얼마나 많이 보아왔는가를 생각해 보면 짐작할 일이다. 신충이 보인 모습은 순정함이라는 점에서 다소 아쉬운 점이 없지 않았지만 그가 그 정점에서 제 발로 내려서는 모습이 당대 사람들에게 기억될 만하고 기록으로 남길 만한 것으로 인식되었을 것이다. 하긴 그 일이 흔히 볼 수 있는 일이라면 기록으로 남기지 않았을 것 아니겠는가. 그가 벼슬을 그만둔 사실이 얼마나 돋보였으면 일연이 기사의 제목을 '신충이 벼슬을 그만두다[信忠掛官]'라 하였겠는가.

신충에 관한 기록을 읽으면서 신라인들이 생각한 문학이 지닌 신이한 힘과 인간과 인간 사이의 약속이 지니는 중요함과 권력에 대해 우리가 가져야 할 자세와 스스로 권력을 버리고 속세를 떠나는 행위의 아름다움에 대해 떠올려 보았다. 이 모든 것들이 너무나 가볍게 취급되는 천박한 우리 시대를 아쉽게 생각하면서 말이다.

한미한 출신 스님의 큰 깨달음

『삼국유사』에 실려 전하는 연회라는 인물의 이야기는 이 세상을 살아가는 일의 어려움과 그 의미를 생각하게 해 준다.

원성왕 때의 고승 연회는 영취산에 숨어살며 수도를 하고 있었는데 뜰의 연못에는 사시사철 연꽃 몇 송이가 피어 있었다. 왕이 소문을 듣고 국사를 삼고자 하니 연회는 암자를 버리고 도망갔다. 길을 가다 만난 밭 갈던 노인이 어디로 가느냐고 묻기에 나라에서 벼슬로 자신을 얽매려 하기에 도망간다고 하니, 이름은 여기서도 팔 수 있는데 왜 멀리까지 가서 팔려 하느냐며 매명을 싫어하지 않는다고 흉을 본다. 연회는 업신여기는 말로 여겨 듣지도 않고 다시 길을 가다 시냇가에서 노파를 만났다. 노파는 앞서 만난 사람이 있었는지 묻고 그가 문수보살인데 왜 그 말을 안 들었냐면서 자신은 변재천녀임을 밝힌다. 연회는 크게 깨닫고 암자로 돌아와 왕의 조서를 받고 대궐로 나아가 국사가 되었다. 연회가 노인에게 감명받은 곳을 문수점(文殊岾)이라 하고, 노파를 만난 곳을 아니점(阿尼岾)이라 한다.

숨어살고자 하는 사람에게는 자신의 이름이 널리 퍼지는 것이 가장 큰 부담이다. 이름이 나면 사람들이 찾아들고 권력이 부르고 주위가 점차 번잡해지면서 한가하게 자신을 찾으려는 즐거움은 사라져 버린다. 그래서 은자들은 더 깊은 곳으로 숨어들지만 그래도 그들의 명성은 사람들의 입에서 입으로 옮아가 보다 더 깊은 곳으로 몸을 숨길 수밖에 없게 한다. 연회의 이야기에서는 이러한 모습을 참으로 절묘하게 그려내고 있다. 그는 영취산 깊은 곳에서 수도를 하고 있었는데, 수도하는 암자 앞의 연못에는 연꽃이 늘 피어 있다. 그가 수도를 통하여 높은 경지에 올랐음을 연못의 연꽃이 핀 것으로 암시하고 또한 그의 명성이 널리 퍼지게 될 수밖에 없음을 알게 해 준다.

그래서 그는 급기야 암자를 버리고 멀리 도망가 몸을 숨기려 하였다. 그러나 그를 만난 노인은 그가 도망가는 일이 오히려 자신의 이름값을 올리기 위한 행동이라고 질타를 가한다. 이미 연못에 사시사철 연꽃이 피어 있었다면 이름이 널리 알려져 있음인데 국사가 되지 않겠다고 굳이 몸을 피하는 것은 명예를 구하지 않았다는 이름을 하나 더 얻기 위한 것에 지나지 않는다는 논리이다. 그렇다면 진정으로 숨어살기 위해서는 자신의 이름이 세상 밖으로 너무 알려지기를 조심하는 것이 상책이라는 결론에 이른다. 즉 연꽃 따위가 사람들의 입에 오르내리게 한 것 자체가 잘못이라는 주장이다.

그렇다면 노인과 노파가 연회를 만나 한 이야기는 어떻게 이해해야 할 것인가. 우선은 문맥대로 이해하여 그들은 참다운 나를 찾기 위해 애쓰다가 번잡함을 피해 달아나는 연회에게 큰 깨달음을 주어 왕명을 받고 국사가 됨으로써 백성들에게 큰 깨달음을 나누게 했다는 것으로 이해해 볼 수 있다. 노인과 노파가 깨달음을 전하는 존재인 문수보살과 변재천녀로 그려진 것은 이러한 이해가 충분한 설득력을 갖게 해준다. 불가에서 수도와 고행을 하여 득도에 이르려 하는 이유는 어디에 있는가. 그것은 단순한 개인적인 깨달음으로 일신이 자유로운 경지에 이르러 서방정토로 나아가는 데에만 그 의미가 있는 것이 아니고, 깨달음을 얻은 이후에는 깨달음을 세상에 널리 알리고 중생을 올바른 세계로 인도하는 데로 나아가는 것이 당연한 순서이다.

이런 점에서 볼 때 연회가 자신의 앞에 연꽃이 지지 않는 경지에 이르렀으면서도 그가 얻은 깨달음을 자신의 것으로 만족하려는 행위는 문수보살의 비판을 받을 만하다. 더 큰 이름을 얻으려 노력하기보다는 자신의 깨달음을 중생에게 나누어주라는 것을 이름을 여기서 팔지 뭐하러 멀리까지 가서 팔려 하느냐는 말로 돌려 이야기한 것이다. 이미 깨달음을 얻어 이름을 얻었으니 어디를 가든 자신에게 소여된 일은 마찬가지인 것을 번잡하게 몸을 피하고 왕이 또 사람을 보내고 하는 과정이 필요하겠느냐는 설득을 에둘러 말한 것이리라.

연회는 마음이 닫혀 있어서 그의 말이 의미하는 바를 이해하지 못하고 귀를 막고 걸음을 재촉한다. 자신이 몸을 피하는 것은 진정 자신을 찾고자 하는 수도하는 사람의 올바른 자세라 단단히 믿은 결과이다. 시냇가에서 만난 할머니가 문수보살의 말을 왜 듣지 않았느냐고 직접적으로 말해 주고 자신이 변재천녀라고 밝히자 연회는 그제야 깨닫고 걸음을 되돌린다. 이 부분에서 이 설화는 연회가 진정 깨달음에 이른 사람으로 그의 능력을 문수보살과 변재천녀가 익히 인정한 것이라는 점을 부각하려는 의도가 엿보이기도 한다. 이는 연회가 국사에 이른 것이 필연적이라는 점을 강조하기 위한 서사적 장치이기도 하다.

그러나 이 이야기를 뒤집어 보면 그 의미는 매우 달라진다. 연회는 뜰에 핀 연꽃이 지지 않을 정도의 경지에 이르러 세상이 그를 알게 되자 몸을 피한다. 그러나 그가 몸을 피한 것은 더 깊은 곳으로 숨어들어 도를 구하겠다는 진정한 마음에서 나온 것은 아니다. 그는 나라의 임금이 끝까지 자신을 찾으리라는 것을 알고 있었던 것으로 볼 수 있다. 그러나 그의 이러한 의도는 한낱 밭을 가는 노인에게 들통이 났고, 그는 그 자리에서 그 이야기를 못 들은 척하고 자리를 피해 버린다. 그러나 또 얼마 가지 않아 시냇가에서 만난 할머니에게서 그와 비슷한 이야기를 듣고는 크게 깨달은 바가 있어서 암자로 돌아와 왕명을 받는다. 이렇게 본다면 그가 되돌아온 것은 전혀 다른 의미를 지닌다. 이미 자신이 하고 있는 행동에 숨어 있는 속뜻을 세상 사람들이 다 알아버렸다면 더 이상 자신의 몸을 숨기는 일은 커다란 의미를 지니지 못한다는 판단에 이른 것이 된다. 더 이상 이름을 높이기보다는 그 정도에서 명예를 얻는 것이 낫다는 결론에 도달한 것이 된다.

이 설화를 어떤 방향으로 이해하든 연회는 대단한 도의 경지에 이른 인물임에는 틀림없다. 문수보살과 변재천녀가 나타나 백성들을 위해 그를 되돌아가게 했다는 것은 너무나 신화적이기는 하지만 그가 대단한 깨달음의 경지에 이르렀음을 암시한다. 이는 고대 설화에서 신이나 성인이 등장하여 그의 사람됨을 증거하는 예가 한둘이 아니라는 점에서 충분히 설득력을 지닌다. 또 그가 깨달음을 얻은 후에 더 큰 명성을 얻으려 하다가 노인과 노파의 말을 듣고 깨달은 바 있어 은둔을 끝내고 세상으로 나와 국사가 되었다 하더라도 평범한 사람들의 말을 경청하고 큰 깨달음에 이르렀다는 점에서 그 인물됨의 크기를 알게 해 준다. 남의 말에 귀를 기울여 자신이 하여야 할 바를 깨달을 수 있는 것은 누구나 할 수 있는 일은 결코 아니다. 어느 측면으로 이해하여도 연회의 인물됨이 드러난다는 점이 이 설화를 읽으며 느끼는 재미이기도 하다.

그렇다면 이 설화는 왜 『삼국유사』에 실렸을까. 이 설화가 연회라는 원성왕 대의 국사에 관한 기록이고 또 문수고개[文殊岾]와 아니고개[阿尼岾]에 대한 연기설화라 이야기하면 그 설명은 간단해진다. 그러나 모든 국사의 과거사가 모두 『삼국유사』에 실리지는 않았다는 점을 생각하면, 당대 사람들이 연회의 이야기는 무언가 남겨둘 만한 바가 있다고 생각했다는 결론에 이르게 된다. 그것이 무엇이었을까를 생각해 보는 것이 이 설화를 이해하는 핵심에 이르는 길이다.

이 설화에서 주목해 볼 수 있는 것은 연회에 관한 개인적인 이력이 전혀 없다는 점이다. 국사에 이른 승려로서 그가 어디에서, 어떤 집안에서 태어났는지에 대한 기록이 전혀 없음은 참 특이하다. 골품제도라는 철저한 신분사회에서 한 인물이 고귀한 자리에 오르게 되는 데에는 그 출신 성분이 매우 중요하다. 화랑 중에서 풍월주의 지위에 이른 사람으로 한미한 집안의 출신이 거의 없었으며, 불가의 승려도 높은 지위까지 이른 사람들은 거의 모두가 명문가의 출신이었다. 일반 평민 출신들은 깨달음을 얻어도 육신을 버리고 서방으로 가거나(다섯 비구 이야기), 나라에 공을 세우더라도 명예를 구하지 못하고 숨어살기에 이르는(물계자) 경우가 대부분이었다. 그런데 그 출신을 알 수 없는 연회가 『법화경』을 읽고 보현관행을 함으로써 깨달음을 얻어 세상의 주목을 받게 되었고, 왕이 이를 알아 그를 초대해 국사에 오르게 한 것이다. 바로 이 점이 당대 사람들에게 기록해 두어야 할 만한 일로 각인되었을 것이다.

연회가 불가의 최고 경지에 이른 것은 그가 『법화경』을 공부한 데서, 또 그가 개인적인 깨달음보다는 부처의 뜻을 세상에 펴 중생을 제도하는 데 힘쓴 것은 그가 수행으로 보현관행을 했다는 데서 알 수 있다. 그러나 그가 그러한 수행 과정을 거쳐 도달한 자리는 주위에 연꽃이 지지 않았다는 깨달음의 깊이가 문제가 아니라 그가 국사의 자리에 올랐다는 사실이 당대 사람들에게는 큰 의미가 있었던 것이다. 이는 연회가 국사의 자리에 올랐다는 사실이 당대 평민들이 가지고 있었던 신분 상승의 염원을 충족시키기에 충분했기 때문이다. 그러나 출신이 매우 한미한 연회가 국사의 자리에 오르는 데에는 당대 귀족들의 반발이 만만치 않았을 것이다. 이를 모를 리 없는 연회는 더 깊은 산속으로 숨어 세상에 나아가는 것을 피하거나 그곳에서 기회가 오기를 기다리려 하였을 것이다. 그러나 그런 과정에서 노인과 노파로 대표되는 당대 평민들의 마음을 읽고는 그러한 자신의 마음을 접고 왕명을 받아들여 국사에 오른 것으로 이해해 볼 수 있다. 그러나 당시로서는 오지였을 영일군 영취사에서 수행하던 한미한 출신인 연회 스님이 국사의 자리에까지 오른 일에 대해 귀족들의 반발이 없을 리 없었을 것이고, 이를 효과적으로 무마시키기 위해서 문수보살과 변재천녀를 등장시켜야 할 필요가 있었을 터이다.

사람이 나아가야 할 때와 들어와야 할 때를 아는 것이 중요하고 또 어렵다. 연회는 자신이 나아가야 할 때인지에 대한 자신이 없어서 왕명을 피해 도망을 갔으나, 길을 가다 만난 사람들의 말을 듣고는 지금이 자신이 나아가야 할 때임을 깨닫게 된다. 백성들의 마음이 자신에게 있음을 확실히 안 다음에는 나아가야 한다는 판단이 섰을 터이다. 그가 명성을 피해 달아난 것도 은자로서 적절한 행동이었으며 백성들의 말을 듣고 깨달아 명성을 찾아 나아간 것도 적절한 행동이었다. 자신이 어느 자리에 있어야 할지를 판단하는 데 시간이 걸렸지만 결국 연회는 자신이 나아가 백성을 제도하는 것이 승려로서 자신이 가야 할 길임을 알아 실천한 것이다. 개인적인 수련과 백성들과의 대화를 통하여 부처님의 큰 제자인 보현보살의 중생 제도의 길을 본받아야 함을 깨닫고 이를 실천하기에 이르렀다는 점에서 연회는 더욱더 인간적인 인물로 느껴진다.

아픔의 그늘*

　한국 소설은 21세기에 들어서면서 1970년대와 80년대에 걸쳐 한국 소설을 주도한 역사에 대한 반성과 사회 변혁에 대한 열정은 사라지고 그 자리에 일상과 이미지가 자리하게 된다. 이러한 한국 소설의 변화는 독일의 통일과 함께 불어 닥친 사회주의 국가의 연쇄적인 몰락으로 촉발된 이념적 지향의 상실, 경제의 고속 성장에 따른 중산층 의식의 확대 그리고 디지털 기기의 발전으로 나타난 이미지의 세례와 함께 매체의 흡인력에 매료된 결과이다. 불과 20년 정도의 시간을 사이에 두고 한국 사회의 구성원들은 전체보다는 개인을, 의미보다는 재미를 중시하게 되었고, 이러한 사회의 변화는 소설에도 반영되어 소위 거대서사에서 미시서사로 관심 영역이 이동하게 된 것이다.

　현재의 한국 사회가 거대담론에 치중하였던 당시 지적되었던 한국

• • • • •
* 이 글은 한국현대소설학회에서 편찬한 『2013 올해의 문제소설』(푸른사상, 2013)에 수록한 글이다.

사회의 제반 갈등 요소들이 얼마나 해결되었는가에 대해서는 일정한 반성이 필요하다. 현재까지도 과거사의 청산, 빈부 격차, 남북 분단 등 어느 문제도 제대로 해결되지 않고 있으며, 경제 성장과 함께 나타난 이주민 문제가 새로운 갈등 요소로 등장하고 있다. 최근 들어 한국 소설은 이주노동자, 결혼이주여성, 다문화 가정의 자녀들, 북한 이탈주민 등 다양한 이주민의 삶과 그들의 인권 문제 등에 관심을 보이기는 하지만, 전반적으로 많은 사회 모순에 대한 관심을 거두어들이고 개인의 일상과 내면을 새로운 형식으로 탐구하는 데 몰두하고 있다. 우리 사회의 주요 모순이 해결되지 않은 상태에서 사회적 갈등과 개인의 삶의 조건을 초월하고 있는 것이다. 한국 소설의 이 같은 변화는 음향과 영상과 텍스트 등 다양한 정보를 실시간적으로 주고받음으로써 인간의 감각과 욕망과 의식을 장악하는 디지털 매체가 우리 사회를 빠른 속도로 지배한 결과라는 지적이 가능하다.

대부분의 한국 소설이 디지털 매체의 영향으로 가벼움을 지향하는 현실에서 이기호의 단편소설 「이정」은 다소 심각한 주제인 사회주의 이념과 그 이념이 현재의 우리들 삶에 던진 파문을 제재로 다루고 있다는 점만으로도 충분히 문제적이다. 이 작품이 다루고 있는 이정 박헌영의 존재는 그를 긍정적으로 평가하든 부정적으로 평가하든 한국의 근현대사에 관한 논의에서 빼놓을 수는 없다. 일제 강점기에 한국 공산주의 운동을 주도하고 해방 후에 남로당을 창당하여 지도하였으며 월북 후 북한의 건국에 지대한 영향을 미쳤으나 한국전쟁 이후 북한 권력 재편 과정에서 김일성 일파로부터 미제 스파이로 지목되어 사형당한 그의 삶은 한국 근현대사의 왜곡된 모습을 그대로 보여준다. 작가가 작품의 제목을 「이정」으로 정한 것만으로 이념에 대한 작가의 문제의식을 보여준다.

그러나 이 작품은 이정 박헌영의 삶 자체를 다루거나 그의 이념을 소설화한 것이 아니라는 점이 특징적이다. 이 작품에서 박헌영의 삶은 한 시기 이념을 선택하고 마지막까지 그것을 고수하였거나 도중에 포기한 사람들의 이야기를 끄집어내고 또 그들의 삶으로 인해 이후 우리들의 삶이 어떻게 영향받는지를 보여주기 위한 외화(外畵)에 지나지 않는다. 박헌영의 영향을 받아 사회주의에 투신하고 그가 한반도에서의 사회주의 운동의 재목을 키우기 위해 만든 강동정치학원을 졸업한 젊은이들이 북한에서 박헌영 일파가 숙청되기 시작하자 남한으로 침투한다. 그러나 그들은 잠복 2주 만에 국군과 경찰들에 포위되었다가 배신한 한 사람의 밀고로 전원이 체포된 뒤 전향을 거부함으로써 감옥에서 거의 평생을 보내게 된다. 그때 밀고를 하고 한국 사회의 일원이 된 최근식이라는 인물과 그의 동료였던 인물들이 이 작품의 비극과 아픔을 이끌어 가는 문제적 인물이 된다.

최근식은 전향을 한 후 결혼을 하고 박헌영이 죽은 다음해에 딸을 낳아 이정이라는 이름을 붙인다. 자신을 이념의 세계에 뛰어들게 하고 또 자신이 가장 존경했던 인물의 호를 딸의 이름으로 붙여준 그는 술로 세월을 보내다가 딸이 대여섯 살 때 죽고, 그녀의 아내도 딸이 어린 나이일 때 죽어 딸은 자신의 이름이 가진 의미도 제대로 모른 채 성장한다. 그러다 공무원인 남자와 결혼하여 딸 하나와 아들 수환을 낳은 후 이혼을 당하고 어려운 삶을 꾸려왔다. 작품 속에서 남편과의 이혼 사유는 분명하게 제시되고 있지는 않으나 장인이 전향은 했으나 박헌영 계열의 공산주의자였고 딸의 이름을 이정이라 붙일 정도였다는 사실은 이념의 갈등이 시퍼렇던 시절에 공무원이었던 남편이 몸을 사릴 수밖에 없을 것이었음은 짐작하고 남음이 있다.

아들 수환이 대학에 들어가면서 ROTC 장기 복무 장학생이 지원하겠다고 했을 때, 엄마는 수환에게 개명을 하겠다며 행정적인 절차를 부탁한다. 이것은 단순히 자신의 이름이 박헌영의 호와 같다는 것에 대한 꺼림칙함과 함께 아들이 군인이 되는데 자신의 이름이 문제가 될 수도 있다는 불안감에 기인한 것이었다. 그러나 이 부탁은 수환이 외할아버지의 과거로 찾아가는 계기가 된다. 수환은 어머니의 이름을 추적하다가 장기수로 평생을 보내고 출옥한 김명국이라는 노인의 수기를 통해 어렴풋하게나마 외할아버지의 과거에 접하고, 그와의 통화를 통해 외할아버지와 그 동료들의 아픔도 알게 된다. 수환이 김명국 노인에게 어머니의 이름을 알려주고 자신의 어머니도 연좌제로 고생을 했다고 했을 때, 노인은 수환에게 연좌제라니 가당치도 않다고 화를 내며 자네는 연좌제에 걸리지 않을 터이니 염려하지 않아도 되지만 개명은 꼭 하라며 "감히 그런 이름을……"이라 비웃고, 4·19 이후 최근식이 편지를 보냈기에 찢어버렸다고 비아냥거린다. 외할아버지의 과거를 알고 난 수환은 망연자실하여 어머니가 일하는 공장으로 찾아갔다가 어머니를 만나지도 않고 아르바이트하는 곳으로 돌아가다 교통사고를 당하고 만다.

이념을 온몸으로 지킨 인물들이 자신을 배신하고 전향해 버린 인물에 대해 갖는 증오감은 엄청날 수밖에 없다. 그들은 전향하지 않음으로써 자존을 지키려 했고, 변하려는 마음을 다잡기 위해 배신한 동지의 이름을 벽에 적어놓고 복수를 다짐하였고, 배신자가 보낸 편지를 읽어보지도 않고 찢어버린다. 그렇게 온 힘을 다해 전향을 거부하고 장기수로 출옥한 후에도 주의자로서의 신념을 버리지 않고 살아간다. 그런 그로서는 수환이 찾아와 배신자인 외할아버지의 이야기를 하고 그의 딸의 이름이 이정이라는 말을 하였을 때 피가 거꾸로 서는 분노를 느꼈을 것이고, 그 분노로 인해 굳이 수환에게 하지 않아도 될 이야기를 해 버린다.

그러나 수환의 소식을 듣고 생사를 넘나드는 병원까지 찾아온 그는 수환에게 한 자신의 행동과 말들을 반성한다. 먼저 그는 최근식이 박헌영이 죽은 다음해인 1956년에 태어난 딸의 이름을 굳이 이정이라 지은 이유를 다시 생각하게 된다. 어디 감히 변절자가 박헌영 선생의 호를 딸의 이름으로 사용했는가 하는 분노는 어쩌면 그 친구가 더 괴로워했던 것인지도 모르겠다는 이해로 바뀐다. 또 수환이 마지막으로 전화를 걸어 외할아버지로 인해 어머니의 삶이 매우 고통스러웠다고 했을 때 다른 가족은 다 몰라도 자네 가족은 고통을 당하지 않았을 것이다, 그것이 네 외할아버지의 의지였다고 말해 버린 일을 후회한다. 자신이 믿어왔던 이념의 강인함이 다른 한 면으로 옹졸함이 되어 친구의 삶을 용서하지 못하고 결국은 자신의 일과 무관한 한 청년을 이 지경으로 몰아버린 데 대한 반성이다. 이는 왜곡된 한국 근현대사와 그로 인한 고통과 아픔이 반백년을 지나도 마감되지 못하고 있는 현실에 대한 통렬한 비판인 것이다.

이념의 갈등은 한국 근현대사의 비극을 잉태했다. 이 작품 서두에 이야기되듯 조국 해방을 위해 평생을 바친 조선의용대 출신 인사가 일제와의 투쟁에 헌신한 지리산 유격대장 이현상의 장례를 치러주었다고 좌익으로 몰려 고통을 받은 일이나, 다른 이념을 가진 사람의 딸이라는 이유만으로 평탄하지 못한 삶을 살아야 했던 작중인물의 모습은 모두 이념의 갈등과 그로 인한 분단에 따른 아픔이었다. 이기호의 「이정」은 우리의 역사와 현실 속에서 이념의 실천에 몰두한 인물을 직접 그리고 있지는 않다. 오히려 이 작품은 오래된 우리 역사의 아픔이 현재를 살고 있는 우리들에게까지 이어지고 있는 그늘을 다룸으로써 이해와 용서를 통한 화해와 화합의 중요성을 말하고 있다. 이 작품이 문제적일 수 있는 것은, 개인적인 흥미와 즉물적인 이미지에 물들어 있는 오늘, 우리가 잠시 잊고 있는 이같이 묵직한 아픔의 그늘을 이야기하고 있기 때문일 것이다.

이주와 이주민*

2011년 7월 11일 오슬로에서 정부 청사에 대한 폭탄 테러가 있었고, 우토야 섬에서 열린 노동당 소년 캠프에서 총기 난사 사건이 발생했다. 브레이빅이라는 평범해 보였던 한 청년이 일으킨 이 사건으로 77명의 사망자가 발생하였고, 정치적으로 매우 안정되어 테러 안전 지역이라 평가되던 노르웨이에서 이러한 사건이 발생했다는 것 때문에 지구촌 전체가 놀라지 않을 수 없었다. 그러나 그보다 더 많은 사람들을 경악하게 한 것은 사건을 일으킨 브레이빅이라는 청년이 기독교 사회를 점령하고 있는 이슬람 문화에 대해 적극적으로 대응하지 않는 유럽 사회에 대한 경고로 이러한 사건을 치밀하게 준비해 왔으며, 자신의 행동이 새로운 십자군전쟁으로 이어져야 할 것이라 주장하고 있다는 점이다. 이는 이질적인 문화에 대한 극단적인 혐오와 증오에서

• • • • •

* 이 글은 2011년 8월 21일 중국 연변대학에서 개최한 제4회 두만강포럼에서 기조발제한 원고의 일부를 정리한 것이다.

비롯된 것으로 우리 시대가 지향하고 있는 다문화의 공존이라는 화두를 일거에 부정하는 것이며, 유럽 사회에 깊숙이 깔려 있는 백인 우월주의 또는 기독교 원리주의의 현전화이며, 신나치주의의 득세를 예고하는 것이 아닌가 하는 우려를 자아냈다.

인간은 자신 또는 자신이 속한 집단이 가지고 있는 가치관 또는 문화를 절대적 표준으로 인식한다. 따라서 가치관이나 문화가 다른 사람이나 집단의 행위에 대하여 비정상이라고 생각하거나 문화적으로 저열하다고 판단한다. 기독교 문명을 바탕으로 하는 서구 사람들이 식민지를 개척하면서 그곳 원주민들이 신을 알지 못하고 자신들과 다른 문화를 가지고 있다는 이유만으로 원시인 또는 미개인이라 생각하고 핍박을 하거나, 자신들이 믿고 있는 기독교로 개종할 것을 강요하기도 하였다. 이렇듯 서구 문명이 다른 지역으로 확장해 가는 과정에서 현지 문명과 극심한 갈등을 겪은 것은 경제적인 요인도 없지 않았지만 문화적 갈등도 그 중요한 요인이었다.

20세기에 들어와 두 차례의 비극적인 세계대전을 경험한 후, 문화에 대한 새로운 시각이 제기되었다. 1935년 레비스트로스는 상파울루 대학 사회학 교수로 초빙된 뒤, 원주민들에 대한 민속학적 현지 조사에 참여하였다. 이 조사 과정에서 그는 원주민들의 문화 사이에는 우열보다는 차이가 있을 뿐이라는 사실을 깨닫는다. 이는 언어는 차이만 있을 뿐이라는 점, 즉 한 음소와 다른 음소에 대해서는 그 차이만을 기술할 수 있다는 소쉬르의 구조주의 언어학과 유사한 결론을 얻은 것으로 구조인류학 나아가 구조주의 사상의 출발점이 된다. 이후 여러 구조주의자들에 의해 언어, 인간, 문학, 문화 사이에는 옳고 그름이 존재하는 것이 아니라 다름이 있을 뿐이라 생각하여 차이를 강조하고 그것을 기술하는 데 대한 관심이 한 시대를 풍미하게 된다.

구조주의는 이데올로기 중심으로 전개되어 온 서구 철학을 사유의 대상이 갖는 차이에 관심을 가짐으로써 사회 현상을 새로운 관점에서 바라보게 하였다. 인간이 가져야 할 절대적 가치를 상정하고 그것의 원리와 발현방식 등에 대해 관심을 갖고 인간의 존재론적 궁극과 인간과 인간의 관계 등을 해명하려던 기존의 철학을 벗어던지고, 대상을 객관적으로 바라보고 그 차이를 해명함으로써 인문 현상에 대한 과학적 지식에 도달하는 방법론을 찾고자 하는 구조주의로의 변화는 인간이 그동안 가지고 있었던 문화적 차이에 대한 새로운 인식을 가능하게 해 주었다.

20세기 초까지도 인류에게는 성, 인종, 계급 등을 비롯한 다양한 차별 의식이 강하게 남아 있었다. 그러니 1920년대부터 시작된 여성참정권운동과 2차 세계대전 이후 강하게 불어닥친 여성해방운동의 결과 성 차별이 거의 없어지는 괄목할 성과를 보였다. 또 흑인들이 백인 사회로 이주하면서 생긴 인종 차별은 구미 사회에 흑백 간의 심각한 갈등을 초래하였으나 1960년대부터 미국을 중심으로 진행된 흑인인권운동으로 극심한 사회적 갈등을 겪은 후 제도나 의식 면에서 상당 부분 치유되고 있다. 계급 차별은 19세기로부터 20세기까지 발생한 대부분의 혁명과 전쟁의 원인이 되었을 정도로 인류의 뿌리 깊은 갈등이었다. 현재 우리 사회에서 계급 갈등이 완전히 소멸된 것은 아니지만 공산주의의 경험과 자본주의 진영에서의 노동운동 등으로 상당한 경제적 평등이 이루어지고, 의식의 변화가 생기면서 제도적으로 큰 변화를 보여왔다. 이와 같이 20세기 중·후반을 지나면서 제도적으로나 현실적으로 인간 사이에 존재하던 차별이 상당 부분 사라지게 되었다.

그러나 지구상의 여러 지역과 국가 사이에 존재하는 경제적 부의 차이는 상당한 규모의 이주민을 탄생시켰고, 국민국가체제 속에 틈입되어 들어간 소수민족들의 문제는 또 다른 차별을 낳아 우리 시대 사회적 갈등의 주요 원인이 되고 있다. 1960년대 들어 영국에서 이주민이 8%가 넘으면서 외국인의 이주를 통제하여 제로 이민국이라는 평가를 받게 된 일, 2005년 프랑스에서 무슬림들이 차별의 폐지를 주장하며 한 달 이상 폭력적인 시위를 지속한 사건, 독일 등지의 젊은이들이 자신들과 다른 가치관을 가진 이주자들에 대해 불법적 폭력을 행사하는 신나치의 등장 등은 이주민의 존재를 인정하고 다문화 사회로 나아가려는 시대적 과업에 대해 다시 생각하게 한다.

유럽 사회가 공동으로 겪고 있는 이주민들과 자국민 사이의 이러한 갈등은 무슬림 이주자들이 가지고 있는 자기 전통에 대한 보수적 성향에서 비롯된다는 평가가 있다. 무슬림들은 유럽의 백인들과 외양도 다르고 기독교 사회에 살면서 자신들의 신앙인 이슬람을 포기하지 않으며 또 히잡과 같은 문화적 표징을 고집한다. 이러한 무슬림들이 가지고 있는 강한 자기 문화 중심의 삶의 방식은 유럽인들에게 문화적 이질감을 느끼게 하고, 그에 대한 비판을 지나 차별과 공격적인 행동으로까지 나아가게 하여, 사회 갈등으로 발전하는 양상을 보이게 된다.

이러한 내면적인 갈등 요인에 비해 보다 더 자국민과 이주민 사이의 갈등을 유발하는 본질적인 요인은 경제적인 요인이다. 비유럽계 이주민들이 거주지 사회에 대해 불만을 갖게 되고 결국 폭동이라는 방법으로 사회 갈등을 유발하게 되는 가장 중요한 이유는 자국민과 이주민들 사이의 경제적 편차이다. 비유럽계 이주민들은 대체로 사회 기반을 움직이는 비전문직에 종사하며 자국민이나 유럽계 백인 이주민들에 비해 소득이 현저하게 떨어진다. 이주 1세대들은 임금이 적더라도 고국의 그것보다는 엄청나게 높은 것이기 때문에 불만을 감수했지만, 거주지 국민으로 교육받고 성장한 2~3세대들은 이러한 현실에 분노할 수밖에 없다. 이러한 경제적 불평등과 그에 따른 누적된 불만은 자신들에 대한 직접적인 탄압이 느껴졌을 때 일거에 폭발하게 된다. 2005년 프랑스의 무슬림 폭동도 거리에서 검문을 받던 무슬림 청년이 도망을 가면서 철로로 뛰어들었다 사망에 이른 사건을 기화로 무슬림의 인권에 대한 주장이 경제적 불만과 합쳐져 걷잡을 수 없는 상황으로 전개되었다.

이러한 이주민들의 불만뿐 아니라 자국민들의 불만도 적지 않다. 유럽 경제가 활황일 때는 잠재해 있었지만 유럽 경제가 침체함에 따라 일자리가 줄어들면서 자국민들은 이주민들이 자신들의 일자리를 박탈했다는 생각을 갖게 되고 자신들의 불운을 이주민의 탓으로 돌리는 현상이 나타났다. 이러한 경제적 퇴조에 따른 자국민들의 이주민에 대한 불만 역시 심각한 상황으로 나타나 유럽 전역에 소규모이기는 하나 유색 인종에 대한 테러가 자행되고 극우주의자의 모임인 신나치가 등장하게 된다. 이러한 일련의 사건들은 유럽인들에 의한 새로운 민족 갈등의 조짐으로 파악되기도 한다.

이주민과 자국민이 갖는 불만과 그에 따른 갈등과 반목은 인종적,

문화적, 경제적 요인이 결합된 복합적인 문제이다. 물론 경제적인 요인이 이주민과 자국민 사이의 갈등을 외현하도록 만들었지만, 그 내면에 흐르는 문화적 차이에 대한 차별의식이 근본 요인이다. 특히 기독교든 이슬람이든 원리주의자들의 현실 인식은 이러한 문화적 차이를 갈등으로 현현하는 중요한 원인이 된다. 노르웨이의 끔찍한 테러범인 브레이빅이 자신의 행동이 새로운 십자군전쟁이라 주장하는 것은 유럽 사회에 깃든 극단적인 기독교 원리주의 또는 유럽 우월주의의 한 면과 다문화 사회를 지향하는 현대 사회의 어두운 한 면을 극명하게 보여준다. 이는 또 진정한 다문화 사회로 나아가는 도정의 지난함을 상징적으로 보여준 것이라 하겠다.

이미지 과잉 시대의 상상력*

　대상을 기계적으로 화면에 고착시키려는 노력은 1820년 광학과 화학을 결합시켜 사진으로 완성되었다. 그로부터 20년이 되지 않아 음화와 양화의 방식이 개발되어 이미지를 음화로 유리판이나 필름에 고착시키고, 현상 과정을 거쳐 인화지나 다른 방식으로 양화를 만드는 진정한 의미의 사진이 탄생한다. 정지 화상을 연결하여 동영상으로 만들어보려는 노력은 1880년 셀룰로이드 필름이 발명되면서 탄력이 붙었고, 1888년 에디슨이 일인용 촬영기 키네토그래프를 발명하고 1891년 특허를 얻어 사람들이 기계가 보여주는 움직이는 이미지들을 감상할 수 있게 되었다. 비슷한 시기에 프랑스의 뤼미에르 형제는 영화를 상영할 수 있는 기계를 개발하여 1895년 연말에 대중을 상대로

• • • • •

＊ 이 글은 2013년 5월 29일 '인문학적 상상력과 자연과학적 상상력'이란 주제로 강릉원주대학교 인문학연구소와 자연과학연구소가 공동 개최한 학술대회에서 발표한 원고의 일부를 수정한 것이다.

상영하여 영화 시대의 시작을 알렸다.

사진의 발명으로부터 200년이 채 안되고 영화의 발명으로부터 100년이 조금 넘는 정도의 시간이 지났을 뿐이지만, 이후 토이기, 칼라필름 등의 발명으로 영화는 획기적인 발전을 이룰 수 있었다. 또 과학기술의 발전으로 텔레비전, 비디오 등이 발명되어 대중들은 개인적인 공간에서 언제나 자유롭게 영화를 감상할 수 있게 된다. 더욱이 20세기 말에 비약적으로 발전한 컴퓨터와 인터넷의 영향으로 등장한 새로운 매체환경에서 이미지는 이전과는 다른 형태로 대중들에게 보다 가까이 다가온다. 새로운 매체가 지닌 새로운 전달방식은 단순한 이미지의 소비자였던 대중들을 이미지를 소비하면서 동시에 생산에 참여하는 작독자[prosumer(producer+consumer)]가 될 수 있게 한 것이다. 최근 들어 소위 스마트폰의 등장으로 언제 어디서든 정보를 검색하고 이미지를 향유할 수 있는 진정한 유비쿼터스(ubiquitous) 환경이 이루어져 이미지는 더욱 우리들 가까이에 다가와 있다. 현대인들은 극장에서 영화를 감상하고, 거실에 앉아 텔레비전을 시청하고, 각자의 방에서 컴퓨터로 영상을 검색하고, 언제 어디서든 스마트폰을 꺼내 영상을 들여다본다. 현대인은 인류 역사의 어느 시기보다 이미지가 과잉된 시대에 이미지 속에 함몰되어 그것을 향유하고 창조하며 살아가고 있는 것이다.

극장이라는 공간의 제약을 받던 영화가 자신의 집에서 영상을 즐길 수 있는 텔레비전으로 변화하면서 영상의 매력은 가족들과 대화를 나누거나 책을 읽을 시간의 대부분을 텔레비전 시청에 소모하게 하였다. 텔레비전 비판론자들은 정보 수용 양상이 수동적인 점, 시청시 뇌의 활동이 거의 수면 상태처럼 되는 점, 육체적 활동을 급격히 줄이는 점, 독서를 회피하게 하여 지적 능력이 상실되는 점 등을 들어 '텔레비전은 바보상자'라는 등식을 만들었다. 그러나 텔레비전 비판론자들의 논리는 이성적 사유를 중시하는 이성론자들의 이미지에 대한 비판이라는 설득력 있는 주장이 가능하다.

초기에 단순하던 텔레비전 프로그램은 점차 진화하여 복잡하고 다양한 형식의 프로그램들이 개발되어 텔레비전을 시청하는 데 상당한 지적인 작업을 요구하기도 한다. 최근 텔레비전 대담 프로그램은 대담 과정의 복잡한 내용을 이해하기 위해 많은 지적인 노력이 필요하고, 다큐멘터리 프로그램들은 그것을 시청하는 것만으로 새로운 지식을 획득할 수 있다. 또 일부 복잡한 구조를 지닌 드라마들은 시청 과정에서 인물관계와 플롯 구조 등을 파악하기 위해 고도의 추리가 동원되어야 한다. 이런 경우 텔레비전의 시청이 독서에 비해 저급한 지적 활동이라기보다는 독서 과정에 작용하는, 즉 기호에 의한 사유와 구분되는 이미지에 의한 사유로 이해할 수 있게 한다. 이런 점에서 영상매체에 대한 매도는 익숙한 매체에 대한 지식인들의 옹호에 다름 아니라는 지적이 가능하다.

정보통신기술의 발달로 컴퓨터에 연결하기만 하면 사용 가능한 하드웨어들이 개발되어 일반 컴퓨터 사용자들도 기기 자체에 대한 부담감 없이 사용할 수 있는 환경이 마련되어 있다. 또한 그래픽 유저 인터페이스(GUI)가 일반화되어 초기 사용자들에게 어려움으로 다가왔던 컴퓨터 명령어 대신 화면에 산재한 아이콘을 더블클릭하는 것으로 모든 프로그램의 구동이 가능해지고, 필요한 내용만을 타이핑함으로써 모든 작업을 끝낼 수 있게 되었다. 이와 함께 인터넷상의 포털사이트에서 개인 홈페이지를 만들 수 있는 포맷을 제공하여 무료로 미니홈페이지를 만들 수 있게 해 주어 네티즌들은 인터넷 공간에서 적극적인 글쓰기에 참여하게 된다. 누구나 멀티미디어를 손쉽게 인터넷에 올릴 수 있도록 구성한 포털사이트의 등장으로 네티즌들은 미니 홈피에 자신이 쓴 글이나 직접 촬영한 사진과 동영상 그리고 자신이 그린 그림 등 다양한 자료들을 업로드하고 타인들이 찾아와 보아주기를 기다린다. 그리고 타인의 홈페이지에서 자신에게 필요한 정보를 가져다 올리기도 하고 타인과 자료를 공유하기도 하는 등 인터넷상에서 적극적으로 자신들의 영역을 확장해 나간다. 문화의 소비자였던 일반인들이 인터넷의 발달로 자신의 생각을 표현함으로써 문화의 창조자로 변화하게 된 것이다. 그리고 이러한 사회의 변화는 스마트폰과 함께 SNS가 크게 유행하면서 문화 소비자들이 결집하여 자신들의 문화를 소비시키고 나아가 사회적 영향력을 강화해 가고 있다.

영상매체의 발전에 따른 이와 같은 소통 형태와 문화 소비 양상의 변화는 이미지 과잉에 따른 사회의 변화로, 인간다움 나아가 인문학에 대한 인식의 변화를 요구하고 있다. 정대현과 그의 동료들은 전통적인 인문학의 개념 규정이 갖는 한계를 지적하고, 우리 시대에 적절한 인문학을 일차적으로 문자, 이차적으로 비문자를 포함한 문화 활동 등을 통한 사람다움의 표현 활동이라고 정의한다. 이 명제는 인문학을 인간다움에 대한 학문이라거나, 고전 읽기의 가치라거나, 인간의 자유로움으로 정의해 온 그간의 인문학에 대한 정의를 벗어나 문자나 비문자로 인간다움을 표현한다는 점을 인문학의 핵심으로 파악한 것이다. 문자로 기록되든 이미지나 다른 어떤 것으로 표현되어 있든 그것은 주체의 내면을 드러낸다는 점은 마찬가지라는 생각이다. 문자로 표현한다는 것을 인간다움의 절대적 기준으로 생각하던 전통적 관념을 벗어나 문자가 아닌 이미지나 음향 등으로도 주체의 내면을 드러내는 것이 가능하다는 인식은 이미지 과잉 시대를 살아가는 인간의 인간다움을 해명하기 위한 새로운 시도로서 의의를 지닌다.

또 하나 이 명제는 표현의 중요성을 강조하고 있는 바, 자유와 평등이 강조되는 현대 사회의 특성을 반영한 것이라 하겠다. 전통 사회에서 표현 행위는 문자를 전제로 하였기 때문에 문자를 알고 있는 소수의 계층 즉 왕이나 귀족 같은 권력자들의 몫이었고, 근대 사회에서도 출판 시스템이 출판할 가치가 있다고 인정해 주는 소수의 전문가 집단들만 표현 행위가 가능하였다. 일반인들은 권력자나 전문가들이 생산한 표현물을 읽고 그것을 수용함으로써 인간다움을 갖추어 나갈 수 있을 뿐이었다. 그러나 앞에서 언급하였듯이 현대 사회의 매체환경은 누구나 언제 어디서나 자신을 표현할 수 있게 하였다. 그리고 표현 행위는 문자에 의해 이루어질 수도 있고 이미지나 음향에 의해서도 충분히 가능한 일이다. 인간이 어떤 방식으로든 자신의 경험과 생각을 표현함으로써 타자와 공존이 가능해지고, 주체의 정체성을 확인하게 된다는 점을 생각하면, 현대 사회의 인문학을 정의하면서 어떤 매체로든 표현한다는 사실만을 중시하는 것은 당연한 일로 귀결된다.

이미지 과잉 시대를 살아가면서 인간의 사유 속에 기호가 담당하던 자리에 이미지가 틈입하고 있다. 태어나서부터 이미지 속에서 살아온 세대들은 기호로만 되어 있는 책을 읽는 일을 힘들어 하고 이미지의 도움을 받아야만 대상을 분명하게 인식한다. 최근에 발간되는 많은 책들에 사진이나 삽화가 과도하다 싶게 포함되는 것은 이미지 과잉 시대의 독자들에게는 문자만 읽는 것보다 문자와 이미지가 상호작용하게 하는 것이 전달의 효과가 커질 수 있다는 사실을 감안한 것이다. 또 영화나 애니메이션 나아가 광고나 디지털 게임 등에서도 언어의 사용을 최소화하고 이미지를 제시해 정확한 의미를 전달하기보다는 분위기를 환기하여 이미지가 의미하는 바를 자유롭게 상상하게 함으로써 더 많은 소비자를 확보하기도 한다. 언어가 최소화된 만화 〈뽀로로〉나 대사가 없이 이미지로만 이루어진 〈라바〉와 같은 만화들이 소비자들에게 인기몰이를 하는 것은 이미지 과잉 시대를 살아가는 현대인들이 이미지에 얼마나 길들여져 있는지를 보여주며, 나아가 이미지를 통한 사유가 충분히 가능함을 알게 해준다.

이러한 사실은 이미지 과잉의 결과 인간의 사유가 앞에서 살핀 대로 언어적 사유에서 비언어적 상상으로 일정 정도 이동하고 있다는 것을 확인해 준다. 이와 함께 이미지 과잉 시대의 문화적 특징으로 논리적인 글보다 이야기 중심의 글이 중요성을 획득해 가고 있다는 점을 지적할 수 있다. 인간은 자신이 경험했거나 직접 본 것을 정확하게 인과적으로 설명하기도 하고, 자신이 상상했거나 체험한 것을 하나의 이야기 형식으로 설명하기도 하였다. 앞에서 길게 논의된 바와 같이 전자에 해당하는 논리적인 사유가 가진 정밀함 때문에 이야기는 세계를 인식하는 데 있어 별 도움이 되지 않는 것으로 치부되어 왔다.

그러나 이야기는 인간이 영위하는 구체적인 삶의 모습을 바탕으로 있을 법한 사건을 상상하여 창조했다. 그것은 이미지의 형태를 띨 수밖에 없었고, 그것을 회화나 조각으로 표현하는 경우에는 실재의 모습을 드러낼 수 있었지만 언어로 형상화할 때에는 언어가 한계로 작용하였다. 그러나 과학기술의 발전으로 인간이 상상한 이야기를 이미지로 재생할 수 있게 되자 상황은 크게 달라졌다. 상상하는 모든 것은 이미지로 창조될 수 있게 되어 작가의 상상력에 의해 만들어진 이야기는 독자들에게 언어의 한계를 넘어 원 모습 그대로 전달될 수 있게 된 것이다.

본래 인간은 자신이 아는 것을 정리하여 지적 노력을 거쳐 인과적 규칙에 어긋나지 않는 한 편의 글을 쓰기보다는 시간의 순서에 따라 재미있는 이야기 한 편을 만드는 것을 더 즐거워하고 또 그러한 글을 읽는 것을 더 재미있어 하였다. 이제 이미지화된 이야기가 넘쳐나면서 사람들은 논리적인 글의 딱딱함보다는 이야기의 말랑말랑함 속에 안주하려 든다. 더욱이 자신이 상상한 바를 이야기로 만들어 자신의 느낌을 그대로 전달하는 것이 자유로워진 시대를 맞아 타인이 생산한 이야기를 감상하는 것과 함께 스스로도 이야기의 생산에 열을 올린다. UCC를 제작하여 인터넷에 올리는 것은 이제 일상화된 일이다. 자신의 생각을 인과적으로 정리하기보다 자기 주변의 사건이나 자기가 경험한 사실들 나아가 자신이 상상한 결과를 직접 보여줄 수 있는 이미지로 제작하여 타인들과 공유하는 것은 단순한 흥미를 넘어 하나의 문화가 되고 있다. 이러한 문화는 이미지 과잉 시대에 나타나는 소통 방식으로 또 새로운 시대의 상상력으로 자리 잡은 것이다.

공을 자랑하지 않는 사회를 그린다

『삼국유사』에는 아래와 같은 물계자(勿稽子)의 이야기가 전해지고 있다.

> 물계자는 신라 내해왕(奈解王) 때 사람으로 나라가 전쟁에 빠졌을 때 두 번이나 출정하여 큰 공을 세웠으나 나라에서 자신의 공을 알아주지 않았다. 그러나 물계자는 자신의 공적을 자랑하여 이름을 다투고, 자신을 드러내어 남을 덮는 것은 뜻 있는 선비가 할 일이 아니라며 좌우 사람들을 진정시켰다. 그리고 오히려 자신의 작은 잘못을 들어 충과 효를 범하였다며 머리를 풀어헤치고 산으로 들어가 거문고를 타고 곡조를 지으며 숨어 살면서 다시는 세상에 몸을 드러내지 않았다.

많은 사람들은 자신의 신념이나 이상을 실현하기 위하여 몸과 마음을 다 바친다. 장기간의 도피생활과 고문과 폭력을 두려워하지 않으며 감옥에서 오랜 기간을 보내기도 한다. 그들은 자신이 옳다고 믿는 일을 위하여 개인의 영화와 가문의 영광을 포기해 버리고 스스로 가시밭길을 찾아 걸어 들어간 것이다. 우리는 이러한 사람들을 의인이라 하여 물계자와 같이 오랜 기간 기억하고 또 기록으로 남기어 후세에 전하는 것이다.

조선왕조가 망해가는 현실을 바라보며 목숨을 끊은 수많은 의인들도 훌륭하지만 쓰러져 가는 나라를 구하기 위하여 누만금의 재산을 팔아 만주로 건너가 일생을 조국의 독립을 위해 애쓰다 다섯 형제 중 넷이 궁핍과 일제의 억압 속에서 숨지고 단 한 명만 조국된 광복에 돌아온 이회영 일가나 이상룡, 김동삼, 허위, 이동녕, 신채호를 비롯한 수많은 이국땅에서 숨겨간 위대한 선인들은 자신을 버리고 자신의 신념을 실천하며 아무것도 바라지 않았다는 점에서 진정 위대한 사람들이었다. 더욱이 해방된 조국에 돌아와서도 자신의 행적을 자랑하지 아니하고 국가나 사회에서 자신의 과거를 보상해 주지 않는 현실을 한탄하지 않고 음지에서나마 아주 작은 행동을 통해 조국의 미래에 보탬이 되는 일을 하며 살았으나 끝내 조국에 의해 포상조차 받지 못한 이름 없는 많은 영웅과 전사들의 삶은 진정 물계자의 삶과 같이 아름다운 기록으로 남아야 할 일들이다.

그러나 많은 사람들은 자신의 행적이 후대에 전해지는 것을 기대하고 일을 벌이기도 하며, 자신이 한 일로 생전에 무언가 커다란 보상이 돌아오기를 바라고 행동하기도 한다. 역사적으로 보아 여불위가 자초에게 한 투자가 그 대표적인 예로 지적될 수 있을 것이며, 왕조 변혁기마다 수많은 사람들이 세력을 가진 사람들을 중심으로 이합집산하는 것 역시 그러하다. 그들 스스로는 백성을 혼란과 도탄으로부터 구해낸다는 거창한 논리를 내세우지만 환란의 시기가 끝나자마자 자신들의 손에 쥔 권력을 누가 얼마만큼 가질 것이냐를 놓고 피의 숙청을 겪게 되는 것은 그들의 대의와 명분이란 것이 자신의 속내를 감추기 위한 허울 좋은 거짓에 지나지 않았음을 알게 해 준다.

이는 난세를 치세로 바꾼다는 역사적 사건에서만 나타나는 것은 아니다. 부패한 국가 권력과 맞서 싸우는 행위에서도 투쟁하는 동안의 진정하고도 순수한 열정은 승리의 순간에 포말과 같이 사라지고 만다. 그들의 희열에 들떴던 승리는 전승물 챙기기라는 썩은 냄새 나는 싸움으로 변질되고, 결국 그들은 또 다른 권력으로 변모하고 말 것이라는 것은 신라 이후 조선에 이르기까지 우리의 역사에서 수도 없이 보아온 일이며 일제 이후 근현대사에서도 늘상 보아온 일이다.

선거 때만 되면 수많은 사람들이 승리를 위해 뭉치고 머리를 맞대고 온갖 궁리를 한다. 그 정점에 정치가가 놓이지만 선거를 승리로 이끌기 위해서는 수많은 분야의 전문가들과 선거꾼과 지략가와 모사꾼과 협잡배들이 몰려든다. 그들은 휘황한 논리와 아름다운 말로 자신들의 승리만이 국가와 민족의 미래를 밝게 할 수 있으며 자신들이 집권하지 않으면 커다란 혼란이 올 것처럼 주장한다. 그들의 주장은 점차 그들의 의식을 장악하기 시작하여 선거가 진행되는 동안 자신들이 내건 주장을 위대한 진실로 착각하기에 이른다. 자신들이 아니면 조국의 미래는 암울할 수밖에 없다고 믿게 되고, 반대파는 사탄보다 악하거나 어린아이보다 위험한 존재로 보이기도 한다.

그러나 그들이 주장하는 것처럼 진정으로 도탄에 빠진 나라를 위해 선거에 임하는 것이 결코 아님은 선거가 끝남과 동시에 드러난다. 선거가 승리로 끝나면 그들은 가장 먼저 논공행상을 하며 각자가 선거에 기여한 정도에 따라 일정 지분을 챙기게 되고, 발언권을 가지며,

그것을 바탕으로 타인들을 억압하기 시작하는 것이다. 언제 우리가 승리가 확정된 이후에 원래 자신의 자리로 돌아가는 사람을 보았는가. 그들은 무언가 노리는 것이 있었기에 선거에 온몸을 불살랐으며, 마음속에 기대한 것이 성취되기 전에는 그 판을 떠날 수 없는 것이다. 그래서 그들은 국가와 민족의 미래를 위하여 자신의 능력을 희생하겠다는 새로운 논리를 들이대고야 만다. 참으로 가증스런 논리의 변신이다.

물계자가 우리 시대에 의미를 갖는 것은 이러한 점이다. 진정으로 나라를 위하여 전쟁에서 자신의 목숨을 걸고 공을 세우고 남이 알아주지 않더라도 그것으로 만족하고 오히려 부끄러워 할 줄 아는 마음 말이다. 자신이 존경하고 믿는 사람을 위하여 선거운동에 혼신을 다하고 선거가 끝난 후에는 자신이 하던 일로 돌아간 몇몇 진정한 의인들을 우리는 기억하고 있지 않은가. 자신이 지원했던 사람이 정상의 자리에 오르자 아무런 사심 없이 진정 미래를 위하여 미력한 힘이나마 보태겠다고 나서는 인물들의 면면을 보고, 물계자의 처신과 비교하게 되고 또 안타까운 마음을 갖게 되는 것은 다만 나만의 심경이 아니지 싶다.

난과 선비의 삶의 자세

　우리 선조들은 매화와 난초와 국화와 대나무를 사군자라 하여 상찬해 왔다. 산수와 함께 사군자가 전통적인 수묵화의 중요한 한 장르인 것을 보면 우리 선조들이 사군자를 얼마나 가까이하고 싶었는가를 짐작하고도 남음이 있다. 사군자를 좋아하는 것은 이들 식물이 가진 속성이 선조들이 기리던 선비의 자세와 닮았다는 유추에서 발상한 것이리라. 사군자를 통해 자신들의 삶의 자세를 되돌아보던 선조들의 모습에서 그들이 생각한 진정한 선비의 삶이 어떠한 것인지 짐작해 볼 수 있게 해준다.

　매화는 아직 눈이 나리는 이른 봄에 어느 꽃보다 먼저 꽃망울을 터뜨리고 차가운 대기 속에 매운 향을 풍긴다. 아직 차가운 계절이지만 계절이 변화함을 먼저 알고 꽃을 피우고 또 그 강한 향을 멀리까지 펴뜨리는 것이 앞날을 내다보는 선비의 풍격을 닮았다. 대나무는 꽃을 피우지 않는다. 그러나 이것은 한겨울을 푸른빛을 띠며 버티고 그 꼿꼿한 자세를 흐트러뜨리지 아니한다. 또 부러지면 부러졌지 휘어지지는 않는 대나무의 품성은 선비들이 기리던 절개를 닮았다. 그래서 옛 선인들은 집 뒷산에 푸른빛으로 겨울을 나는 소나무로 두르고, 뒷마당에 대나무를 심어두고 앞마당에는 매화 한두 그루를 심었다. 늘 가까이 두고 완상하면서 자신의 마음자세를 당겨 잡으려는 뜻이리라.

국화의 모습은 매화와 닮은 점이 없지 않다. 국화는 매화와 달리 여름이 가고 찬바람이 부는 계절에 꽃을 피우고 맑은 향을 터뜨린다. 계절의 차이는 있지만 모든 꽃들이 눈에 띠지 않는 계절에 홀로 피어 있다는 점에서 유사하다. 서리가 내리는 계절 문득 피어나는 국화의 모습[傲霜孤節]은 태평성대가 끝나고 환란의 시기가 다가올 때 사람이 살아갈 진정한 도리를 보여주는 지조 높은 선비의 모습이다. 나라가 혼란에 빠져 망국의 기미를 보일 때, 충절을 지키기 위해 목숨을 끊거나 분연히 총을 들고 일어나는 것이 진정한 선비들의 자세이다. 바로 이것이 국화의 모습과 비견되는 바이며 선비들이 국화를 사랑하는 이유이다.

그러면 난초는 어떤 점에서 선비들의 마음을 사로잡았겠는가. 난초는 풀이다. 그러나 잎이 다 자란 이후 몇 년은 푸른 채로 버티는 다년생 초본이다. 물론 난의 고향이 아열대에 가까운 따뜻한 지역이어서, 우리나라에서는 겨울이 되어도 잎이 이울지 않을 제주도와 지리산 이남 그리고 안면도까지의 해안 지역에서만 춘란이 자생한다. 춘란은 겨울이 되어도 잎이 이울지 않고 더욱이 추위 속에서 꽃을 피운다. 자생지에서도 그러하지만 추운 지역에서는 선비들이 난을 키우기 위해서는 어쩔 수 없이 분에 심게 되는데 분에 심은 난도 추운 겨울에 꽃을 피운다. 난초를 사군자에 포함시킨 것은 이같이 모든 꽃이 이운 시절에 꽃을 피운다는 점에서 매화나 국화가 사군자에 든 이유와 마찬가지로 지조를 읽었기 때문이다.

난의 속성을 자세히 살피면 선비들이 기릴 만한 성질을 더 많이 가지고 있다. 난은 맑은 향을 퍼뜨린다. 난초의 거의 묵향에 가까운 맑은 청향(淸香)은 매우 멀리까지 퍼져 나간다. 가까이 다가앉아 꽃에 코를 대어보아도 느낄 듯 말 듯한 청향이 한 방을 가득 채우기 일쑤다. 은은하면서도 그 향이 아주 멀리까지 번지는 것, 가까이 다가가 있으나 멀리 떨어져 있으나 그 품격을 느낄 수 있다는 것, 이것은 소문만 무성하고 속을 비어 있기 쉬운 인간의 삶에 경종을 주는 일이다. 바로 이러한 조용하나 남의 귀감이 되고 주변 사람들에게 알게 모르게 훈향을 끼치는 삶, 이것이 난을 사랑한 선조들이 진정 도달하고픈 삶의 한 경지였으리라는 것은 쉽게 짐작할 수 있다.

또 난은 분에 심을 때 굵은 돌을 사용한다. 일반 식물들이 부엽토를 사용하여 강한 거름기를 요구하지만 난은 물이 술술 빠지는 굵은 돌 속에 뿌리를 박아두고도 얼마든지 잘 자라고 때가 되면 꽃을 피워 맑은 향을 선사한다. 이것은 안빈낙도를 이상으로 추구하던 선비들의 자세와 흡사하다. 거친 옷과 집과 음식을 접하고 살아도 선비로서의 진정한 삶을 이룰 수 있다는 신념과 난의 이러한 속성이 쉽게 유사성으로 인식되었을 것이다. 바로 난의 이런 속성을 잘 알고 있었던 가람 선생은 '미진(微塵)도 가까이 않고 우로(雨露) 받아 사느니라'고 하여 난을 칭송한 바 있다.

거친 환경 속에서 다른 식물들이 다 이울어버린 겨울에 꽃을 터뜨리고는 맑은 향을 그것도 아주 멀리까지 퍼뜨리는 난초는 선비들이 추구한 삶의 지향을 생각하게 해 준다. 난의 이런 속성 때문에 우리 선조들은 서안(書案) 곁에 난분을 두었고, 난이 피면 문난(問蘭)이라 하여 가까운 사람끼리 서로 왕래하며 완상한 것이리라. 난을 완상하면서 진정 선비의 도를 가까이하고 싶어 하고, 난을 닮은 삶, 즉 난질혜심(蘭質蕙心)을 꿈꾸었던 것이리라.

난을 키우면서 난의 속성을 생각하며 가끔씩 나 자신의 삶을 되돌아보게 된다.

이사 유감

이사를 하면서 역시 가장 큰 난제는 난초를 옮기는 일이었다. 한겨울에 이사를 하는데다가 이사 날짜가 잘 맞지 않아서 먼저 살던 집에서 이삿짐을 싸서 나온 후 새 집에 들어가는 데까지 이박 삼일의 시간이 필요하게 되었고, 차제에 집수리까지 생각하게 되면서 닷새 이상의 시간을 난초가 집 밖에서 보내야만 되었다. 그러다 보니 포장이사를 하면서도 회사에 가장 먼저 문의하게 되는 것이 그 며칠 동안 난초를 어떻게 관리해 줄 것인가 하는 것이었다.

일단 이삿짐을 모두 포장한 후 차에다 보관했다가 정해진 날짜에 새 집에 넣어준다는 말을 듣고는 난초의 처리방안에 골몰했다. 일단 난초들만 가까이 사시는 장모님 댁으로 옮겨두었다가 이삿짐 들어가는 날이나 적당한 때에 따로 옮길 것인지 아니면 난초만 먼저 새 집에 들어갈 수 있도록 해 달라고 이사 들어갈 집에 부탁을 해 볼 것인지 갖은 궁리를 하고 있는데, 한 회사에서 난초를 자신들의 사무실로 옮겨가서 사무실 안에 보관했다가 이사 당일날 다시 차에 실어오겠다고 하기에 다른 것은 생각지도 않고 그 회사에 포장이사를 부탁하기로 하였다.

이삿짐 싸는 날 보니 난초를 포장하는 솜씨가 보통이 넘는다. 커다란 플라스틱 용기에 난분을 담는데 신문을 이용해서 난석이 튀어나오지 않게 하고 분이 깨어지지 않도록 완충작용도 하게 한다. 대엽혜란 관음소심을 심어둔 35cm짜리 대형 분과 커다란 제주 난석에 소엽풍란을 붙인 석부작 하나는 포장하기가 불편하다고 하기에 장모님 댁으로 옮겨두고, 차 뒤쪽 공간에 사십여 개의 난분을 모두 실은 후 한숨을 돌렸다. 며칠 후 이삿짐이 들어오고 베란다에 난초를 정리하고 보니 새로 이사 온 집의 베란다가 넓어서 난분의 개수가 줄어든 느낌을 준다. 베란다가 작아서 그동안에는 두 단짜리 난대를 사용했는데, 세 단짜리 난대를 하나 구해서 그동안 땅에 놓아두거나 어설픈 난대에 모아둔 난분을 옮겼으면 하는 생각이 들기도 한다.

집안 정리가 어느 정도 마무리되고 난 뒤 베란다에 나가 난분에 관수를 하다 자세히 살펴보니 보세 너댓 분에 꽃대 올라온 것은 아무 탈이 없고, 몇몇 춘란 꽃대들도 별 이상이 없는데 꽃 피우기 힘들다는 춘란 여의소 꽃대만 말라 버렸다. 이삿짐 싸기 전에 여의소 꽃대 세 개 중에 하나가 마른 것을 보았고 나머지 둘은 잘 관리하면 꽃을 피울 수 있겠거니 했는데 불과 열흘 사이에 두 대가 모두 말라버린 것이다. 아무래도 이사 과정에서 차에서 흔들리고 이삿짐센터 사무실에 진열되는 등 급격한 환경의 변화로 어린 꽃대가 시들어버린 모양이다. 관음소심 대형분, 석부작과 함께 장모님 댁으로 옮겨 내가 직접 관리를 하는 것인데 하는 아쉬움이 남는다. 우리 집에 오고 십오 년 만에 꽃대가 벌은 것인데 올해 또 꽃 보기가 불가능하다니 안타까울 따름이다.

형님 댁에서 가져오던 해 초봄에 피었던 여의소 한 송이의 기억이 이제는 가물가물한다. 꽃의 형태나 색상이, 또 그 향이 어떠했는지 제대로 기억도 나지 않는다. 단지 난초 화원에 가서 보고 난초 관련 책자에서 본 것이 여의소 꽃에 대한 기억의 전부일 뿐이다. 올해는 꽃대가 세 개씩이나 올라와 꽃을 꼭 보겠거니 했는데 이사 과정에서 세심한 주의를 기울이지 않은 탓으로 꽃을 보지 못하게 되다니 정말 아쉽다. 하긴 춘란은 예민해서 꽃대를 올리기도 쉽지 않고, 꽃대가 맺는다 하더라도 난분에서 춥고 건조한 겨울을 나서 한 해 중 가장 건조한 초봄에 꽃을 피워야 하니 꽃대가 마르는 일은 비일비재하다. 이제는 말라 죽어버렸지만 중국 춘란 송매나 한국 춘란 몇 분이 어렵사리 올린 꽃대가 대부분 말라 죽고 말았다. 이것이 건강하게 자라고 꽃도 잘 피우는 혜란 종류보다 춘란 키우기가 어려움인 바, 이것을 이겨내고 춘란 꽃송이를 보는 큰 즐거움이 춘란에 빠지는 이유인가 싶다.

이번 이사 과정에서 여의소 꽃대가 말라버린 것은 여의소 꽃을 보고자 하는 욕심이 나의 능력이나 관심보다 과한 탓이리라. 기다림이 너무 크면 만나기 어려운 것, 오랜 기다림 끝에 만남이 더 보람스런 것, 그것이 인생사인지도 모르겠다.

무관심보다 못한 과잉 애정

난을 키우다 보니 남들이 난에 관한 말을 하거나 글을 써놓은 것을 보면 눈과 귀가 번쩍 뜨인다. 많은 경우 난을 키우는 사람이면 흔히 다 알고 있는 내용이지만 가끔 큰 의문이 해결되는 기회가 되기도 한다. 내가 난을 키우면서 평상시 가졌던 의문을 해결해 주는 글이나 말을 접했을 때 받는 즐거움은 더없이 크다. 주위에 난에 대한 해박한 지식을 갖춘 사람이 없는 나로서는 더욱 그러한 즐거움을 갖는 기회가 기다려진다.

연전에 지하철에서 난에 대한 이야기를 하는 사람이 있어 유심히 들어보았더니 난에 대해 상당한 조예가 있는 사람들이었다. 그들이 나눈 말 중에서 크게 기억에 남는 것은 물주기와 햇볕 보이기에 절대적인 기준을 두지 말라는 것이다. 난이 강인한 식물이고 또 적응력이 좋으니까 적당히 기본만 지키면서 다소 무관심한 듯이 지내는 게 난을 키우는 더 좋은 방법인 것 같다는 경험담이다. 그러면서도 난이 결정적으로 피해를 보아 다시 회복하지 못할 정도에 이르는 상황을 미리 알아 그렇게 되지 않도록 할 수만 있다면 난을 충분히 건강하게 키울 수 있다는 것이다.

난에 대해 무관심한 듯 지내면서도 결정적인 문제점은 찾아낼 수 있는 사랑과 능력이 난을 키우는 가장 좋은 방법이라는 내용의 말을 들으면서 그 사람이야 말로 난을 키우는 데 있어 완벽의 경지에 이른 것이 아닌가 생각하게 되었다. 난에 대한 애정이 난을 키우는 기본이기는 하지만 그것만으로 난을 키울 수는 없기 때문이다.

사실 누구나 난을 키우면서 가장 힘들어 하는 것은 햇빛을 얼마나 줄 것인지 물은 어느 정도 간격으로 주어야 하는 것인지 비료는 어떻게 해야 하는지 등이다. 난 재배에 관한 전문가들이 쓴 책을 구해 보면 통상 관수하는 방법, 월별로 물을 주는 간격, 시비를 해 주는 간격, 월별 시간별로 햇빛을 가리는 정도, 해충 박멸방법 등 난 관리 요령이 상세하게 설명되어 있다. 그래서 그 원칙을 열심히 따라가 보지만 사람 사는 일이 난에만 매어 일상을 잊을 수는 없는 일이어서 정신적으로 육체적으로 여간 피곤한 일이 아니다. 난이 약해지면 가르치는 대로 하지 않은 탓인가, 꽃대가 제대로 오르지 않거나 꽃대가 마르면 이건 또 웬일인가, 가슴이 철렁하게 마련이다. 이렇게 난에 신경을 쓰다 보니 수돗물의 독성이 근심이 되어 수돗물을 받아 며칠씩 햇빛이 잘 드는 곳에 두었다가 사용하기도 하고, 어떤 사람은 약수를 떠다가 난초에 주기도 한다.

이렇게 난의 노예가 되어서는 난 키우는 일이 즐거운 일이 되기 어렵다. 난이 고가품이기는 하지만 난 살리자고 사람이 피곤해서야 주객전도도 유만부동이 아닌가. 실상 난이든 다른 식물이든 사람의 정성에 의해 성장하는 것이기는 하지만 너무 과도한 관심은 자칫 연약하게 자라게 하는 요인이 되기도 한다. 햇빛에 신경을 써서 오전 열시가 넘으면 발을 쳐주고, 통풍이 안 될까 보아 선풍기를 돌려주고 하는 것은 분명 난을 건강하게 키우는 데 도움이 된다. 또 수돗물이 오염되어 난에 치명적이 될 위험이 없지 않으니 약수를 떠다 주는 것도 나쁘지는 않다. 그러나 이런 식으로 난을 키워서는 같은 방식으로 난을 관리하기가 힘든 상황이 되었을 때 그 난들이 쉽게 무너져 버리고 만다. 화원에서 사온 난을 아파트 베란다에서 키우다 보면 대부분 제대로 성장하지 못하고 점차 약해지다가 몇 년 안 가서 빈 분으로 남게 된다. 건강하던 난이 몇 년 사이에 말라 죽는 것은 온실환경에서 성장한 난을 좁디좁은 난분에 담아 베란다라는 열악한 환경에서 키우면서 겪게 되는 어쩔 수 없는 과정이다.

아무래도 과잉 애정을 쏟아 부은 난들은 약해지기 쉽다. 물을 너무 자주 주면 잎이 웃자라 보기도 싫을 뿐 아니라 잎새에 힘이 없어서 바람이나 관수하는 물살에 잎이 부러지기도 한다. 또 비료를 과하게 준 난은 성장은 잘하지만 웃자라게 되어 병충해에 약해지기 쉽고 꽃을 피웠을 때 향이 약해진다. 또 햇빛을 너무 많이 보이면 난 잎의 빛깔이 다소 옅어져 보기 싫지만, 햇빛을 너무 조금 보이면 잎색이 칙칙하게 변해 보기 싫어지기도 하고, 무늬종의 경우에는 무늬가 사라지게 되는 경우가 적지 않다. 게다가 이렇게 애정을 다해 키운 난들은, 온실에서 자라다 분에 담겨 거실에 놓이는 격심한 변화는 아니지만, 난을 키우며 겪을 수밖에 없는 이런저런 환경의 변화에 적응하지 못하고 급격히 약해지기도 한다. 예컨대 가끔씩 햇살에 노출되었던 난들은 한여름 햇빛에 몇 시간 두어도 문제가 없지만 철저하게 햇빛을 통제한 난의 경우에는 자칫 여름 햇빛에 노출되면 그만 강한 햇빛에 잎이 타버려 회생할 수 없는 상황에 빠지고 만다.

난을 키우면서 난분이나 난실의 환경을 최선으로 만들려 애쓰고 물, 햇빛, 비료 등에 과도하게 신경쓰는 것은 오히려 좋지 않은 결과를 낳는가 싶기도 하다. 난에만 온 신경을 쓰고 있다고 해서 그 난이 더 빨리 자라지는 않고, 난에 신경을 덜 쓴다고 해서 그 난이 크게 잘못되는 것도 아니다. 더욱이 적당한 무관심이 오히려 난을 키우는 재미를 배가시키기도 한다. 잠시 관심을 딴 데 둔 동안 화촉이 불쑥 올라와 깜짝 놀라기도 하고, 신아가 한 뼘이나 자라 성촉이 거의 다 된 것을 보면서 생명의 신비를 느낄 수 있는 것이다.

또 매일 난분을 들여다 보면 난의 미세한 변화를 감지하지 못하는 경우가 생기기도 한다. 매일 일어나는 약간씩의 변화를 눈치 채지 못하다가 어느 정도 상황이 악화된 이후에야 비로소 상황의 심각함을 알게 되어 자칫 난의 건강을 되찾기 어려운 지경에 몰리기도 한다. 어느 정도 거리를 두고 난에 관심을 보이다 보면 그 변화를 민감하게 깨달을 수 있어 오히려 난을 건강하게 키울 수 있기도 하다. 물이나 햇빛이나 비료 등을 주는 간격에 신경을 쓰기보다는 난을 결정적으로 약하게 만들 수 있는 병이나 해충의 감염 여부를 챙기는 것이 난을 위해서는 더 중요한 일이다.

난에 대한 일정한 무관심이 난을 건강하게 키우고 난에 대한 사랑을 키워나가는 한 방법이 된다. 그렇다고 해서 난을 키운다는 사람이 난에 대한 사랑을 완전히 끊을 수는 없는 것 아니겠는가. 정상적인 사람이라면 자식에 대한 사랑과 관심을 끊을 수 없듯이. 난에 종속되기보다는 즐거운 마음으로 난을 사랑하며 난을 건강하게 키우고 싶다.

'개판' 에 대하여 : 접두사 '개–' 의 의미와 관련하여

　처음 정치에 입문하려 하니 주위의 많은 분들이 그런 개판 같은 동네에 왜 들어가려 하느냐는 말을 들었는데 정치판에 들어와 몇 달 지내보니 정말로 개판이라는 말을 여당 대표가 했다 해서 구설수에 오른 적이 있다. 기자들 앞에서 이런 말을 하기가 정치하는 사람으로서 한 나라 여당의 대표로서 얼마나 어려웠을 것인가 하는 생각이 들어 안쓰럽다.

　여당 대표가 한 '개판' 이라는 말을 보면서 그 말에 대해 생각해 보지 않을 수가 없었다. '개판' 이라는 말은 접두사 '개–' 와 '판' 이 합쳐져 만들어진 말이다. 즉 '개판' 이라는 말은 멍멍이를 뜻하는 '개' 와 '판' 이 합쳐진 것은 아니라는 말이다. 따라서 여당 대표가 한 말은 일단 정치판이 개들이 모여 벌이는 판이라는 뜻은 아니었다는 점에서 일단 안심은 해도 된다. 적어도 정치인들을 개로 취급하지 않았으므로 명예훼손은 면할 수 있게 되었으니까.

　'개–' 라는 접두사는 일부 명사의 앞에 붙어서 '참 것이 아닌', '좋은 것이 아닌', '함부로 된' 등의 뜻을 나타낸다. '야생의', '품질이 떨어진' 등의 뜻을 나타내는 접두사 '들-'과 '진짜', '진실'이나 '질이 좋음' 등을 의미하는 접두사 '참-' 등과 한 계열을 이룬다. 접두사 '개-'가 붙어 만들어진 단어가 그리 많지는 않다. 사전에 등재되어 있는 단어가 스무 개 남짓할 뿐이다.

접두사 '개-'가 흔히 쓰이는 예는 '참 것이 아닌'의 뜻이다. 먹을 수 있는 진달래를 '참꽃'이라 하는 데 비해 먹지 못하는 철쭉을 '개꽃'이라 하는 데서 보듯이 '참-'에 상대되는 의미로 쓰인 것이다. '참나리'에 상대되는 야생하는 나리들의 총칭인 '개나리', '참두릅'이 아닌 '개두릅' 등이 있고, 그 외에도 본래의 것이 아닌 그것에 미치지 못한다는 의미를 지닌 '개꽃', '개머루', '개떡', '개박하', '개살구' 등 적지 아니하다.

이외에도 접두사 '개-'는 '함부로 된' 등의 의미로도 많이 사용된다. 거친 가루를 적당히 반죽하여 솥에 찌거나 밥 위에 올려 찐 '개떡'은 함부로 된 떡이라는 의미이다. 이와 비슷한 의미로 사용된 예로 사리에 맞지 않는 허튼 소리라는 '개나발', '개소리' 등이 있다. 이외에도 대중없고 헛된 꿈인 '개꿈', 가치 없는 헛된 죽음을 뜻하는 '개죽음' 등도 이에 해당하는 좋은 예로 지적될 수 있을 것이다.

접두사 '개-'가 좋지 않은 어감을 갖게 되는 예는 '좋은 것이 아닌'이라는 의미로 사용되는 경우이다. 얼굴에 번질번질하게 끼는 좋지 않은 기름인 '개기름'은 '참기름', '들기름' 등과 대립되는 것이 아니라 좋지 않다는 의미를 지닌 것으로 보인다. 접두사 '개-'자가 이런 의미로 쓰인 예는 체면이 엉망이 되었다는 뜻의 '개꼴', 아주 심한 망신이라는 '개망신', 아무런 가치도 없다는 뜻의 '개뿔', 사리에 맞지 않는 말이나 행동을 뜻하는 '개수작' 등이 있다.

위에서 사용된 예들은 접두사 '개-'에 개[犬]의 의미가 매우 약화되어 있다. 그러나 접두사 '개-'가 '좋지 않은'이라는 의미로 상용된 경우에도 어느 정도 개[犬]와의 관련을 유추할 수는 있지만 꼭 그렇게 연관시키지 않아도 관계없다. 그러나 다음에 사용된 접두사 '개-'는 '좋지 않음'을 나타내는 것이기는 하지만 명백히 개[犬]과 관련이 있다. 옳지 않은 행동으로 더러운 욕망을 채우기 위한 싸움이라는 '개싸움', 행실이 더럽고 막되어 먹은 여자라는 의미의 '개잡년', 개가 하는 지랄 같다는 뜻에서 나와 남이 하는 미운 짓을 뜻하는 '개지랄' 등이 그 좋은 예가 된다.

이렇게 접두사 '개-'를 살피고 나니 '개판'의 '개-'는 어디에 속하는지 궁금하다. 참된 판이라는 '참판'이 없으니 첫 번째 뜻으로 쓰인 것은 아닐 게고, 함부로 된 판이라거나 헛된 판이라 보기에는 그 의미가 적절하지 않다. 그러니 가장 적절한 예는 '좋지 않은'의 의미로 보아야 할 것이다. 즉 정치판이 개판이라는 것은 위의 예에서 보듯이 가치가 없고 엉망인 판이며, 개[犬]와 관련이 있는 판이라는 의미로 보아야 할 것이다. 위에서 본 '개싸움'이 '개들의 싸움'에서 나와 '더러운 욕망을 채우기 위한 싸움'으로 의미가 전환되었듯이 '개판' 역시 '개들이 모인 판'에서 '제 욕망만으로 가득 찬 개들이 벌이는 판' 즉 '몹시 난잡하고 엉망인 상태'라는 의미가 된 것이라 보아야 할 것이다.

'개판'의 의미를 이렇게 해석한다면 여당의 대표는 우리 정치판을 다음과 같은 의미로 명명한 것이 된다. 자신의 이익만을 생각하고 욕망만 가득해서 이성을 상실한 판, 난잡하고 원칙도 없고 양식도 통하지 않고 오직 더러운 욕망, 자신의 이익, 자기 파벌의 이득만을 생각하며 벌이는 추잡스런 판이라는 의미로 말이다. 허구한 날 정쟁만을 일삼고, 나라를 위해 해야 할 입법은 도외시하고, 자기 당의 이익을 위해 파행 국회를 일삼는 정치판, 자신이 저지른 잘못은 덮어두고 정치탄압 운운하는 정치판, 국민들의 지탄을 받다가 이제는 우스개꺼리가 되어버린 정치판을 여당 당수는 단 두 음절로 멋지게 명명해 준 것이다.

정통 야당 총재와 공조 여당 총재가 자리를 같이하자, 바로 이어서 힘이 밀릴 것을 불안하게 느낀 여당은 오래전 군소 정당의 국회 운영 방해를 막기 위해 횡포를 부려 만들어둔 교섭단체에 관한 규정을 바꾸기 위해 날치기로 국회법을 운영위에서 통과시켰다. 참으로 부끄러움을 모르는 개 같은 작태들이다. 그 일을 밀어붙인 당의 당수가 이미 그 판을 '개판'이라 명명한 다음이니 그들의 '개싸움'을 '개지랄'하고 있다고 하기도 무엇하고, '개꼴' 되기를 부끄러워하지 않는 그들에게 무어라 이야기해도 '개수작'이 될 뿐일 터이니 쓴웃음만 나온다.

이 더운 여름날, 죄 없는 이름을 수없이 들썩거려 다만 견공들에게 죄송할 따름이다.

정치인의 언어 순화를 촉구하며

 총선이 가까워 오면서 정치하는 사람들은 당선을 위해서라면 무엇이든지 해야 하는 절박한 심경이 되고 있다. 소선거구제 아래에서는 이등이란 의미 없는 일이 되고 마니 그 심정이란 무어라 말할 수 없을 것이다. 사정이 전부가 아니면 아무것도 아닌 방향으로 진전되고 있으니 선거판은 점차 과열되고 거기에 따라서 언어도 거칠어지고 있다. 말에서 밀리기 시작하면 선거에서도 밀릴 수밖에 없다는 생각인가 보다.

 선거철이 되면 어김없이 등장하는 표를 의식해 지역감정을 노골적으로 드러내는 말들이 이제는 심각하다는 말로는 어림없는 지경에 이르고 있다. '우리가 남이가', '핫바지', '무대접', '푸대접' 등등의 말들이 사용되더니 이제는 '영도다리에 가서 빠져 죽자' 느니 '그러니까 남들이 우리 **도 사람들을 우습게 안다' 느니 험악한 말들이 마구 사용되고 있다. 정치란 인간의 사회, 경제, 문화적인 모든 활동의 총화일진대 선거판의 말들을 듣고 있다 보면 우리 사회가 또 문화가 어느 수준에 있는가 답답한 마음이 든다.

또 이번 선거에 들어와서는 유난히 바람이 많이 불고 있다. 언제부터인지 꾸준히 선거 때마다 등장하던 북풍(北風)에, 지난 대통령 선거부터 집중적으로 불기 시작한 병풍(兵風)은 여전히 존재하고, 명단풍(名單風)에 세풍(稅風)이 불더니 이제는 전과풍(前科風)까지 불어댄다. 각자가 자신의 의견을 여론화하기 위한 방법으로 각종 바람을 몰고 또 여당은 여당대로 야당의 약점을 드러내기 위해, 야당은 여당의 약점을 물고 늘어지기 위해 만들어낸 바람들이다. 이런 바람들 탓에 유권자들은 무엇으로 후보자를 가늠하고 한 표를 행사해야 할지 어리둥절할 뿐이다. 게다가 명단이 발표되고 검찰의 수사가 시작되면 뻔히 누구나 다 아는 사실도 물타기 전법으로 김을 빼고, 야당 탄압으로 몰아붙이고, 상대방의 흑색선전이라고 떠들어대는 것을 보면 이러한 정치인들의 말은 이미 말이기를 넘어선, 아니 말이기를 포기한 언어폭력이라는 생각에 역겹기까지 하다.

어제 뉴스에는 '저격수들의 선거운동'이라는 말이 등장했다. 사람을 죽이기 위한 특수한 훈련을 받은 전문적인 살인자를 일컫는 저격수라는 말이 우리 정치판에는 오래 전부터 사용되고 있다. 정치가 올바른 공약을 내걸고 국가와 민족의 미래를 제시하여 국민들을 자신의 편으로 끌어들이려 하기보다는 상대방의 약점을 공격하여 여론화하고 그 결과 자신의 당에 상대적인 이익이 돌아오게 하려는 하지하(下之下)의 전략을 구사한 탓이다. 이런 상황이니 상대방을 '사기꾼', '거짓말쟁이', '입을 공업용 미싱으로 꿰매야 한다'는 말답지 못한 말들이 마구 사용되고 '방탄 국회'라는 성립되지도 않는 살벌한 단어가 등장한다.

　정치하는 사람들이 이렇게 거친 언어를 마음껏 구사하는 것은 실상 우리 정치사의 흐름과 관련이 없지 않다는 생각이 든다. 개항 이후 우리 정치는 일제와 자유당과 박정희 정권과 이후의 전두환, 노태우 등 엉터리 정권의 폭압적인 독재 정권으로 이어져 왔다. 정치 상황이 정상적이지 못하여 식민 정치 그리고 독재 정권으로 이어지면서 전 국민이 치열한 투쟁을 벌이다 보니 정치와 관련된 언어는 거칠어야 선명성과 투쟁성을 견지할 수 있었다. 더욱이 독재와의 투쟁을 거치면서 독재 정권의 치부를 드러내고 그것을 여론화하는 것이 마치 야당의 임무인 듯 이해되었고, 또 상대방의 잘못이나 실수를 최대한 이용하는 것이 효과적인 정치적 수단으로 간주되기도 했다. 그 결과 보다 공격적이고 보다 가시 돋친 말을 만들어내는 것이 뛰어난 정치인의 능력으로 여겨졌고, 또 그러한 사람들이 정당의 대변인이 되고 정치적으로 성장해 온 것이 사실이다. 정치의 과정이 이러하니 말이 거칠어지는 것은 일변 당연한 것이 되기도 한다.

　정치는 모든 국민의 삶과 관련되기에 국민 각자의 이해관계를 조화시키는 묘에서 비롯된다. 그런데 말이 거칠어지면 화가 일어나고 이성을 상실하게 되어 조화를 이루어낼 수 없게 된다. 조화를 찾기보다는 주먹이 먼저 움직이게 되는 것이다. 국회의사당에서 일어나는 삿대질과 주먹질은 이성에 의한 말보다는 감정에 의한 말, 단 한 마디에 상대방을 항복시키려는 폭력적인 말에서 비롯된다. 국민을 대표하는 국회의사당에서 국민을 대표하기는커녕 국민을 실망하고 분노에 떨게 하는 일을 하고도 부끄러움을 모르는 정치인들, 정치를 하면서 세련된 말을 사용하려 애쓰기보다는 조금이라도 더 자극적인 말을 사용하려는 태도가 문제인 것이다.

말이 바로 서야 판단을 바로 세울 수 있다. 새로운 세기를 맞아 새로운 시대로 나아가기 위해서는 보다 이성적으로 세계를 바라보고 나와 남이 조화를 이루려는 노력이 필요할 것이다. 단순한 기술문명의 발전을 넘어선 진정 인간다운 인간 중심의 사회가 이루어져야 한다는 말이다. 이를 이루어 나가기 위해서는 온 국민의 노력과 함께, 민족을 이끌어 나가는 정치인들의 올바른 가치관과 미래를 바라보는 전망 그리고 조화를 이루려는 의지와 자세가 필요하다. 그런데 아직도 우리 정치인들의 의식 수준을 그대로 드러내는 욕설보다 못한 거친 말들을 바라보면 실망스러울 따름이다.

이제 국민운동단체에서 정치인의 비리와 함께 언어를 감시할 필요가 있다. 언어가 무례한 정치인을 찾아 그들을 퇴출시키기 위한 운동을 전개해야 한다. 그리고 이보다 먼저 정치인 스스로 국민에게 믿음을 줄 수 있는 국회를 만들고 올바른 민주주의를 이룩하기 위해 우선적으로 언어를 순화시키기 위한 노력을 기울여야 할 것이다.

* 이 글을 쓴 지 10여 년이 지난 지금도 정치인들이 던진 욕설에 가까운 거친 말들이 신문지상을 장식하는 것으로 보면 우리 정치권의 언어 순화는 요원한 것 같아 답답할 따름이다.

의사들의 집단행동이 갖는 문화적 의미

의사들의 집단 파업이 엿새 만에 일단락되면서 의사들은 병원으로 복귀를 선언했다. 의사들의 진료 거부로 많은 환자와 가족들이 곤욕을 치르고, 어떤 환자들은 죽음에 이르고, 국가 전체가 혼란에 빠지는 것을 보여주어 의사들의 힘을 과시할 만큼 과시한 다음이다. 결국 그러한 집단행동으로 의사들은 자신들의 힘을 충분히 사회에 보여주었고 그들 직업이 갖는 사회적 영향력의 일단을 우리 사회가 깨닫게 하였다. 이것만으로도 의사들이 집단행동을 한 목적과 의의를 충분히 달성한 것인지도 모르겠다.

이번 의사들의 집단행동은 미래의 국민 건강을 확보하기 위해 현재의 국민 건강을 담보하였다. 약물의 오용과 남용이 우려의 수준이 넘었음은 이미 오래전부터 많은 뜻있는 사람들이 문제를 삼은 바이다. 의사의 처방 없이 인류가 만들어낸 거의 모든 약을 구입해 사용할 수 있었던 우리의 현실이 위험한 수준을 넘어섰다는 것은 누구나 인정하는 사실이다. 이러한 약물의 오용과 남용을 원천적으로 막아야 한다는 의사들의 충정은 존경을 받아 마땅하다. 그러나 그것을 주장하는 시기와 방법이 전혀 적절하지 않았다. 동일한 말이 시기와 방법이 맞지 않은 탓에 자신들의 이익을 챙기기 위한 합리화로 이해된 것이다. 그 결과 의사들은 돈만을 추구하는 집단이라는 인식을 전 국민들에게 강렬하게 심어주었다. 언어가 상황에 따라 전혀 다르게 이해될 수 있음은 이번 사태를 겪으면서 의사협회에서 내놓은 성명서를 통해 확연히 알게 되었다. 성명서에 나온 모든 말들은 결국 의사들이 자신들의 경제적 이익을 위해 언어를 왜곡하고 있다는 식으로 의심을 받을 수밖에 없었기 때문이다.

의약분업과 관련하여 몇 년 전 약사들이 파업한 바 있다. 그때도 약사들은 국민들의 건강을 확보하고 경제적 부담을 덜기 위해서는 올바른 의약분업이 이루어져야 한다는 주장을 내세웠다. 그때 의사협회 측은 약사들의 집단행동을 그들의 경제적 이익을 상실하지 않고 나아가 더 많은 이익을 챙기기 위한 몸부림 정도로 매도했다. 그렇다면 이번에 의사들이 일사분란하게 단결하여 진행한 파업 행위는 무엇인가. 동일한 비판을 감수해야 하는 일 아니던가? 임의조제나 대체조제라는 핵심 논쟁거리에 가려 묻혀 있기는 하지만 의료수가의 인상이라는 국민 경제에 영향을 미치는 중차대한 문제가 공존하고 있지 않은가. 약을 팔지 못해 줄어든 의사들의 이익을 의료수가로 상쇄하자는 것인데 이에 대해서는 왜 정당하게 공개적으로 주장하지 않는가. 그것은 누가 보아도 국민의 건강을 위해서이기보다는 분명 의사들의 이익을 위한 행위이기 때문인가.

우리 사회가 근대와 현대를 넘어서 초현대 사회로 변화해 가면서 여러 분야에서 기존의 권위가 사라져 가고 있다. 과거에 권위를 자랑하고 기득권을 보장받던 많은 직업들이 점차 퇴색해 가고 있는 것이다. 선생의 그림자도 밟지 않는다던 교사들의 권위는 경제 개발과 함께 더 큰 수입이 보장되는 직업군이 등장하면서 급속히 퇴락하였다. 교사들은 교권을 주장하며 노동조합을 만들었으며 복수 노조의 설립이 가능해졌다. 그 결과 많은 교사들이 주장하던 인간 교육, 진정한 교육, 참교육이 가능해졌는지는 모르겠지만 교사들은 이제 존경받는 직업에서 자기 스스로 노동자의 자리로 나아갔다. 노동이 신성한 것임을 모르는 것은 아니지만 교사가 노동자라고 선언한 이상 그들이 이전의 교사들이 받았던 존경을 받으려 하는 것은 어불성설이다. 스승의 말이 갖는 권위를 강조하고 학생들에게 존경을 강요하는 것 역시 어색하다. 즉 선생님이라는 말이 자신들의 행동의 결과로 다른 의미를 지니게 된 것이다. 언어란 상황에 따라 다른 의미로 파악되기 마련이니까.

약사들은 의사에 미치지 못하는 사회적 권위를 가진 집단이었다. 그들은 병원에 갈 수 없거나 가기가 귀찮은 사람들을 상대로 의료 행위에 해당하는 조제를 하면서 경제적인 부를 축적할 수 있었다. 이러한 경제적인 안정감 때문에 입시철이 되면 약학과가 상대적으로 상위 학과를 형성하는 때가 있었고 그것도 꽤 오랜 시간 그래왔다. 그러나 점차 사회가 다양화하면서 약사라는 직업의 한계는 금세 드러났다. 약국이라는 한정된 공간에서 약을 파는 행위는 사회적인 존경의 대상이 되기 어려웠고 더 많은 기회가 있는 직업들이 등장함에 따라 점차 쇠락해 가는 것은 약사라는 직업이 갖는 어쩔 수 없는 도정이었으리

라. 여기에 그들은 의약분업과 관련하여 파업을 감행했고 그 결과 그들이 갖고 있는 국민 건강을 책임진다는 아주 작은 권위마저도 돈벌이라는 의미로 전화되었다. 이제 누가 약사에게 약사 선생님이라고 하겠는가.

의사들 역시 똑같은 길을 자기들 스스로 걸어간 것이다. 우리가 의사를 존경하는 것은 그들이 배움과 경험을 통해 알고 있는 의술로 아픈 사람을 낫게 한다는 데 있었다. 그들이 고통 받는 많은 사람을 구해 주기 때문에, 의술 행위의 결과로 그들이 일정한 부를 누리는 것은 당연한 것으로 인정하는 것이 일상적인 시민들의 인식이었다. 그들이 공부한 것을 팔아 병을 고치고 그 대가로 돈을 받는 것은 당연한 일이고, 그들은 많은 사람들을 아픔에서 구해 준다는 것 때문에 존경을 한 몸에 받았다. 그래서 그들에게 의사 선생님이라고 불러준 것은 보통 사람들의 진심이기도 했고, 그들에 대한 최대의 예우였던 것이다.

그런데 그들은 그들이 담당해야 할 환자들을 내팽개치고 집단의 힘을 과시하였으며 심한 경우 환자를 진료하는 의사들에게 협박을 가하기도 했다. 지성의 전당이라는 대학의 교수들도 동업자의 논리에 찬성을 보냈으며, 공무원 신분인 국립의대 교수들도 행동을 통일했다.(이것은 논리를 어떻게 세워도 엄연한 실정법 위반에 해당한다) 자기 집단의 이익을 위해서 완전한 행동의 통일을 보인 것이다. 환자를 버려둔 의사들은 한 자리에 모여 붉은색 머리띠를 두르고 구호를 외치고 투쟁의 노래를 불렀다. 민족의 장래가 암울하던 시기에 그 많은 학생들이 거리에서 투쟁하고 죽음으로 내몰릴 때도 국민의 건강을 위해서라며 연구실에 박혀 민주화의 물결을 애써 외면하던 그들이 한

자리에 모여 결사 항쟁을 다짐했다.

이것은 그들 스스로 인술을 펴는 진정한 의사이기를 포기하는 선언이기도 했다. 그들은 국민의 건강을 위해 독재도 민주화도 그 무엇에도 관심을 가지지 않았고, 또 국민들은 그들의 그러한 행위를 일정하게 인정했었다. 그런 그들이 자신의 기득권과 관련되는 장면에서 그것도 그것이 잘된 방향이든 잘못된 방향이든 의약분업 시행을 며칠 앞두고 국민 건강을 담보로 실력 행사에 돌입한 것이다. 이것은 그간 국민들이 보내준 의사들의 소극적 현실 참여에 대한 용인을 배반하는 행위였고, 의사들 스스로 인술을 펴는 집단에서 노동자의 반열로 내려갈 것을 선언하는 것을 의미하기도 한다. 존경보다는 이익을, 개인적인 위엄보다는 조직의 힘을, 의사이기보다는 의료꾼이기를 선언한 것이다. 이제 누가 그들에게 진정한 존경심을 가지고 의사 선생님이라고 부를 것인가. 자신의 이익을 위해서는 언제든 환자를 내팽개칠 수 있는 집단임을 확인해 준 그들에게 누가 진정한 존경의 염을 보낼 것인가. 자신들의 명예를 돈과 바꾸겠다는 것이 이번 집단행동 아니겠는가.

이 시대에 '선생님'이라는 말은 어디로 가야 하는가. 이제 선생님이라는 말을 들을 수 있는 직업은 점차 사라져 가는 것 같다. 선생이라는 말은 문자 뜻 그대로는 먼저 태어났다는 의미밖에 없지만, 학문적으로 일가를 이루어 후학들의 존경을 한 몸에 받을 만한 사람에게 붙이는 최대의 존칭이었던 시기가 있었다. 선생이라는 명칭이 점차 광범위하게 퍼지기는 했지만 언제나 거기에는 최대한의 존경이 담겨 있는 것이 상례였다. '군사부일체(君師父一體)'라는 언어 사용의 전통이 그것을 증명해 준다. 그러나 대중의 시대, 속도의 시대, 가치 전도의 시대, 돈이 지배하는 시대로 바뀌면서 선생이라는 말이 점차 사라져 간다. 진정 존경의 마음을 가지고 대할 수 있는 직업군이 사라져 가기 때문이다.

이제 선생이란 단어는 개인적으로 최고의 존경의 마음을 담아 사용하는 그러한 경우에 한하여 사용되어야 하는 것이 아닌가 싶다. 어쩌면 이것이 진정한 선생의 의미일지도 모르지만 참으로 쓸쓸한 시대를 살고 있다는 생각을 지울 수 없다.

한국 근대소설에 나타난 인간상의 흐름*

개항과 함께 서구 문물을 받아들이기 시작하면서 지식인들은 가장 시급하게 해결해야 할 시대적 문제로써 계몽과 개화를 떠올리게 된다. 조선조의 성리학적인 세계관을 벗어나고 서구의 현란한 물질문명을 쫓아가기 위해서는 무엇보다 서구의 문물을 받아들이는 것이 선결되어야 할 문제라 여겼기 때문이다. 근대 초기 신문과 잡지의 발간이 이어지고 서구의 문물을 교육하기 위한 새로운 교육기관이 설립된 것은 이러한 시대적인 상황을 잘 보여준다. 또 전기와 기차를 비롯한 새로운 과학기술을 받아들이고 제도를 개편하고 새로운 의료제도를 구축하는 것 모두 서구의 문물을 전범으로 하여 우리 사회를 계몽과 개화의 길로 나아가기 위한 시도였다.

······

* 이 글은 2009년 5월 30일 '한국문화에 나타난 인간상 탐구' 라는 주제 아래 한국 현대소설학회와 한중인문학회가 공동으로 개최한 학술대회에서 발표한 원고를 수정한 것이다.

이러한 시대적 상황에 발맞추어 한국 근대소설에는 근대적인 교육의 중요성을 강조하고 민족 교육을 실천하려는 새로운 인간들이 등장하게 된다. 즉 교육을 통한 계몽과 개화라는 시대정신에 따라 신교육을 받고 그것을 다음 세대에 교육함으로써 계몽과 개화를 실천하려는 새로운 인물들이 등장한 것이다. 근대 교육을 통해 근대화를 실천하려는 인물들은 개화기 소설에서부터 아주 흔하게 발견되며, 한일합방을 전후하여 이광수를 비롯한 많은 계몽주의적인 작가들에 의해 근대소설의 주된 인물로 자리 잡게 된다.

　그러나 시간이 흐르면서 근대 교육을 통하여 조국을 계몽 · 개화시키려는 인물들은 점차 한국 근대소설에서 사라지게 된다. 선각자들에 의한 근대 교육이 민족정신 교육으로 나아가는 현실에 접한 일제는 민족 교육을 철저하게 탄압하기 시작한다. 그와 동시에 일제가 새로운 교육 정책에 따라 학교를 설립하고 새로운 교육기관을 통해 식민지 교육을 시행하기 시작하자, 근대적 교육의 중요성을 강조하던 계몽주의적 소설의 주제가 변모한다. 알지 못하는 사이에 근대적 교육을 통한 개화를 주창하던 자리에 개화의 대안으로서 자유연애를 주창하는 인물이 등장한 것이다. 자유연애란 전통적인 조혼의 악습을 극복하는 방안이며 중세적 질곡을 벗어나는 중요한 하나의 대안일 수는 있다. 그러나 중세적인 질서의 폐해로는 적서 차별 문제라든가 토지제도의 문제와 같은 정치 · 경제 · 사회 전반에 영향을 미칠 중요한 사안이 적지 않았다. 그런 점에서 자유연애는 소설의 전면적인 주제로 내세우기에는 그 비중이 현저하게 부족한 주제였다.

　그러나 근대적 교육의 중요성을 문제 삼던 작중인물들이 사라진 자리에 자유연애를 주창하는 인물들이 등장하고 이러한 인물이 한국 근대소설의 주류를 이루게 된다. 이는 일제 강점의 영향으로 한국 근대소설이 점차 민족적인 문제나 사회적인 문제로부터 멀어질 수밖에 없는 당대의 현실을 반영하는 것이라는 평가가 가능하다. 이와 함께 자유연애가 남녀 간의 사랑이라는 인간 본연의 정서를 다루어 당대 청년 독자들의 폭발적인 호응을 얻을 수 있었음과도 밀접한 관련을 갖는다.

3·1운동을 전후한 시기에 사회주의 사상이 중국과 일본을 통하여 한국에 전파된다. 조선조 사회에서부터 존재하던 사회적 모순이 일제의 강점으로 더욱 심화되자 지식인들은 이러한 사회적 모순을 극복하기 위한 방안을 모색하게 되고 자연스레 이 시기에 전파된 무정부주의나 공산주의 등과 같은 사회주의에 관심을 갖게 된다. 1920년을 전후한 시기에 식민지 조선에 몰아닥친 사회주의에 대한 열풍은 식민지 종주국 일본의 영향을 받은 것이면서 동시에 봉건제도과 식민지 상황이라는 이중적 모순에 찌든 한국 사회의 구조적 모순을 극복하기 위한 주체적인 노력이기도 하였다.

작가들 역시 당대 사회의 모순에 대해 깊은 관심을 가지고 있었다. 그러나 사회의 구조적 모순을 파악하고 그것을 극복하기 위한 이론적인 대안도 마련되지 않았고 또 새로이 등장한 주제를 소설적으로 형상화할 만한 창작적 기반도 가지지 못했다. 따라서 작가들은 당대의 궁핍하고 비참한 현실을 이야기하고 극단의 상황에 내몰려 살인, 방화와 같은 개인의 단말마적이고 파괴적인 대응만을 하는 인간상을 그려내기에 이른다. 그러나 이같이 개인적으로 분노를 표출하는 것으로 끝나는 신경향파 소설은 식민지 현실에 대한 관심이 심화되고 카프가 조직되어 많은 논의의 과정을 거치면서 사회주의 창작방법론에 따라 새로운 인간상을 그려나가는 방향으로 변모하게 된다.

1930년대에 들어서면서 카프 진영의 작가들은 식민지 현실의 극복과 계급 문제의 해결을 위하여 창작 과정에서 조직적 투쟁의 중요성을 강조하고 문제적 인간이라는 개념을 사용하기도 한다. 이는 지주나 자본가에 대한 투쟁이 개인적으로 이루어질 때에는 실패로 끝날 수밖에 없다는 그들의 현실 인식을 반영한 것이다. 즉 현실의 모순을 깨달아 역사의 올바른 방향으로 변모시키려는 의지를 가진 인물이 노동자와 농민들을 조직하여 지주나 자본가와 투쟁하여야만 일정한 승리를 담보할 수 있다는 현실적인 판단이다. 그러나 한국 근대소설에 있어서 이러한 진보적 인간상의 등장은 사회 문제에 대한 인식과 극복에 대한 노력의 결과이며 주어진 역사적 현실 속에서 이루어낸 값진 결과이기는 하지만 실패 또는 절반의 성공이라는 한계를 보인다.

카프 진영의 작가들이 식민지 현실을 변혁시키기 위한 진보적 인간상을 창조해 낸 것은 그들과 역사 인식을 달리하는 민족주의 진영의 작가들에게도 큰 영향을 미친다. 계몽, 개화, 자유연애 등의 주제에 치우쳐 있던 작가들은 궁핍한 식민지 현실에 관심을 갖고 적빈의 상황에 몰린 가난한 이웃들의 이야기를 작품화하기에 이른다. 또 그 자신이 사회주의자는 아니라 하더라도 그들의 이념에 동조하여 그들을 이해하고 도와주는 동정자들이 작품에 등장하는 것 역시 카프 진영의 작가들이 창조해 낸 진보적 인간상이 이 시기 한국 근대소설에 등장하는 인물에 커다란 영향을 미쳤다.

일제의 군국주의화가 진행되면서 일본에서의 사회주의 운동이 불법화되자 많은 일본의 지식인과 작가들은 일본주의로 나아가고 결국은 천황제로 전향하기에 이른다. 이 과정에 일본 정부가 지식인들에게 가한 폭력은 적지 않았고 이러한 강압은 식민지 조선에도 이어진다. 작가들은 일제의 강요에 의하여 이념을 포기하고 일제의 정책에 동조하는 자세를 취할 수밖에 없게 된 것이다. 따라서 이 시기 소설에는 전향을 한 후, 변화한 사회에 적응하려 애쓰는 인물들이 급격하게 증가한다. 일본의 작가들이 전향의 상황을 비교적 쉽게 받아들인 데 비해 식민지 조선의 작가들은 전향 이후의 삶을 어려워하는 모습을 보이기도 한다. 이는 일본의 지식인들과 달리 식민지 조선의 지식인과 작가들은 전향 이후 돌아갈 조국이 없다는 현실의 차이와 무관하지 않음은 쉽게 짐작할 수 있다.

진보적인 인간상을 그리기를 포기한 작가들이 나아간 출구의 하나가 극단적인 서정적 세계를 지향하는 길로 나타난다. 인간은 자신이 지향하는 일에 극복하기 어려운 어려움이 닥쳤을 때 그 난관을 극복하기 위하여 투쟁하거나 원래 지향하던 방향과는 전혀 다른 방향으로 나아간다는 지적이 있다. 카프의 맹원은 아니었으나 카프의 이념과 일치하는 방향의 작품을 썼던 작가들이 카프가 해산된 뒤 극단의 서정세계로 나아가 서정소설을 지향하거나, 도시라는 현실적인 삶의 공간을 버리고 전원으로 돌아가 사는 삶을 예찬하는 양상을 보이기도 하는 것이다. 이들이 만들어낸 서정적인 인물들은 인간이 살아가는 현실의 공간이 아닌 가상의 세계를 살아가는 비현실적인 인간상이다. 그러나 이러한 비현실적인 인물은 이후 오랜 기간 한국 근대소설의 중요한 인간상으로 자리 잡게 된다.

　서정성과 농촌 지향의 소설과 반대 방향으로 근대적인 도시를 관찰하고 소설화하는 경향이 나타나기도 한다. 식민지 체제하에서 근대적인 도시가 형성되고 있었고 많은 사람들은 도시의 현란함에 빠져들기 시작한다. 이러한 현상을 반영하듯이 소설 속에서 근대적인 도시의 모습과 도시 속에서 살아가는 사람들의 모습을 관찰하여 보고하는 새로운 형식의 소설이 등장한다. 이러한 소설에 등장하는 근대 지향의 인물들은 극단의 서정적 세계를 지향하는 비현실적인 인간상과 그 외형은 크게 다르나 사회 현실에 존재하는 핵심적인 모순이나 여러 문제점으로부터 고개를 돌리고 현실로부터 도피하고 있다는 점에서는 크게 다르지 않다.

　일제의 군국주의화가 강화되고 전 세계적으로 위기가 닥치면서 한국 근대소설에는 자기 폐쇄적 인물이 등장한다. 이전 시기에도 타자와 격리된 이상 징후를 보이는 인물들이 소설작품들에 전혀 없었던 것은 아니다. 그러나 이 시기에 등장한 타자와의 관계가 단절된 인물들은 현실로부터 괴리되어 있을 뿐 아니라 자기의 의식 속에 함몰되어 자신의 내면을 분석하는 데 몰두하는 양상을 보인다. 이 시기에 새롭게 등장한 자기 폐쇄적인 인물은 타자와의 관련이 약화되어 가는 근대 도시인의 삶의 모습을 형상화한 것이기도 하고, 이 시기 전 세계적으로 유행한 심리소설의 영향을 받은 것이기도 하다. 그러나 이러한 자기 폐쇄적인 인물들 역시 전쟁으로 나아가는 일제 군국주의와 궁핍한 식민지 모순에 관심을 보이지 않는 현실 도피적인 인간상이라는 점에서는 위에 지적한 인물들과 궤를 같이 한다.

식민 종주국인 일제가 전쟁으로 나아가면서 사회적 경제적 억압이 점차 심해지자 현실의 여러 문제들에 적응하지 못하거나 현실로부터 소외되고 파멸되어가는 인물들이 소설의 주류를 이루어가기 시작한다. 즉 식민지 조선의 작가들은 극단의 서정이나 근대 도시의 외형에 매달리거나 자기 내면으로 파고드는 등 당대 사회의 구조적 모순이나 현실적인 많은 문제에 대해 주체적으로 고개를 돌리는 현실 도피적인 인간상을 창조한 것이다. 이러한 인간상의 창조는 현실에서 패배하고 소외되는 비극적인 인물을 통해 일제의 억압과 검열 속에서 가능한 한도에서나마 현실의 문제점을 잘 드러낸다.

근대화 과정에서 많은 사람들은 여러 가지 이유로 자신의 의지와는 관계없이 주변부의 삶으로 밀려나게 된다. 전통 사회에서 근대화된 사회로의 급격한 현실 변화에 적응하지 못하여 사회의 중심에서 밀려나기도 하고, 근대화된 사회에 필요한 능력이 부족하여 주변부로 밀려나 어렵게 살아가기도 한다. 작가들은 식민 정책에 의해 근대화된 일제 강점기 말의 어려운 현실에 적응하지 못하고 어렵게 삶을 유지해 가는 주변부의 인물들을 소설의 대상으로 삼기 시작한다. 그들이 소설 속에 형상화하고 있는 현실 부적응의 인간상은 주변부의 삶을 살아가는 사람들에 대한 작가의 애정이기도 하고, 그렇게 살아갈 수밖에 없게 만드는 식민지 현실을 다루는 새로운 방식이기도 하였다.

이와는 달리 현실의 무게와 억압을 견디지 못하여 자신의 꿈과 이상을 접을 수밖에 없는 인물들이 소설화되기도 한다. 현실의 변혁을 위해 혼신의 힘을 다하던 젊은이들이 시간의 경과와 함께 현실에서 소외되어 타인의 관심을 끌지 못하게 되자 술이나 마약으로 빠져들어

버리는 인물들이 소설 속에 자주 등장하는 것이다. 현실 변혁운동이 일제의 강제에 의해 불가능해지고 전향을 강요받아 어쩔 수 없이 현실로 돌아오게 된 전향 지식인들이 돌아갈 만한 공간은 없었을 것이다. 출구가 보이지 않는 절망 속에서 그들은 자기 스스로 현실을 떠나 자신을 소외시켜 버린다. 스스로 소외되어 타락으로 빠져들게 된 모습은 일제 군국주의의 폭압 속에서 그려낼 수 있는 양심적 지식인의 모습이었을 것이다.

　일제 강점기 말의 이러한 비극적이고 패배적인 인간상은 작품에 나타난 유이민들의 처절한 모습에서도 발견된다. 만주로의 이민은 짧지 않은 역사를 가졌으나 만주국의 건국과 일제의 만주 개척정책에 따라 수백만에 달하는 유이민이 발생한다. 그들은 경제적인 파탄을 극복하기 위해 만주로 건너갔으나, 만주에서의 삶 역시 고달플 수밖에 없었다. 만주국은 오족협화라는 거창한 구호 아래 서로 협력하며 행복하게 살 수 있는 낙토로 홍보가 되었지만 가난한 이주 조선 농민들에게는 만만한 삶의 공간이 아니었다. 만주에서 비참하게 살아가는 조선인의 형상은 사회의 구조적인 모순 속에서 경제적으로 핍박을 당하는 현실을 보여주는 점에서 또 다른 비극적 · 패배적 인간상에 다름이 없었지만, 그것이 만주라는 공간에서 이루어지고 있다는 점에서 당대 독자들에게 구체적인 현실감으로 다가오지는 않았을지도 모른다. 그러나 공간적 배경을 만주국으로 하고 있음에도 민족의 고난을 소설화하여 이 시기의 우리 민족의 삶의 모습을 잘 보여주고 있다.

통일문학전집 발간 계획에 대한 소회

1998년 취임한 예술원장이 취임과 함께 기획하여 2001년 발간을 목표로 추진해 온 속칭 통일문학전집 발간 사업은 근대 이후 현재까지 남북한 문학을 대표할 만한 작품들을 모아 100권 정도의 통일문학전집을 발간하겠다는 기획인 바, 2000년 남북정상회담을 계기로 획기적인 돌파구를 찾을 것으로 기대된다는 지적이 있다.

한국전쟁 이후 월북 문인에 대한 언급이 금지되었다가 1988년 해금 조치가 있은 후, 공식적으로 몇몇 해금되지 않은 작가가 있지만 우리는 해방 이전의 거의 모든 작가에 대해 자유롭게 연구하고 언급할 수 있는 상황에 이르렀다. 그러나 아직도 해방 이후의 북한 문학에 대해서는 월북한 작가의 작품 몇 편이 소개되는 정도에 그치고 있으며, 분단 이후 북한에서 등단한 작가들에 대해서는 몇몇 전문가들을 제외하고는 이름조차 모른다. 이제 남북이 화해하는 상황을 맞이하여 남북한 문학을 망라한 한국문학대표선집을 기획한다는 것은 온전한 한국민족문학사의 복원이라는 점에서 커다란 의의가 있는 일이다.

그러나 이러한 방대한 사업에 임하기에 앞서 몇 가지 짚고 넘어가야 할 일이 있다는 생각이다. 통일문학전집의 발간이 갖는 의의를 충분히 인정하면서도 그것이 올바른 민족문학의 정립을 위한 시발점이 된다는 점에서, 또 통일문학전집이라는 이름으로 남북한 문학을 정리하면 그것이 우리 민족문학의 과거를 정리하고 우리 민족문학이 나아갈 방향을 제시하는 기능을 갖는다는 점에서 논의에 논의를 거듭하여야 하겠기 때문이다. 차범석 예술원장의 대통령 수행 방북시 갖게 될 북측 인사와의 회담 결과에 따라 상황은 다소 유동적이기는 하지만, 기획과 편집을 진행하고 있는 현 상황에서 다음 몇 가지에 대한 검토와 논의가 필요하리라는 생각이 든다.

우선 작품 선정 기준에 대해 다시 논의되어야 할 것이다. 문학전집을 만든다는 것은 문학사를 대표하는 작품을 선택하는 일이다. 이것은 선정하는 사람이 어떠한 문학관을 가지고 있는가에 따라 전혀 다른 결과를 가져올 수 있다. 남한의 문인이나 학자들이 공히 인정하는 작품들이 없는 것은 아니지만 그렇지 않은 대다수의 많은 작품들은 개인에 따라 아주 다른 평가를 내릴 수 있다. 따라서 문학전집은 편집자에 따라 수록되는 작품이 매우 달라질 수밖에 없다. 그래서 한국 문학을 전혀 대표할 수 없는 작품이 모인 한국대표문학전집이 만들어지곤 한다. 문학전집을 만든다는 일이 이러할진대, 전혀 이질적인 체제와 문화를 가지고 반세기를 발전해 온 남북한의 문학을 대표하는 문학작품을 선정한다는 것은 지난한 일일 밖에 없다.

해금 조치 이후 한동안 북한 문학 붐이 인 적이 있었다. 북한 측의 이념이 너무 강조된 것은 제외한다는 정부의 방침에도 불구하고 북한에서 문제작으로 언급된 「피바다」나 「꽃 파는 처녀」 등을 중심으로 꽤 많은 작품들이 출판되었다, 그러나 이 작품은 북한 문학에 대한 호기심이나 금기 파괴의 쾌감 정도로 단기간 인기를 끌었으나 얼마 지나지 않아 시들해져 버렸다. 이러한 북한 문학의 반짝 인기는 소설적 재미와 문예미학적 한계와 일정하게 관련이 있었던 것으로 이해된다. 즉 남쪽 독자들에게 그 작품들이 재미있게 또 감동적으로 읽히지 못했던 것이다. 이것은 우리가 북한 문학을 선집으로 묶을 때 어떤 작품을 선택할 것인가 하는 문제로 귀결된다. 북한 측이 자신들의 문학을 대표한다고 내놓는 작품과 우리 측이 북한 문학을 섭렵하여 골라내는 작품들은 매우 다를 수밖에 없을 것이다. 이러한 작품 선정의 문제를 극복할 수 있는 방안을 마련하는 것이 우선 시급한 문제이다.

작품 선정의 문제는 자연스레 남북한 이념 차이를 극복하는 문제와 이어진다. 문학은 사회문화의 산물이다. 이는 아주 쉽게 할 수 있는 말이지만 우리가 어떤 것이 좋고 나쁘다고 판단하는 일과 어느 것이 아름답고 어느 것은 그렇지 않다고 인식하는 일 모두가 다 문학과 관련된다는 뜻이다. 호오나 미추의 문제는 매우 주관적인 것이기는 하지만 이 주관이라는 것은 늘 사회문화적인 범위에 얽매이게 마련이다. 즉 그 시대의 지배적인 가치 판단 기준으로부터 벗어날 수 없는 것이다.

남과 북은 자유와 평등이라는 서로 다른 이데올로기를 바탕으로 50년 이상 동안 서로 다른 공간에서 서로 다른 문화를 발전시켜 왔다. 자본주의와 자유로 상징되는 남한과 사회주의와 평등으로 대표되는 북한은 인간의 이성적인 판단과 함께 정서까지도 이질적인 것으로 변모시켰다. 남한과 북한의 주민들에게 스며든 이념의 힘은 그들이 세상을 바라보는 방식을 다르게 만들고, 호와 오 그리고 미와 추를 판단하는 근거를 바꾸어 버렸다. 따라서 양측에서 최선이라고 선택해 제출한 작품들은 서로 상대방을 설득시키기가 만만치 않으리라는 것은 당연하다. 이는 이효석을 1930년대를 대표하는 중요한 작가의 하나로 취급하는 남한 측 문학사와 작가로 언급조차 않는 북한 측의 문학사의 차이에서 확연히 알 수 있는 일이다. 따라서 어떤 방식으로 작품을 선정하는가 하는 일이 최초로 기획되는 통일문학전집의 성패를 가늠하는 열쇠가 된다는 생각을 바탕으로 이천몇년이라는 물리적 시간에 쫓기지 말고 시간을 좀 더 느긋하게 잡아서 일을 처리할 필요가 있을 것이다.

다음으로 기왕에 통일문학전집을 기획한다면 중국 조선족 작가들의 작품들도 일정하게 고려할 필요가 있을 것이다. 해외에 이주해 있는 같은 민족의 작가들의 작품이 해당 민족의 민족문학에 포함될 수 있는가는 많은 논의가 필요한 일이다. 미국에 이민 간 한인들의 작품이나 일본에 살고 있는 재일교포의 작품을 어떻게 처리할 것인가는 논의를 통한 합의가 필요한 부분이다.(그러나 이미륵의 작품이나 유미리의 작품은 국내에 출판되어 인기리에 판매된 바 있다.) 그러나 중국 조선족 작가들의 작품은 여타 지역의 재외한인 작가들의 작품과는 조금 다르게 처리되어야 하는 것은 아닌가 싶다. 중국 조선족들은 민족사의 흐름 속에서 이국으로 간다는 의식을 크게 가지지 않고 만주 지역으로 건너가 자리를 잡은 동포들의 후예이다.

더욱이 우리 동포들끼리 모여 살게 되어 현재까지 우리말을 그대로 간직하고 있으며, 우리 민족의 문화를 그대로 간직하고 있다. 이 점은 여타의 지역에 있는 우리 동포들이 그 나라의 언어로 문학작품을 쓰는 것에 비해 전혀 다른 상황임을 알게 해 준다. 우리 민족의 전통적인 문화를 그대로 간직하고 한글로 작품을 쓰고 있는 중국 조선족 작가들의 작품들은 통일문학전집의 일정 부분을 차지해야 하는 것이 아닌가에 대한 논의와 합의가 필요한 시점이라는 생각이다.

제대로 된 통일문학전집을 만들기 위해서는 편집진의 한 분이신 김윤식 교수(서울대)의 말대로 북한 측으로부터 자료를 제공받는 것이 가장 시급한 과제이며, 가능하다면 북한 학자들과 함께 자료를 선별하고 책을 편집하는 것이 더 바람직할 것이다. 그러나 이보다는 우선 성급하게 통일문학전집을 만들기보다는 남한 측 일반 독자들에게 북한 문학을 소개하는 차원에서 북측이 기획한 북한대표문학선집과 남측이 기획한 북한대표문학선집을 발간하는 등 북한 문학을 소개할 수 있는 작은 부피의 여러 기획물들을 제공할 필요가 있을 것이다. 마찬가지로 남한 측의 대표문학선집을 북한에 보급하는 일 역시 필요하다. 다양한 시각에서 남북한 사람들이 자신과 상대방의 문학을 기획한 작품선집들이 출간되어 서로 상대방 문학에 대한 이해를 더하고 나아가 분단 극복 이후 우리 문학이 나아갈 방향을 그려볼 수 있게 하는 일이 중요하다. 이러한 작업이 남과 북 사이에 존재하는 이념적 차이, 가치관의 차이, 나아가 정서와 상상력의 차이를 극복하는 단초를 마련할 수 있을 것이다.

이렇듯 통일문학전집의 이야기하기 위해서는 남한과 북한의 주민들이 서로 상대방의 문학을 읽고 감상할 수 있는 기회를 마련하는 것이 급선무이다. 정치 경제적인 통합이 이루어진 후 우리 민족문학이 나아갈 방향이 어렴풋이나마 드러나기 시작하는 시점에 통일문학전집을 만드는 것도 늦지 않은 일일 것이다. 그리고 이러한 순차적인 작업이 지금의 시점에서 남측의 관점이 강조될 수밖에 없는 통일문학전집을 만드는 것보다 안전한 길일 것이다.

문학은 인간의 내밀한 가치와 정서와 상상력 등과 관련된다. 이 점에서 정치·경제의 통합보다 문학의 통합이 늦어지는 것은 당연한 일이다. 섣불리 통일 이후의 문학을 전망하는 것은 위험이 따른다. 일단은 남과 북의 정치 경제적인 교류를 바탕으로 서로 양측의 사회와 문화를 이해할 수 있는 코드를 마련하고, 또 서로 상대방의 문학작품을 자유롭게 감상해 볼 수 있는 기회를 만들어주는 것이 시급하다. 또 남북한을 넘어 재외한인들의 문학작품을 통일문학전집에 포함시키는 일도 합의를 보아야 한다. 진정으로 가치가 있는 통일문학전집이나 하나가 되는 민족문학사는 이러한 사항들이 선결된 이후에 가능한 일이 될 것이다.

* 통일문학전집은 아직 발간되지 못하고 있다.

제2장

멀리 서니 오히려 가까운 것을

정 병 헌 •••••

전주고등학교를 마치고, 서울대학교 사범대학 국어교육과를 졸업한 뒤, 동대학
교 대학원 국어국문학과에서 석사, 박사학위를 받았다. 한국교육개발원 연구원을 거
쳐, 전남대학교 국어국문학과 교수를 역임하였고, 현재 숙명여자대학교 국어국문학
과의 교수로 재직하고 있다.

그동안 전남대학교 인문대학 학생과장, 숙명여자대학교 의사소통능력개발센터
장, 문과대학장을 역임하였다. 학회에서는 한국고전문학교육학회장, 한국공연문화
학회장, 판소리학회장, 국어국문학회 대표이사를 역임하였다. 2000학년도에 미국 듀
크대학교에서 한국문학을 강의했고, 2009년에는 대학수학능력시험 출제위원장을
맡았다.

『신재효 판소리사설의 연구』, 『신재효 연구』, 『판소리문학론』, 『판소리와 한국문
화』, 『한국고전문학의 비평적 이해』, 『고전과 함께 하는 문학여행』을 썼고, 『한국고전
소설의 이해』, 『우리고전문선』, 『선비의 소리를 엿듣다』, 『고전문학의 향기를 찾아
서』, 『쉽게 풀어쓴 판소리 열두 바탕』, 교주본 『춘향전』, 『흥부전 · 배비장전』, 『심청
전』 등의 책을 다른 사람들과 함께 썼다.

1987년에는 제11회 도남국문학상을 받았다. 그리고 아는 분들이 남계(南溪)라고
불러주는데, 이 호(號)는 전남대학교에서 인연을 맺은 박준규 교수가 지어준 것이다.

우리의 큰 명절, 설*

　설날은 음력으로 정월 초하루다. 새해의 첫날이므로 세수(歲首) 또는 연수(年首)라고도 하지만, 설 또는 설날이라고 부르는 것이 일반적이다. 이 말의 형성을 확인할 수는 없지만, '삼가한다', '섦다'라고 해석하는 지방이 있는 것을 보면, 한자로 신일(愼日)이라고 하는 것에서 유래한 것이 아닌가 추측된다.

　설을 위시한 세시풍속은 철과 절기에 따라 행해진다. 우리의 세시풍속은 달[月]을 중심으로 하여 만들어진 음력을 기준으로 하고 있다. 그러나 이는 세시풍속이 달력이 만들어진 뒤에 이루어졌다는 것을 의미하지는 않는다. 달력이 만들어지기 전에도 사람들은 자연의 운행질서에 따라 찾아오는 철을 기준으로 하여 생활하였을 것이기 때문이

●●●●●
* 신정(新正)에 밀려 구정(舊正)으로 불렸던 설날은 1985년부터 '민속의 날'로 지정되었고, 1989년 '설날'로 지정되어 신정보다 우위에 서게 되었다. 이 글은 1989년 2월 7일(음력 1월 1일) 『광주일보(光州日報)』에 게재한 글이다.

다. 이를 우리는 자연력(自然曆)이라고 부른다.

봄이 가면 여름이 오고, 가을이 지나면 겨울이 온다. 사람도 태어나서 활동하고, 기력이 쇠해지면 죽는다. 이 엄연한 자연의 진행을 사람들은 관념적으로 구별한다. 이것이 4계절이고, 소년기 청년기 등이다. 이렇게 명확한 구분 없이 이어지는 자연의 진행을 인위적으로 구분하고, 그 구분한 것에 의미를 부여하는 것이 인간의 문화 양태이다.

설날은 첫날이다. 첫날은 시작을 의미한다. 농경을 위주로 하였던 우리 선인들은 농사와 관련되는 시작과 중간, 끝의 행사를 성대하게 치렀다. 시작은 풍요의 기원이며, 중간은 생산 증식의 독려이며, 끝은 수확에 대한 감사이다. 감사의 의식은 축제적 성격을 띠지만, 기원의 의식은 근신과 경건으로 요약된다. 내일을 위한 기원을 조상과 함께하고, 그 결집된 힘을 미래에 대한 분출력으로 변화시키고자 하기 때문이다.

우리는 밤을 새우면서 새날을 맞이했고, 깨끗한 몸가짐으로 조상에게 차례(茶禮)를 올렸으며, 웃어른에게 세배를 했다. 이 차례와 세배는 현재의 '나'를 있게 한 과거에의 확인 작업이며, 그 확인을 통하여 강한 공동체적 결속이 이루어지고 있다. 따라서 그 실천은 자의적인 것이지만, 그것이 이루어지지 않았을 때는 계속하여 마음이 놓이지 않는 자기 구속적인 성격을 갖기도 한다. 이는 공동체로부터의 일탈(逸脫)이라는 두려움 때문에 나타나는 현상이라고 할 수 있다.

이러한 이유에서 설날의 차례와 세배를 위하여 우리는 '민족의 대이동'이라는 표현에 합당한 설날의 대장정을 매년 되풀이해 왔다. 연하장을 보내고, 전화를 하고, 편지를 하고서도 직접 대면하여 차례와 세배를 치르지 않고서는 마음을 놓지 못하는 이 끈질긴 집착은 바로 자신의 정체성을 확인하고자 함에서 연유한다. 선사 농경사회로부터 시작된 이 고향, 원천(源泉)에의 회귀는 그러므로 우리 민족의 영원히 반복되는 신화의식이요, 종교이기도 하다.

달을 기준으로 하는 해의 계산이, 해[日]를 기준으로 하는 양력으로 공식적으로 바뀌게 된 것은 1896년의 일이었다. 이는 조선의 국운이 쇠퇴하고 일본의 세력이 우리나라에서 점증(漸增)하게 되는 시기와 일치한다. 이것이 민족주의와 결부되어 양력의 첫날인 신정(新正)을 '일본설'이라고 매도하고 거부하였던 이유가 되기도 하였다. 양력을 공식화하고 백성에게 강요하는 것은 상층의 문화 또는 표층의식(表層意識)의 산물이라고 할 수 있다. 이에 대하여 음력의 설에 집착하는 것은 이를테면 심층의 문화, 기층의식(基層意識)의 표현이다.

우리는 '신정 단일 과세'라는 정책 속에서 움츠리며 기층의식의 공존을 은밀하게 나눌 수밖에 없었다. 이것이 90여 년 동안 계속되었다. 1989년 1월 26일, 정부는 국무회의를 열고 '설날과 추석을 각각 3일 연휴로 늘이고, 신정 연휴는 3일에서 2일로 단축하는' 관공서 공휴일에 관한 규정령 중 개정령 안을 의결하였다.

이는 신정과 구정의 오랜 대결에서 볼 때, 심층의식의 존재에 대한 표층문화의 공식적인 인정을 의미한다. 저층에 자리 잡은 의식은 억누르기만 할 때, 오히려 파행적인 돌파구를 찾기 마련이다. 따라서 그 통로를 공식화시킬 때, 건전한 방향으로의 유도는 가능한 것이다.

은밀한 관계 속에서 유지되었던 의식이 건전하고 밝은 세계 속에서 어떻게 자리잡고, 생산적인 에너지로 작용하게 될 것인가? 이는 우리 민족의 저력에서 찾을 수밖에 없는, 우리 시대의 물음이 될 것이다.

설날 아침에*

　설날은 세시(歲時)의 행사가 가장 많이 이루어지는 날이다. '세시'라는 말은 민속상 '무시(無時)', 혹은 '무시때'라는 어휘와 대비되는 개념으로 사용된다. 일정한 때가 없는 수시(隨時)를 무시라 하고, 명절이 아닌 날을 민속상 무시때라고 일컫기 때문이다. 그러고 보면 모든 날들은 24시간을 지녔다고 하여 동등한 의미를 갖는 것이 아니다. 그 중 요성에 따라 같은 양의 시간을 가지는 모든 날들은 등급이 매겨지고 있는 것이다. 중요성을 가지는 날 중에서도 가장 최상의 위치에 있는 것이 설날이다. 그래서 세시라는 말은 그냥 설날의 의미로 사용되기도 한다. '세시걸미(歲時乞米)'에서의 '세시'는 그대로 설날, 또는 새해를 가리킨다.

　설날이 중요한 의미를 갖는 것은 이 날이 한 해가 가고, 또 한 해가

······
* 1996년 2월 숙명여자대학교 국어국문학과에서 펴내는 『청파문학』 19호에 실린 글이다.

오는 분기점이 된다는 점 때문이다. 섣달그믐과 설날은 시간적으로 연속되지만, 사람들은 이를 인위적으로 구분하여 하나는 끝의 날로, 그리고 또 하나는 처음의 날로 규정하였다. 따라서 지난해의 오늘과 이 해의 오늘은 물리적으로는 동일한 날일지 모르지만, 심리적으로는 상당한 거리를 갖게 마련이다. 일 년이라는 긴 시간을 거친 나에게 그 두 날이 어찌 동일할 수 있겠는가? 이는 책을 읽기 전의 나와 그 뒤의 나, 긴 여행을 하기 전의 나와 그 후의 나, 인생을 살기 전의 나와 그 후의 내가 동일하지 않은 것과 같은 이치이다. 이 전(前)과 후(後)의 접점에 놓인 날인 설날을 맞아 지나간 날을 반성하고, 다시 오는 새 날을 설계하는 것은 시간의 구분 속에서 살아갈 수밖에 없는 우리 평범한 사람들의 당연한 도리일 것이다.

몇 년 전 설날 나는 이른 새벽에 일어나 불혹(不惑)의 나이에 접어드는 나 자신의 중량감을 생각하고, 지나간 날의 나와, 앞으로의 나를 생각하였다. 허위허위 숨 가쁘게 살아온 지난날이 방황과 탐색의 시간이었다면, 이제는 그것의 정리와 견고화(堅固化)가 바로 불혹에 합당한 의미일 것이라는 생각이 들었다. 불혹은 이미 지혜를 전제한 것이기 때문이다. 그렇게 생각하니 앞으로의 나의 인생이 그렇게도 소중할 수 없었다. 지나간 세월의 바탕 위에서 건강하게 대상을 바라보고, 정리하기 위하여는 나의 신체적 건강도 고려하여야 한다는 생각은 당연한 것이었다. 그래서 나는 나로 하여금 이러한 사색의 시간으로 인도하였을 손가락 사이의 담배를 쳐다보았고, 20여 년 동안 나의 가장 가까운 곳에 놓여져 있었던 그것을 끊었다. 그것은 얼마나 끈질기게 나의 신체와 맞붙어 나의 일부가 되었던가. 혹 잊고 머리맡에 놓아두지 않으면 불면(不眠)의 밤일 수밖에 없었던 그 암울한 터널. 지금 생각하면 흡연이라는 행위는 분명히 무엇인가를 하기 위한 출발이었지, 그 자체가 목적은 아니었다. 그런데 그것은 어느 사이 중요한 목표인 것처럼 나의 생활 한가운데 놓여 있었고. 이 전도(顚倒)된 생활은 그렇게 설날을 기하여 다시 원래의 모습으로 돌아갔다. 그 과정이 험난한 것이기는 하였지만 그날의 의미와 결정을 나는 지금도 소중히 지키고 있다. 그리고 이러한 접점의 날이 있음으로써 평범하게 살아가는 우리는 지난날의 인습(因襲)을 버리고, 바람직한 전통(傳統)을 이어가는 새로운 자아로의 탈바꿈이 가능한 것이라고 생각하고 있다.

이러한 정화(淨化)와 반성(反省)의 계기가 되는 날은 개인에게는 물론 단체나 조직에 있어서도 반드시 있어야 한다. 그러한 과정이 없을 때, 그 사회는 고여 있는 호수요, 그리하여 썩어 악취(惡臭)를 풍길 수밖에 없다. 긴 날을 과거의 청산과 역사 바로 세우기에 몰두할 수밖에 없는 우리의 현실은 이 의미 있는 날을 만들지 못한 것에서도 그 이유를 찾을 수 있다. 결코 여느 날과 같지 않은 설날과 같은 날, 우리가 우리 자신을 돌아보고, 역사적 존재로서의 의미를 자각했다면, 우리는 이렇게 요란한 청산 작업을 하지 않아도 되었을 것이기 때문이다. 이 암울과 혼돈이 이 한번으로 끝나고, 기대와 설레임에 가득 찬 또 하나의 새 날이 오기를 나는 기다리고 있다.

오늘, 이날이 결코 지난해의 그날이 아니고 새로운 날이기를, 활기찬 새 세대의 웃음이 가득한 교정에서 그들의 건강함과 활기를 충분히 인식하고 북돋울 수 있기를, 나아가 앞으로의 세대가 사는 내일은 원칙이 존중되고 변칙이 통박(痛駁)받는 그런 날이기를…… 선생은 그저 가르치고 연구하는 사람, 학생은 배우면서 미래를 준비하는 사람.
그렇게 멀고 추상적인 이념으로부터 우리가 살고 있는 이 근접한 삶
의 현장으로 돌아오기. 이 엄연한 원칙 위에서 앞으로의 날이 이어가
기를, 그러한 행동으로 가득 채워지기를. 그리고 이 모든 것의 기본이
되는 가장 중요한 것은 원칙을 추진할 수 있는 도덕적 무장을 갖출
것. 만약 그것이 없다면 우리의 미래는 한없이 왜소해질 것이기 때문.
이것이 새 날의 아침, 공자의 '일신일일신우일신(日新日日新又日新)'과
관련지어 이루어진 생각의 편린들이다.

광주에는 전남대학교가 있다*

"광주(光州)는 반도의 서남쪽에 위치해 있다. 견훤(甄萱)이 이곳에 도읍을 정하고 후백제를 이끌었으며, 일제 강점기 비약적인 도시 발전을 이루었다. 전남권의 중심에 있어 각지를 연결하는 요지이고, 시가에 무등산(無等山)이 있으며 그 이름을 딴 무등산 수박이 있다."

아마도 광주에 대한 나의 지식은 이 정도였을 것이다. 초등학교, 중학교 때 배웠던 지리의 상식은 다른 도시와 다를 바 없이 상식적인 차원에 머물러 있었기 때문이다.

그런 광주가 나와 깊은 인연을 맺은 것은 대학 2학년을 마치고 군대를 가면서부터였다. 학교의 시위에 가담하고, '개전(改悛)의 정(情)'이

∙∙∙∙∙
* 필자는 1982년부터 1991년까지 전남대학교에서 근무하였다. 32살의 팔팔한 나이에 부임하여 41살의 중년이 되어 떠났으니, 30대의 젊은 날을 광주와 전남대학교에서 보낸 것이다. 2011년 전남대학교 국어국문학과는 창과 60주년을 맞이하여 『전남대학교 국어국문학과 60년』이라는 책을 만들어 60년을 정리하였는데, 여기에 쓴 글이다.

보이지 않는다 싶으면 군대로 끌고 갔고, 그리고 일부러 특과학교에 가서 고생을 하게 한 뒤, 자대(自隊)에 배치하던 시대였다. 그래서 전주(全州)에서 6주의 훈련을 마치고, 전혀 엉뚱하게도 김해(金海)의 공병학교(工兵學校)에 가서 크레인 운전을 12주 받은 뒤, 배치 받은 곳이 바로 광주의 상무대(尙武臺)였다. 당연히 전방의 야전(野戰) 공병대에 가야 하지만, 인원이 가득 차서 후방의 건설 공병단에 보내졌으니 행운으로 알라는 말을 듣기도 하였다. 그렇게 1972년 늦은 가을 몇 명의 배치병들과 함께 상무대로 들어선 것이 바로 나와 광주가 맺은 첫 인연이었다. 이등병의 복색으로 무거운 행낭(行囊)을 메고 들어선 광주는 당연한 일이겠지만 삭막하고 또 두렵기만 한 곳이었다.

그런 인연과 두려움은 1982년 가을, 전남대의 교수로 다시 찾아올 때에도 또 엄습해 왔다. 1980년의 항쟁(抗爭)을 서울에서 간접적으로 겪은 나를 아무런 성과 없이 침묵을 강요당하고 있었던 광주는 무섭게 짓눌렀던 것이다. 혹시 어려웠던 시절, 힘들게 보냈던 분들의 심기를 건드리지나 않을까 눈치 살피며, 같이 우울해 했던 것이 그들과 마주친 광주에서 내가 취할 수 있는 유일한 행동이었다. 지금도 다행스러운 것은 내가 음주(飮酒)에는 일가견이 있었다는 사실이다. 술 잘 마시는 것이야 자랑일 수 없지만, 도도한 취기 속에서 같이 우울함을 공유할 수 있었다는 점에서 나는 음주의 효용성을 실감하고 있었다. 이러한 취흥과 젊은 열기는 내가 32살의 나이로 교수직을 시작하고, 41살의 성숙한 나이로 전남대를 떠날 때까지 나를 붙잡아준 동반자였다. 인생의 가장 황금기인 30대를 나는 음주와 더불어 광주의 흥취, 그리고 맛에 빠져들 수 있었다.

지금도 항상 고마운 마음을 가지고 있지만, 남경(南畊) 박준규(朴焌圭) 선생님은 전남대와의 첫 만남을 참 도탑고 맛깔스럽게 장식해 주신 분이었다. 객지의 외로움과 아직은 설익은 학문적 열정과 행동을 어루만져주셨기 때문이다. 학교에서 배운 부분과 사회에서 배운 부분으로 나의 행동이 이루어진다면, 나의 행동과 사고의 많은 부분은 아마도 선생님의 그것과 닮아 있을 것이다. 처음 부임하던 시기에는 인문대학과 사회대학이 분리되지 않아 인문사회대학으로 있었다. 그 속에서도 국어국문학과는 단연 수석학과이고, 중심이 되는 학과로서의 위상을 가지고 있었다. 그런 위상은 단순히 학과의 정체성만으로 이루어지는 것이 아니라, 학과를 구성하는 교수님들의 절대적인 카리스마가 있었기 때문인 것으로 이해된다.

당시에는 임경순 교수와 지춘상 교수, 그리고 박준규, 유우선, 이돈주, 손광은, 김춘섭, 박덕은 교수님으로 학과의 교수진이 구성되어 있었다. 그렇게 많지 않은 인원 속에서 나는 나대로의 정체성을 키워나갈 수 있었고, 어른들의 복된 혜택을 과분하게 받을 수 있었다. 하나같이 상대방에게 불쾌했던 기억을 남기지 않으려고 조심하셨던 행실을 나도 많이 본받을 수 있었기 때문이다.

막 갔을 때는 안 계셨지만, 이내 돌아와 학과의 든든한 바람막이가 되셨던 분이 소설가인 송기숙 교수님이다. 어려웠던 시절을 온몸으로 받아들였고, 그래서 교수로서는 감내하기 어려운 체험들을 했던 분이었고, 그래서 샌님 같은 나로서는 참 저 하늘만큼이나 멀리 떨어져 있는 구호(민주화, 독재 타도, 투옥 등등)를 실체로 보여주셨던 분이었다. 복직이 되지 않았을 때는 그래도 나를 만나주실 시간이 있어, 새벽까지 이어지는 통음(痛飮)과 담화로 그분이 가지고 있는 깊이와 아픔을 공유하곤 했다. 고통의 순간을 보내고 있을 때, 그 투쟁의 결실만을 따먹는 일에 대하여 그토록 분개하셨는데, 나 또한 그런 부류 속에 속한다는 사실을 깨닫기도 하였다. 그러나 그런 행운은 오래 계속되지 않았다. 모두에게 다행스러운 일이지만 복직이 되면서 워낙 분주한 나날이 기다리는 분이어서 한가한 나를 만나는 시간은 많이 허용되지 않았기 때문이다.

지금도 그렇겠지만, 인문대학 국어국문과와 사범대학 국어교육과는 거의 모든 일을 같이 상의하고 운영하였다. 그래서 연배의 차이가 있어 어려운 국문과 교수님보다는 국어과의 교수와 어울리는 일이 더 많았다. 특히 배해수 교수, 박양호 교수와의 음주를 통한 교유는 거의 각별한 사이였다. 먼 후일 다시 만났을 때, 두 분 다 건강의 문제로 술잔을 멀리 밀어놓는 것을 보며 시간의 흐름, 그리고 질풍노도의 청춘을 반추(反芻)하였다.

음주만으로 이렇게 한정하여 말했지만, 그 긴 시간 술만 마셨겠는가. 음주는 필연적으로 대화를 불러왔고, 그래서 우리는 하룻밤 동안 높은 산을 몇 개나 허물었다 다시 원상회복하는 것을 반복했다. 그리고 수많은 사람들의 목숨을 끊었다 이었다 하는 전지전능을 연출하기도 하였다. 그 대면(對面)과 소통(疏通)을 통하여 우리는 학과의 발전을 이야기하고, 온갖 문제를 도마 위에 놓고 해결책을 강구하기도 하였다.

배해수 교수께서 다른 학교로 가신 뒤, 음주와 여유를 위하여 나는 오로지 박양호 교수만을 따라다녔다. 베스트셀러 소설을 가진 왕성한 현역 소설가여서 끊임없는 화수분처럼 경험과 해학과 달관을 얘기했고, 그런 모습을 신기한 듯 쳐다보고만 있으면 되었다. 그런 기억뿐만 아니라 엄청난 교통사고로 심신이 아팠을 때, 그는 내가 고통을 딛고 일어서는 버팀목이 되어주었고, 그것은 항상 나에게 그를 생각하게 하는 끈이 되었다.

그러고 보면 내가 기억하는 30대에는 음주와 끈끈한 인간관계 속에서 윤택하고 여유롭게 보냈던 전남대학교가 가득하고 있다.

처음 대하는 학생들의 모습은 퍽이나 투박스러운 옹기그릇과 같았다. 어렸을 적 보았던, 옹기그릇을 지게에 가득 싣고, 혹여나 떨어뜨릴까봐 입은 굳게 다물고, 눈은 땅만을 지긋이 바라보던 옹기장수의 새까맣게 탄 얼굴과 거기에서 풍기는 고집스러움. 그런 모습과 대면하였다. 그들은 비리(非理)가 있다고 생각하는 교수의 연구실에서 물건을 꺼내 진열하고, 그 내용을 적시(摘示)한 대자보를 펼쳐놓는 과격한 이미지로 나에게 다가왔다.

그러나 무슨 상관인가? 생각하면 참 거칠 것 없는 30대 초반의 겁 없는 교수였다. 큰소리 땅땅 치고, 학점은 10여 명을 F로 주고서도 대꾸도 하지 못하게 하고. 그런데도 학생들은 내 옆에 서서 알려주고, 또 토닥거려주고, 그래서 오히려 형님같은 모습으로 나를 끌어갔었다.

처음 부임한 뒤, 학생들과 함께 갔던 지리산의 MT는 나와 학생들의 만남이 어떻게 전개될 것이라는 예감을 갖게 하였다. 지금은 학과의 중견 교수로 뛰어난 학문적 업적을 보여주고 있는 손희하 교수가 그때의 학과 조교였다. 교수와 학생의 사이에 위치한 조교의 엄청난 힘은 이미 알고 있었지만, 중간에 그렇게 훌륭한 조정자가 없었다면 학생들과의 정면 충돌도 있었을 것이다. 더구나 나는 신경통으로 거의 발을 끌고 다니는 신세였으니.

학생들은 본래의 일정을 무시하고, 하루를 더 산속에 있는 것으로 일정을 조정하고자 하였다. 그때의 남학생들은 끙끙 그 무거운 짐을 들고 산에 오르고, 그리고 야영지에 도착하면 힘들여 텐트를 설치하고. 그러고선 끝이었다. 그때부턴 여학생들이 달려들어 식사 준비를 하고, 온갖 궂은 일 도맡는 것이었다. 남학생들은 텐트 친 뒤부턴 턱 하니 퍼질러 앉아 술 마시고, 그러다 식사 준비 되었다고 하면 술과 술잔 들고 자리를 옮겨 식사하고, 식사가 끝나면 다시 술자리로 옮겨 앉고, 그러면 당연한 듯이 여학생들은 안주를 차려오고.

그런 모습에 익숙하지 않은 나로서는 이러한 모습이 퍽 신기하고, 또 성차별로 인식되어 분노가 치밀기도 했었다. 남녀의 역할 분담이라 생각하면 자연스럽게 넘어갈 수 있는 일이었지만, 그런 고정된 관념을 통하여 남녀를 '만들고' 있다는 생각이 들었다. 남자는 남자의 할 일이 있고, 여자는 여자의 할 일이 고정되어 있다는 식으로. 그래서 여학생 틈에 끼어 설거지를 하니, 남학생들은 당황하기도 했었을 것이다.

또 일정이 끝난 뒤에 강의를 들어야 하는 학생들이 있어 정해진 일정을 지키게 하는 것도 내 몫이라 생각하였다. 그래서 일정을 지킬 수밖에 없는 길로 선발대를 보내 멀찌감치 야영지를 정하게 하였다. 저녁의 술자리에선 당연히 항의가 잇달았고, 이를 조용하게 무마하는 일이 조교의 몫이었다. 지금이라면 더 너그러운 생각으로 일을 처리할 수 있었겠지만, 그때는 나대로 참 철이 없는 교수였을 뿐이다. 다시 태어나 가르치는 자리에 선다면 가장 소중한 학생들에게 최상의 겸손과 존경을 바치는 사람이 되어야 하겠다는 생각을 한 건 그렇게 오래된 일이 아니다. 그런 점에서 그때의 학생들에겐 정말 미안한 마음을 가지고 있다.

음주는 나의 오랜 벗이었다. 어머니는 집안의 제사(祭祀)나 명절이 있을 때마다 술이 잘 되지 않을까 하는 점이 가장 큰 걱정이었다. 기상이나 난방 등 열악한 술 제조환경 때문에 신맛이 나기도 하고, 심지어 쓴맛이라도 나는 날에는 온 집안이 냉냉해질 수밖에 없었다. 당연히 술이 잘 만들어지는지 여부(與否)가 제사의 앞에서부터 뒤에 이르기까지 가장 큰 관심사였다. 사실 할아버지와 아버지는 술을 전혀 마시지 못하는 분들이었다. 그런 분들이 술이 잘 되었는가를 판단하는 근거는 제사에 참여하신 문중 어른들의 품평에 전혀 의지한 것이었다. 그래서 어머니는 조바심을 내며 술을 만들었고, 그리고 내게도 미리 술맛을 평가하게 하시는 것이었다. 어른들에게 큰 걱정 끼치지 않고 자랐기 때문에 할아버지나 아버지는 내게 무척 관대하셨고, 그래서 어린 나이임에도 나의 술맛 평가를 인정하고, 오신 어른들에게 재가 먹어보더니 괜찮다고 하더라는 말씀을 제사의 앞에 하시는 것이었다. 일부러 집안 분란(紛亂) 일으킬 필요 없는 어른들은 그래 잘 되었다 하면서 음복(飮福)하고 돌아가시는 것이 그 시절 모습이었다.

그래서 나의 음주는 일종의 효도를 겸하여 어릴 때부터 습관이 되었고, 그래서 공식적으로 마시게 된 대학 입학 이후에는 주흥과 음주 후의 몽롱함을 즐기는 수준에 이르게 된 것이었다. 교수들과의 만남에서도 음주가 빠지는 일이 없었지만, 당연히 학생들과의 만남도 술을 매개로 한 끈끈한 대화가 연속되었다. 대학원생들과는 아예 야외

수업이라 하여 술을 안고 주변의 국문학 유적지를 찾아 음주를 즐기는 것이 흔히 이루어졌다. 고전문학의 현장답게 술과 연관되는 장소가 널려 있는 곳이 광주이다. 식영정과 송강정, 면앙정과 같은 가사문학의 현장은 물론이고, 장성과 담양, 순천에 이르기까지 고전문학과 관련된 장소는 참으로 널리 산재(散在)해 있는 것이다. 그런 환경 속에서 젊은 시절을 보낸 것이 나로서는 엄청난 혜택이었음을 지금도 많이 생각하고 있다. 거나하게 취한 모습으로 귀가(歸家)하고 집에 돌아와서까지 술자리는 연이어 있었으니, 지금 생각하면 아내도 그런 환경을 눈감아 주었던 것으로 보인다.

나이 마흔이 되는 설날 아침 일찍 일어나 새삼스레 '불혹(不惑)'의 나이를 맞이하는 나를 생각하게 되었다. 그믐날 밤 시골에 모인 형제들과 함께 밤새 음주와 끽연(喫煙)을 한 피폐해진 몸으로 무언가 새로운 일을 계획할 필요가 있다는 생각을 한 것이다. 몸에 해롭다는 음주와 끽연 중 하나를 끊자 하는 생각을 했고, 당연히 선택된 것은 끽연이었다. 일차적으로 음주는 더불어 하는 것이고, 끽연은 혼자 하는 것이라는 것이 결정의 근거였다. 그래서 어렵다는 금연을 결정하고, 이를 확실하게 실천하기 위하여 오히려 음주의 양은 더 늘어나기도 하였다. 금연을 위한 음주에 가족들도 동의하여 묵인해 주었다. 이는 지금까지도 계속되는 것이니 나에 대한 약속은 잘 지키고 있는 셈이다. 금연을 결정하고 이를 지속하는 것이 독하다고 말하기도 하지만, 나에게 있어서는 음주의 매력이 더 큰 것이어서 별로 어려운 일이 아니었다.

금연 결정을 한 뒤 몇 달이 지나 이를 위협하는 시련이 있었다. 박준규 교수께서 학장으로 선임되신 뒤 학생과장으로 일해 달라는 말씀을 하셨다. 그런 보직과 일은 나에게 어울리지 않다고 생각했지만, 따를 수밖에 없는 상황이었다. 학생들의 시위는 연례행사처럼 잇달아 있었고, 학생과장은 바로 이를 주도하는 학생회와의 대화 파트너였기 때문이다. 나와 어울리지 않는다고 생각한 것은 나만이 아니라 학생들도 마찬가지였던 것 같았다. 왜 선생님이 학생과장이냐고 볼멘소리를 직접 하기도 하였으니 말이다. 실제로 학생회의 성향이 무슨 계니, 어떤 이념이니 하는 것에 대하여 나는 전혀 문외한이었고, 이는 학생과장이 된 뒤에도 마찬가지였다. 그래서 어떤 일의 배후가 무슨 이념의 바탕이라는 것을 학생들은 나에게 가르쳐야 했고, 그런 사전지식이 전혀 없는 나를 가르치느라 지친 모습을 보이는 것이 일쑤였다. 그런 시각에서는 너무도 당연한 일을 전혀 바탕 없이 새삼스럽게 접근하니 그들은 너무도 답답하였을 것이다. 학생회 간부들은 담배 피우고 싶은 마음이 굴뚝같았을 것이고, 논쟁의 과정에서 끽연을 허용해 주지 않을까 내 눈치를 살폈지만, 나는 이런 일로 금연의 결심을 무너뜨릴 수 없다고 굳게 다짐하였다. 학생들은 별 수 없이 밖에 나가 담배를 피고 돌아오고, 그동안 자신들의 흥분을 잠재우곤 하였다. 나는 피면서 학생들은 내 앞에서 피지 말라고 할 수는 없었을 것이다.

대신 학생들과의 음주를 통하여 나는 더 많은 소통과 진실에 접근할 수 있었다. 술에 취하여 학생들과 격의 없이 어울리고, 학생들의 관심사를 나의 것으로 공유하면서 학생회 간부들과의 관계는 단순히 사제관계를 뛰어넘기도 하였다. 취하여 실수하지 않을까 학생과의 조교로 임명된 국문과의 대학원생을 꼭 옆에 있게 하고, 혹여 실수의 조짐이라도 엿보이면 즉각 나를 제지해 달라고 부탁하였다. 실제로 나는 취하지 않았지만, 조교가 취했다고 하면 나는 서슴없이 그 말을 따르곤 했었다. 그런 대화의 결과 나타난 결론을 인문대 교수회의에 가서 보고하고 관철시키려고 하면 교수님들은 마치 학생회의 대표가 참석한 것 같다고 말씀하셨다. 그렇게 학생들과의 음주를 통한 교유는 그 당시는 물론이고 그때를 회상하는 지금도 항상 아련한 아름다움으로 남아 있다.

전남대는 나의 왕성했던 30대를 흠뻑 빠뜨렸던 호수였다. 끊임없이 받아들이고 내보내며 썩지 않는 호수에서 나는 삶을 헤쳐 나갈 수 있는 기운을 충전할 수 있었다. 상황의 중심에 있을 때는 그 대상의 실체나 고마움을 알 길이 없다. 이제 먼 거리를 두고 홀로 서니 새삼 전남대의 우뚝함이 보여졌다. 그래서 전남대라는 글자만 보면 무엇인가 달려가 볼 만큼 항상 나는 전남대와 국문과라는 보금자리에 둘러져 있다. 아무리 바빠도 그곳에서 부르면 만사 제치고 가야 하고, 또 그곳에서 감히 범접하지 못하는 웅혼함을 느끼곤 한다. 무등산의 산자락에 서려 있는 돌과 나만 알고 있던 난 밭은 이끼가 끼어 고색(古色)이 창연(蒼然)할 것이고, 또 난향(蘭香)이 주변에 가득할 것이다. 그래서 분주해져 나를 망실하거나, 새 준비를 하게 될 때, 나는 불현듯 그곳을 찾아 그곳의 아름다움과 의연함 속에서 새 힘을 얻곤 한다.

해암(海巖) 선생님의 '선생님' 생각*

1969년 봄, 서울대학교 사범대학이 있던 용두동(龍頭洞)의 캠퍼스는 퍽 따뜻했다. 그저 고만고만한 크기 속에서 선후배가 어울려 청량대 (淸凉臺)를 거닐고 토론을 벌였으며, 또 성동역 옆의 개천 위로 죽 늘어서 있던 판자집과 바보주점의, 마시고 나면 카바이트 가루 수북이 쌓이던 막걸리의 냄새도 퍽 정겨웠다. 입대(入隊)하기 전까지의 2년간은 분주한 야유회와 모임으로 서로를 익히고 미래를 펼쳐나가는 데 그리 짧은 기간이 아니었다. 그런 만남이 있어 청량대의 동산은 항상 아련하게 남아 있고, 그때의 사람들은 퍽 정겨운 모습으로 각인되어 있다.

●●●●●

* 해암 김형규 선생님은 1911년 함경남도 원산에서 나셨다. 경성제국대학 조선어 문학과를 졸업하신 뒤, 정년까지 서울대학교 사범대학 국어교육과에 계셨다. 1996년 돌아가셨는데, 이 글은 그 11주년이 되는 2007년 국어교육과 동문회에서 선생님의 학문과 인품을 기리기 위해 펴낸 『스승의 향기』에 수록된 글이다. 선생님께서는 평소 주옥같은 수필을 많이 쓰시어 『계절의 향기』, 『인정의 향기』, 『인생의 향기』라는 수필집을 내셨는데, 그에 맞추어 『스승의 향기』를 책의 제목으로 삼았다고 한다.

1975년 복학하면서 휑하니 컸던 관악 캠퍼스에 적응하기 어려웠던 것도 그런 아담한 사이즈의 청량대에 익숙했던 까닭이었을 것이다. 우리만이 차지하던 공간은 새로운 문화에 익숙해진 젊은(?) 세대들로 가득 차 또다른 활기를 불어넣어 주고 있었다. 복학한 몇 사람들과 봉천동의 튀김집으로 몰려가 소주를 기울인 것도 그런 주류(主流)에서 벗어나 있었기 때문일 것이다. 술의 종류도 그러했다. 막걸리를 데워 마시던 그 시절과 달리 이곳에서는 당연한 듯이 소주와 맥주가 준비되었다. 이곳에서도 어김없이 학과의 야유회는 있었고, 거기에서는 또 어김없이 막걸리가 돌았던 것이 그나마 위안거리일 수 있었다.

새로 조성되는 캠퍼스의 황량함과 콘크리트 내음 속에서도 반가웠던 것은 그런 추억거리와 선생님들이 그 시절과 현재를 이어주고 있었다는 점이었다. 이미 연포(蓮圃) 이하윤(異河潤) 선생님은 청량대에서 정년을 하시어 고별 강연회를 들을 수 없었지만, 해암 김형규(金亨奎) 선생님은 관악산에서의 정년으로 대학생활의 여운을 즐길 수 있게 해 주셨다. 청량대에서 해암 선생님은 다만 입학시험의 면접장에서, 그리고 야유회와 과우들 모두의 모습을 담는 촬영장에서 만나 뵈었을 뿐이었다. 그런데 강의실에서 뵐 수 있게 된 것은 관악산이었으니, 해암 선생님은 청량대와 관악산을 잇는 튼튼한 연결 고리로 기억되는 것이다.(지금은 시대의 요구에 따라 '한국고전문학교육학회'로 이름을 바꾸었지만, 고전문학을 연구하는 국어과 선후배들의 학회 모임은 청량대와 관악산의 소중한 인연을 기억하기 위하여 '청관고전문학회'로 출발하였다.)

선생과 제자야 강의실에서 만나든 그렇지 않든 사제관계인 것이지만, 학문의 계승은 어쩔 수 없이 강의를 통하여 이루어지는 것일 수밖에 없다. 그래서 해암 선생님의 강의에 참가하고, 그 해맑으신 얼굴과 마주한 것은 진정한 사제의 관계를 갖게 한 소중한 기회였다. 어느 선전에선가 뒷짐을 지고 가는 아빠의 뒤를 어린 아들이 마찬가지의 모습으로 따라가는 모습을 본 적이 있다. 그렇게 과거의 것은 미래로 연결되어 그 흔적을 남기게 된다. 알게 모르게 선생님의 강의하시던 여러 모습들은 지금의 내 모습 속에 남아 있을 것으로 생각한다.

교재로 사용하셨던 『고가요주석』을 들춰보면 처음부터 끝까지 빼곡하게 선생님의 말씀이 적혀 있다. 관악산에 와서 휴강하는 일이 적어졌다고는 하지만, 그래도 한 학기 동안 그 두툼한 교재 한 권을 끝내기는 쉽지 않았을 것이다. 그래서 선생님의 강의는 항상 차분하고 정확하게 진행되었던 것으로 기억하고 있다. 시험이 끝나면 어김없이 채점을 하셔서 본인에게 돌려주시고, 결과에 불만이 있으면 이의(異意)를 제기하라고 하셨다. 그리고 이의를 제기하는 학생에게 왜 그런 점수를 주었는지를 공개적인 자리에서 하나하나 설명해 주시곤 하셨다. 그렇게 정확한 모습으로 선생님은 나에게 남아 있다.

아, 같이 강의를 들었던 선배 한 분이 있었다. 여러 경로를 통하다가 늦게야 후배들과 강의를 같이 들었던 그 선배는 퍽 화합을 강조한 분이었다. 그래서 우리는 즐겨 선배와 술집에 앉아 인생에 관한 경험을 듣곤 했었다. "너 그렇게 하면 죽어 초상날 때, 상여 메줄 사람 하나 없게 된다."는 말을 선배는 참 많이 했었다. 선생님의 강의를 그 선배와 같이 들었고, 그래서 선배는 시험지를 들고 나가 선생님께 하소연을 하였다. 말하자면 채점의 결과에 대한 이의가 아니라, 선처를 호소하는 수준이었다. 졸업이 한 학기 남아 있는데 이 과목에서 학점을 받지 못하면 졸업이 어렵다, 그리고 성의껏 이렇게 많은 양을 썼지 않느냐, 대충 그런 내용으로 기억하고 있다. 그렇게 기억하는 이유는 그렇게 말씀드리겠노라, 그러면 인자하신 분이니까 융통성을 발휘해 주실 것이다, 이렇게 사전에 우리에게 말했기 때문이다. 선배의 말을 들으시고 답안지를 이렇게 저렇게 보시는 동안, 10동에 있던 강의실은 쥐죽은 듯(?) 고요했다. 수많은 제자들의 시선 앞에서 아마도 많이 생각을 하셨을 것이다. 그리고 최종적으로 우리는 그런 말을 듣고 보니 이 점수는 너무 박하다는 느낌이 든다, 그리고 충분히 성의도 보일 만큼의 양도 갖추었다, 그래서 몇 점을 더 올려줄 수 있겠다, 대충 이런 내용의 선생님 말씀을 들을 수 있었다. 그러나 몇 점 올린 것이 학점 이수와는 아무런 상관도 없어, 그 선배는 졸업을 한 학기 늦춰야 했다. 50점에서 약간 모자랐던 점수가 50점을 약간 상회하는 점수로 바뀌었을 뿐이기 때문이다.

언젠가 선생님께서는 학생들에게 선생님이 채점하시는 기준을 명쾌하게 설명해 주셨다. 가장 낮은 점수를 주는 것은 선생님의 강의는 참석도 하지 않고, 시험 기간이 되어 선생님의 이론과는 다른 서적을 읽고 그 내용을 적은 답안지라고 하셨다. 강의를 통하여 선생과 마주하지 않고 어떻게 학통(學統)이 형성될 수 있겠느냐는 말씀이셨다. 평균 점수를 받는 경우는 선생님의 강의를 충실하게 듣고, 그 내용을 자기화하여 잘 정리한 답안지라고 하셨다. 그래서 강의 시간 중에 설명하신 내용을 이해하지 못해 질문하는 학생을 흐뭇하게 바라보시곤 하셨다. 최고의 점수는 선생님의 강의 내용을 바탕으로 선생님과 다른 주장을 펴는 이론을 비판함으로써 결과적으로 선생님의 이론이 맞다는 것으로 귀결된 내용의 답안지에 주신다고 하셨다. 그 전부터도 말씀하신 것이니, 그런 최고의 답안을 작성한 제자가 있었는지는 모른다. 나야 항상 선생님의 강의 내용을 따라가기에 바빴고, 그리고 다른 서적들을 볼 수 있는 여러 가지 여유를 갖지 못했기 때문이다. 그렇게 말씀하시는 선생님을 보며 우리는 선생님의 국어학 이론이 제자들에 의하여 확대되고 재생산되어 국어학이라는 학문의 기반을 쌓은 분으로 기억되기를 바라는 선생님의 속내를 드러낸 것이라고 말했던 기억이 난다. 사범대의 국어교육과이기에 갖는 여러 장점들이 있지만, 이런 점에서는 퍽 쓸쓸하셨을 것이라는 생각이 그래서 들었었다.

선생님께서는 "선생님은 말이야." 하신 것처럼 스스로를 '선생님'으로 부르셨다. 신입생들이 선생님을 '교수님'으로 부르느냐, 아니면 '선생님'으로 부르느냐고 여쭈었을 때, 단연코 '선생님'이라 하는 것이 좋다고 하셨다. 선생님이라는 사실을 자랑스럽게 생각하셨고, 그에 합당한 선생님이 되고자 정도를 벗어나지 않으셨던 분으로 기억된다. 그래서 오랫동안 '선생님'의 일을 하는 동안, 그랬던 선생님의 모습만을 떠올리는 것만으로도 나는 상당한 '선생님'이 될 수 있겠다는 생각을 했었다. 그러나 아직도 나는 나 자신을 '선생님'으로 부르는 것에 서툴다. 제자들이 따를 수 있는 이론을 갖추지 못하였으니 당연한 것으로 생각한다. 아마도 더 선생님을 많이 떠올리고, 걸음을 따라 해 보고, 느릿느릿하지만 열정적이셨던 말씨를 오랫동안 흉내 내본다면 떳떳하게 '선생님'으로 부르라 할 수 있을까?

선운사(禪雲寺)의 동백과 귀거래식당*

나이 많은 제자 이름 함부로 부르기 어렵다 하여, 도남(陶南) 선생님께서 지어주신 아호가 성산(城山)이라고 하셨다. 집 뒤에 자그마한 성(城)이 있다 하자, 잘 됐다며 그것을 인연으로 호를 갖게 되었다는 말씀을 들었을 때, 그리고 그 호를 사용하신 뒤에 댁의 앞길이 훤하게 뚫려 성산대교로 통하는 성산대로가 되었다는 말씀을 하셨을 때, 선생님은 참 어린아이와 같은 모습을 하셨다. 처음 뵈었을 때 왠지 까마득한 어른으로 보였지만, 지근(至近)에서 모시면서 느낀 것은 점점 천진스러운 모습으로 변해 보였다는 점이다. 지금 생각해도 그것은 참 신기한 일이다.

•••••

* 장덕순 선생님은 1921년 간도에서 나셨고, 1996년 돌아가셨다. 서울대학교 국어국문학과에서 많은 제자를 기르셨는데, 특히 선생님이 처음 개설하신 구비문학 과목을 통하여 새로운 학문 분야의 연구가 활발하게 이루어질 수 있었다. 이 글은 선생님 돌아가신 지 10년이 되어 제자들이 선생님을 추모하기 위하여 제작한 『성산 장덕순 선생』에 수록되었다.

대학원 입학과 함께 뵈었던 선생님은 백영(白影) 정병욱 선생님이 프랑스로 연구년을 가시면서 지도교수가 없어 텅 비었던 기간을 아주 큰 품으로 안아주셨다. 일일이 청주로, 전주로, 그리고 종국에는 광주로 참 많이도 제자의 자리 잡는 것을 위해 긴 여행을 마다하지 않으셨다. 선생님을 모시고 여행했던 그 기간이 참 그립다.

선생님께서는 제자들과 여행 다니시는 것을 참 좋아하셨다. 그 결과가 『한국문학의 연원과 현장』, 『문학의 산실 누정을 찾아서 I』로 나타나기도 했지만, 그것은 워낙 막힌 곳 없이 글을 쓰시는 선생님의 글솜씨 덕분이지, 본래 어떤 목적을 지니고 여행을 좋아하신 것은 아니었다. 어떤 목적이 있었다면 누정(樓亭)이나 국문학과 관련된 사적으로 여행지가 제한되었을 텐데, 꼭 그것은 아니었기 때문이다. 그래서 나는 직장이 있는 호남(湖南)의 여러 곳을 모시고 다닐 수 있는 행운을 얻었지만, 그중에 가장 많이 들르신 곳은 역시 선운사였다. 봄이 오는 길목이거나, 한여름, 그리고 단풍이 짙은 가을이나 하얀 눈이 소복이 쌓인 겨울 등 선운사의 사계(四季)는 항상 우리들의 발길을 기다리고 있었다.

어느 때 빠지기도 했지만, 우리의 여행은 선생님과 두 분의 다정한 벗(이강로 선생님과 이경선 선생님)이 함께하는 것이 대부분이었다. 인생 역정 다 지나신 분들답게 서로의 여유를 인정하며 도란도란 지나시던 모습은 지금 생각해도 퍽 도타운 것이었다. 아마도 가장 어리다고 생각했던 이경선 선생님의 행동에 대해 웃음으로 질책하시던 모습 또한 하나의 아련한 모습으로 남아 있다. 선생님이 선운사로 오신다 하면, 전주에서는 전북대의 정하영 선생이 달려오고, 대전에서는 한남대의 김균태 선생이 달려오고, 그리고 광주에서는 내가 올라가고, 그래서 사진 속에는 이 여섯이 단골처럼 찍혀 있다. 거기에 가끔 전북대의 김상태 선생과 조선대의 정상균 선생이 합석하기도 했지만, 아마도 이 여섯은 선운사의 사계를 선생님과의 인연 속에서 오래오래 기억하게 될 것이다.

밤이면 또 당연히 벌어졌던 것이 고스톱판이어서, 선생님은 제자들과의 돈내기(?) 삼매경에 빠지기 일쑤였다. 아, 죄송스럽게도 선생님 죽으세요, 싸셨네요, 피박이네요 하면 이놈들 봐라 하셨고, 특히 선생님의 가려운 곳 잘 알아서 챙기는 건 항상 정하영 선생의 몫이었다. 넓은 방에서 같이 이불 펴고 누워 있으면 선운사의 밤은 더욱 깊어가는 것이었다.

지금은 선운사의 여관촌이 절의 일주문에서 멀리 떨어져 있지만, 예전에는 절 입구에 바짝 붙어서 식당과 여관이 있었다. 지금도 그 여관촌의 중심을 차지하고 있는 동백장 여관이 항상 우리들의 숙소였고, 그 앞에 참 허르스름한 '귀거래식당'이 있었다. 동백장 여관이야 그렇다 하지만, 귀거래식당이 우리에게 더욱 각별하게 다가온 것은 그 집의 보살님이 정성스레 선생님을 챙겨주신 까닭이었다. 당연히 식당은 그곳으로 정하였고, 그러면 별로 돈도 많이 쓰지 않는 우리를 위해 보살님은 참 성의껏 산에서 누릴 수 있는 신선한 맛을 만들어주시곤 했다. 퍽 오랫동안 그 보살님은 서울에 계신 선생님께 드리라면서 잘 비벼 만든 작설차를 챙겨주시곤 했다. 먼 뒤에 다시 찾아가 보니 선운사 앞은 다 정리되어 동백장은 호텔의 위용을 과시하고 있었고, 귀거래식당은 선운사에서 멀리 떨어진 국도 입구의, 대학생들을 위한 엠티촌 한구석으로 옮겨 있었다. 물론 그 보살님의 정갈한 음식 맛도 볼 수 없었고, 대학생들이 밥 하느라 떠드는 소리만이 가득했었다. 아마 그 보살님도 선생님과 함께 추사 김정희 선생의 글씨가 선명한 비석 앞에서 같이 찍었던 사진을 보며 선생님을 추억하였으리라 생각한다. 선생님이 그러하신 것처럼 그 보살님도 지금은 이 세상에 없겠지만.

선운사의 사계를 오롯이 함께할 수 있었기 때문에, 선운사의 단풍과 하얀 눈도 우리의 눈과 손을 참 시리게 했다. 언뜻언뜻 지나며 말씀하신 어린 시절의 추억을 들으면서 우리는 선생님이 저 멀리 계신 것이 아니라 우리 가까이에서 도란도란 속삭여주는 가까운 이웃처럼 느끼곤 했다. 특히 정하영 선생이 있어 우리는 상당한 부분 그냥 듣기만 해도 괜찮았다. 언젠가 광주에서 직행버스를 타고 선생님과 둘이서 고창으로 간 일이 있었다. 넘어가는 길이 2시간 남짓이었지만, 선생님을 즐겁게 하긴 역부족이어서 선생님께서는 야, 나 눈 좀 붙이겠다 하셨고, 나도 저도 자겠습니다, 참 재미없게 지나갔었다. 「방등산가」의 여인이 한심하다 여겼을 그녀의 남편만큼이나 나는 작아져서 그 두 시간을 퍽 길게 느낄 수밖에 없었다. 고창에 도착하니 대전에서 전주에서 이미 모두 내려와 있었고, 그래서 휴우 한숨 쉬며 인계합니다, 하였지만, 그건 인계도 아니었다. 한 일이 없었는데. 그래서 우리는 지금도 시들지 않은 정하영 선생의 구수한 입담을 좋아한다.

또 하나 우리들의 모임에는 항상 술이 있었지만, 선생님께서는 그래도 너희들은 행복한 줄 알아라, 나는 소주밖에 안 마시니 돈이 얼마나 들겠니 하셨고, 그래서 생각해 보면 우리는 선생님 모시는 데 별로 돈을 들이지 않았다는 생각이 든다. 억지로라도 부드럽고 고급인 술을 권했더라면 더 오래 우리들의 곁에 계셨을까? 지금도 우리는 식사를 하면 반주(飯酒)를 습관처럼 하는데, 꼭 그것이 선생님에게서 배운 것은 아니지만 하여튼 우리의 습관이 되었다. 어떤 티브이 광고에서 아이가 아빠처럼 뒷짐을 지고 아빠를 따라가는 모습을 본 적이 있었는데, 우리는 알게 모르게 선생님의 모습을 참 많이 본받고 있다.

선운사이니 당연히 서정주(徐廷柱)의 시비(詩碑) 앞에서 머무를 수밖에. 그러나 우리는 그 앞에서 한 장의 사진도 찍을 수 없었다. 아마도 기억할 것이다. 선생님과 백사(白史) 전광용, 백영, 그리고 일모(一茅) 정한모 선생님들 모두 친일(親日)한 문인들에 대하여 혐오스러운 반응을 보이셨던 것을. 그래서 가끔은, 정말 가끔은 술을 드시고 비판 받아 마땅한 분들에 대한 푸념을 하신 적도 있었다. 거기에는 우리가 대단하다 생각했던 분들도 포함되어, 아 그런 면이 있을 수 있구나 깨우쳤던 일들도 많았다. 이제 지나고 보니 선생님의 세계를 보는 기준과 지향을 조금은 알 수 있을 것 같다. 그렇게 안다는 것은 금방 이루어지지 않는가 보다.

선생님께서는 광주에 많이 오셨다. 박사학위논문 심사를 위해, 그리고 선운사 오시는 길에 들러 가시느라. 그런 기회가 쉽지 않아 선생님께 전남대학교의 특강을 부탁드린 일도 있었다. 참 다정도 하시지, 일일이 이미 자리 다 잡은 제자의 선배 교수들에게 인사 차리시는 것을 보면서, 제자 보내는 것은 정말 딸 둔 아버지의 심정일까 하는 생각이 들었다. 고마운 마음과 미안한 마음, 그리고 아, 이는 행동을 통하여 가르치시는 것이다 하는 생각은 퍽 나중에야 가질 수 있었다.

그때 선생님의 거칠 것 없는 모습을 볼 수 있었다. 특강 중의 일이었다. 고전 속의 사람 살아가는 모습을 설명하시면서, 그 예로 광덕(廣德)의 「원왕생가」를 드셨다. 광덕이 입적하고 같이 살자 하였지만, 그날 저녁 광덕의 아내는 엄장(嚴莊)의 동침 요구를 거절하였다. 그런데, 아마 그날 월경(月經) 때였나 보지, 대부분의 청중이 여학생들이 아니었다 해도 참 얼마나 놀랄 일인가. 아 그것도 선생님이니까 신라인의 인간미를 설명하는 좋은 예로 지나갈 수 있었다.

그리고 백호(白湖) 임제(林悌)를 아는가? 임제의 묘소는 나주와 목포를 잇는 고속화도로의 저 높은 산 위에 있다. 임씨들의 선산에서 떨어져 홀로 유택을 잡은 임제를 우리는 그냥 가문에서 인정받지 못한 결과일 것이라고만 생각했다. 그런데 특강에서는 언제 그 생각을 하셨는지 모른다. 여자 좋아하는 분이니, 저 아래 큰 길에 지나가는 여자 보느라 홀로 높은 곳에 무덤이 있는 것이라 하셨다. 임제 집안의 선산 입구에는 세워진 석물에 '임을산(林乙山)' 이라는 글씨가 쓰여 있었다. 아마도 임씨 문중의 선산인가보다 했는데, 같이 계시던 이강로 선생님은 그것이 '이불뫼'의 이두식 표기라 하셨다. 이불을 펴놓은 듯이 명당이 한 곳에 모여 있으니, 촌수의 가림 없이 그 이불 속에 모셨다는 것이다. 그러고 보니 거기에는 시아버지와 며느리, 손자들이 한꺼번에 몰려 있었다. 임제는 그 속에도 끼지 못하고, 멀리 따로 떨어져 있었다. 기대하던 인물의 도중 하차가 속상했는지, 문중에서는 그리 박대하였다고 한다. 그러나 지금은 누가 그 문중의 묘소를 찾겠는가? 전국의 국문학과 관련된 사람들이 임제만 찾으니, 지금은 묘소로 올라가는 입구에 주차장을 마련할 정도로 잘 단장하여 그 문중을 더 빛내고 있다. 선생님들을 모시고 다니면서 우리는 책이 아니라 말로 인생의 경륜과 해박한 지식을 전수받을 수 있었다.

지역적인 문제로 선생님을 모실 수 있었던 영광은 주로 호남에 한정될 수밖에 없었다. 광주호를 끼고 돌면 식영정과 소쇄원, 환벽정이 있고, 충장공 김덕령의 생가와 이장(移葬)하여 새로 가꾼 충장사(忠壯祠)가 놓여 있다. 송강정과 면앙정, 그리고 취가정 등이 정말 병풍처럼 둘러 있는 곳, 이곳이 바로 선생님께서 쓰신 책 『문학의 산실 누정을 찾아서 I』의 배경이 되었다. 선생님께서는 다음에 II, III의 속편을 쓰시고자 했지만, 그것으로 끝났다. 정하영 선생이나 내가 근무지를 서울로 옮긴 까닭도 있지만, 선생님의 건강이 뒷받침되지 못한 것이 더 큰 이유였다. 선생님을 모시고 돌아다니면서 찍은 사진 속에서 선생님은 꾸불꾸불 새겨진 지팡이를 들고 계신다. 1987년 여름 프랑스와 네덜란드를 간 일이 있었는데, 네덜란드의 한 상품점에서 고풍스러우면서도 가벼운 지팡이가 눈에 들어왔다. 항상 지팡이를 들고 다니시던 선생님의 모습이 생각났고, 그래서 그 지팡이는 선생님의 손에까지 오게 되었다. 가끔가끔 멀리서 온 지팡이를 지인(知人)들에게 자랑하시던 선생님의 기억이 새롭다.

어떤 여름날의 만남*

　　지금은 웅장한 교문(校門)으로 모습을 바꾸었지만, 얼마 전까지만 해
도 아담하고 소박한 모습의 교문을 들어서면, 다보탑과 석가탑을 지나
불국사 대웅전에 오르는 듯 소담한 석계(石階)가 놓여 있었다. 마치 오
랜 역사와 풍치를 보여주는 듯 잠깐씩은 사색에 잠기게 하던 곳, 그래
서 왠지 아련한 추억에 빠져들게 하던 곳 – 그래서 그곳은 항상 나로
하여금 숙명(淑明)의 과거와 현재를 생각하게 하는 끈이기도 하였다.
그것은 오래전, 숙명의 축제(祝祭)에 불리어가서 두근거리고 가슴 졸이
던 아련한 추억에 젖어들게 하던 과거를 생각하게 하고, 또 그것은 오
랜 세월이 지나도록 남들 다 멀리 갔는데, 전통의 모습 그대로를 지킨
다는 것이 어떠하여야 하는가를 상징적으로 보여주었기 때문이다.

* * * * *

* 1991년 9월 전남대학교에서 숙명여자대학교로 근무지를 옮겼는데, 그때 총장
님이 정규선 선생님이셨다. 이 글은 선생님의 회갑을 기리기 위하여 제작된
『큰 산 큰 바다시네』에 수록되었다.

1970년의 여름, 지금은 너무도 흔한 것이어서 아무런 흥취도 없는 것이지만, 이른바 축제 파트너로 부름받고 또 금남(禁男)의 지역에 들어가 포크댄스에 참여하는 것은 얼마나 가슴 설레는 일이었던가? 나의 여성에 대한 고루(固陋)함을 깨뜨려야 하겠다는 생각도, 얌전할 뿐이라고 생각했던 여대생들의 탈춤 공연을 본 뒤부터였다. 언제 우리가 여성에 대하여 배우고 알 수 있는 기회가 있었던가. 조금 지나 군대를 가고 다시는 숙명과 마주 할 기회가 없었지만, 많은 세월이 흘러 이 학교의 교수가 된 것도 어쩌면 이러한 인연(因緣)의 축적(蓄積)이 아니겠는가?

1991년의 여름 나는 자그마한 교문을 들어서면서 대체로는 다소곳하고 또 조금은 당돌할 것 같은 숙명의 모습을 생각하고 있었다. 나는 어느새 불혹(不惑), 얼마만큼은 과거를 생각할 나이의 중년(中年)으로 변해 있었다. 그리고 20년 전 그때 느꼈던 숙명의 모습과 현재 내가 바라보는 숙명의 모습은 분명 달라져야 할 것이라는 당위(當爲)까지도 생각하면서 그 교문을 들어서고 있었다. 그런데 시간은 잠깐 머무르고 있었다. 자그마한 캠퍼스는 시간의 흐름을 용납하지 않는 듯, 블랙홀의 거대한 덩어리였다. 여러 과정을 거쳐 총장님과의 면접을 앞에 두면서 내가 느낀 것은 이렇게 변화를 거부하는 듯, 전통의 든든함에 무게를 둔 숙명의 모습이었다. 조으는 듯, 천천히 올라가던 승강기(昇降機)의 상승감도 또한 이러한 나의 생각을 뒷받침하고 있었다.

그 교정의 짜여진 모습과 학생들의 '요조숙녀적(窈窕淑女的) 모습'들도 또한 시간의 흐름을 거부하는 듯한 모습으로 나에게는 비쳤다. 좋은 남편을 만나 정상적 가정을 이루는 것은 대단히 중요하고 필요한 일이다. 그러나 그것이 대학의 본질과 어떤 연관을 갖는 것인가. 현모양처(賢母良妻)의 교육에 나는 어떻게, 또 얼마나 기여할 수 있을까. 그리고 이것은 10여 년 동안 남학생들과의 분방한 생활, 노도(怒濤)의 생활에 익숙한 나에게는 대단히 적응하기 어려운 미래일 것이라는 생각도 들었었다. 나무도 묘목(苗木)일 때 옮겨 심어야 잘 자랄 수 있다는 생각이 든 것도 이러한 이유에서였다. 다른 곳에 오랫동안 뿌리박고 살다가 새로운 토양에 적응한다는 것이 생각하면 얼마나 어려운 일이겠는가. 그러나 이런 생각도 들었다. 이 나이에 이르러 새로운 환경에 적응하기 위하여는 얼마나 많은 노력이 필요하겠는가. 그것은 또 사람으로 하여금 얼마나 활기와 생명력을 갖게 하는 일이겠는가. 총장실의 문을 들어서면서까지 이런저런 생각으로 나는 상당히 무거운 마음을 지니고 있었다.

아마 보통 날이었으면 그냥 시원한 남방차림이었겠지만, 나는 양복을 입고 땀을 흘리고 있었다. 역사의 중압감과 현모양처는 또 얼마나 사람을 덥게 하는 것인가. 그런데 중후하고 인자한 모습의 총장님과 마주하면서 그 더위는 서서히 사라지고 있었다. 숙명의 과거를 짚어보고 또 그 현재와 미래를 기획하는 말씀 속에서 이미 상투적일 현모양처는 사라지고 있었다. 대학이 무엇을 하여야 하는 곳인가. 나는 안도감과 그리고 서늘한 안정감으로 나의 중심을 자리잡을 수 있었다. 나는 지금까지 나를 투여(投與)하였던 대로 또 열심히 국가의 동량(棟梁)을 길러내기만 하면 되는 것이었다.

짧은 만남이었지만 그것은 지금까지의 나를 버티게 하는 큰 힘이 되고 있다. 그리고 처음의 말씀대로 같이 이 학교에 부임한 교수들과의 만남이나, 또 몇 사람들과의 작은 모임에 참석하여 학교의 미래를 위한 제언(提言)을 경청하는 모습을 보면서 숙명의 미래는 결코 어둡지 않을 것이라는 생각도 또 할 수 있었다. 숙명의 전통이란 사실 이제는 없어진 돌계단이나 건물에서 나타나는 것이 아니고, 바로 이러한 지도자의 정신의 내림에서 이루어지는 것이 아니겠는가. 지금도 교수회의에서, 또 교정에서 선생님을 뵐 때마다, 나는 그 무더웠던 여름날 체험했던 서늘한 기분에 사로잡히곤 한다. 그리고 20여 년 전 축제의 날에 느꼈던 여대생들의 발랄함과 무한한 비상(飛翔)을 생각한다. 요즈음 나는 그것이 가끔은 지치곤 하는 나를 붙드는 큰 힘이라는 생각을 하고 있다.

현대 사회와 말*

"세상을 바꾸는 부드러운 힘!"

우리 사회가 점차 민주화되고, 세계가 하나의 지구촌이 된 지금 우리 미래를 위해 이 명제보다 더 많은 것을 알려주는 말이 있을까? 그럼 이 말의 의미를 살펴보자. 동물들에게 세계와 자연은 주어진 환경이다. 여기에 적응하면 살 수 있고 그렇지 않으면 도태된다. 하지만 인간은 세상을 변화시키며 살아간다. 세상의 변화에 우리는 주체가 되어야 하고 또한 그 결과에 책임을 져야 한다. 환경 문제, 인간 복제 문제 등에 대해 인간 스스로 판단 내리고 그 올바른 판단에 따라 실천해야 한다. 위의 명제에서 '힘'은 바로 인간의 실천력을 말한다. 아무

• • • • •

* 2001년 숙명여자대학교에 의사소통능력개발센터가 설립되었고, 그 센터장이 되었다. 센터는 전교생의 교양 필수과목인 '글쓰기와 읽기', '발표와 토론' 수업을 담당하면서, 학생들의 언어능력 향상을 도모하였다. 이를 수행하기 위하여 센터의 교수님들과 함께 교재인 『글』과 『말』(숙명여자대학교 출판국, 2002. 8)을 제작하였는데, 이 글은 『말』의 머리말로 수록되었다.

리 여성차별에 대한 올바른 생각을 갖고 있을지라도 그 생각을 실생활에서 실천하지 않는다면 아무런 실효성을 갖지 못하고 세상을 올바로 바꿀 수 없다.

그렇다면 세상을 바꾸되 '부드럽게' 바꾼다는 것은 무슨 말인가? 강한 실천력이 아니라 미소짓는, 향기나는 실천력을 말하는가? 그게 도대체 어떤 것이란 말인가? 여기에서 부드러움은 총칼에 의한 무력, 권위와 권력에 의한 억압, 전통이라는 이름 아래 여전히 칼자루를 쥐고 있는 각종 불합리한 제도에 대립되는 뜻을 갖는다. 그러한 부드러움은 궁극적으로 무엇인가? 그것은 바로 '말'이다.

말은 정당한 변화의 시작이다. 다른 사람들에게 말을 건네지 않는 실천력은 독재일 뿐이다. 다른 사람에게 말을 한다는 것은 그 사람과 의사소통을 하고 그 사람의 동의에 의해서만 나의 실천력이 정당성을 가질 수 있다는 민주의식에서 출발한다. 말을 해야 다른 사람들이 나의 견해를 이해하고, 옳은 점에 대해서는 동의하고 잘못된 점을 비판하고 새로운 대안을 제시할 수 있기 때문이다.

"인간은 말하는 존재다."라는 명제는 인간은 언어를 통해 궁극적으로 인간이 되고, 언어를 통해 말하는 사람의 인격이 드러나고 언어를 통해 비로소 인간적 교류가 이루어진다는 말이다. 그만큼 말, 언어는 인간과 불가분의 관계에 있다. 언어에 대한 관심은 특히 현대에 와서 더욱 커졌다. 민주주의가 발달하여 모든 사회적 문제는 공적 논의 안에서만 해결가능하게 되었다. 청문회, 방송토론회 등에서 정치인들은 논리정연하고도 설득력 있는 언변을 펼침으로써 선거권자들의 신뢰와 지지를 얻어내게 되었다. 또한 유권자들은 그 전엔 그들의 약력,

일방적 웅변으로 판단하던 것을 이제 그들의 정책토론을 통해 누가 가장 바람직한 후보자인지를 가려낸다. 아직까지 지연, 혈연, 학연 등이 표심을 자극하기도 하지만 민주주의가 발달함에 따라 이와 같은 불합리한 선택기준은 점차 줄어들 수밖에 없다.

대학을 졸업하고 기업에 취업시험을 볼 때도 개인의 능력을 잘 표출할 수 있어야 한다. 입사 동기, 약력을 쓰는 글에서 기존의 정형화된 이력서로서는 개인의 능력을 정확하게 파악하기 힘들다. 그래서 요즈음의 신세대들은 다양한 방식으로 이력서를 쓰고 기업에서도 그러한 독창성과 참신성을 높이 산다. 그리고 최근 입사 면접에서는 학력, 가족사항, 입사동기 등의 빤한 질문이 아니라 지원자의 능력과 인격을 테스트할 수 있는 심층면접을 한다. 평소 스피치 능력을 길러두지 않으면 아무리 뛰어난 지식을 갖고 있는 사람도 사회에서 필요한 일꾼으로 입문하기 힘들다. 입사 후 업무에 대한 정확한 파악과 함께 명쾌한 프리젠테이션 능력은 직장인의 필수적인 능력이다. 영업을 할 때 이전에는 술, 뇌물, 지연, 학연, 뒷배경 등의 불합리한 능력과 전략을 이용했지만 이제는 판매제품에 대한 정확하고도 설득력 있는 설명 능력, 영업사원의 신뢰성 등이 구매력을 결정한다. 아무리 품질 좋은 생산품도 그 생산품의 뛰어난 점을 설명할 수 있어야 판매망이 열릴 수 있다는 것이다. 통신과 교통이 발달하여 세계가 하나가 되면서 의사소통의 능력은 현대인에게 가장 필요한 능력의 하나가 되었다.

교육에서도 더 이상 칠판에 의존하는 판서 위주의 일방적 전달이 아니라 토론식 수업을 통해 학생들의 창의적인 사고력과 조리 있는 표현력을 키우고 있다. 학습은 교사에서 학생으로의 일방적 방향만이 아니라 교사와 학생, 학생과 학생 사이의 쌍방적 논의를 통해 더 잘 이루어진다는 것을 이제 깨달은 것이다. 하지만 교육에 있어 그렇게 중요한 토론식 교수법에 대해 과연 어느 대학에서 교육 훈련하고 있는가?

그리고 현대 문화에서 빼놓을 수 없는 광고는 상품판매의 초병(哨兵)이다. 잘된 광고 하나가 회사를 살리는가 하면 경쟁력 있는 제품이 잘못된 광고 때문에 사라져야 하는 일이 허다하다. 또한 광고는 제품의 단순한 선전의 영역을 넘어 우리 사회의 문화를 선도하고 있다. 월드컵을 앞두고 한 젊은이가 경계를 넘어 축구공을 차면서 "다음에는 꼭 함께 뛰자!"는 멘트는 분단국가의 그 어떤 무거운 명제보다도 더 따뜻한 통일의 염원을 감동적으로 나타내지 않았는가?

이와 같은 언어능력은 현대에 들어와 서구 문명이 들어오면서 강조된 것은 아니다. 물론 동양에서는 교언영색(巧言令色)이라 하여 말보다는 마음과 실천을 강조함으로써 말을 간과한 경향이 없지 않다. 하지만 우리 선조들이 언어를 매우 중요시한 점도 여러 곳에서 발견된다. 우리말에서 "말 한마디가 천냥 빚을 갚는다", "아 다르고 어 다르다", "비단 대단 곱다고 해도 말같이 고운 것은 없다"와 같은 속담이나 '촌철살인(寸鐵殺人)'과 같은 경구는 말이 사회생활에 얼마나 중요했는가를 잘 대변하고 있다. 또한 고려 시대 거란의 침입에 대한 서희의 담판은 언어능력이 국가도 구할 수 있음을 잘 보여주고 있다.

언어능력은 인간이면 누구나 가지고 있는 것이다. 그렇다고 해서 누구나가 다 설득력 있는 말을 하거나 조리 있는 말을 하는 것은 아니다. 특히 우리 경제가 어느 정도 선진국의 대열에 들어섰지만 정치는 아직도 후진국을 벗어나지 못하고 있는 점을 분석하면서 토론문화의 부재가 바로 그 원인이라는 지적을 한다. 이러한 문제점을 극복하기 위해 각 방송사에서는 토론 프로그램을 갖고 우리 사회의 여러 문제들에 대해 토론하지만 아직도 미흡한 점이 많다. 토론참여자들이 합리적인 토론능력을 갖추지 못한 이유도 있겠지만 토론하면서 제기하는 주장과 비판에서 그 문제점을 정확하게 지적할 수 있는 청취자가 많지 않다는 점을 이용해서 자기 자랑이나 국민 기만의 기회로 이용하는 발언자도 많다.

대학은 대학생들이 학문을 할 때 필요한 발표와 토론의 능력도 키워야 하지만 사회에 나가 사회를 이끌어나가는 지성인을 육성해야 한다. 우리 사회를, 한 공동체를 바람직하게 이끌어가기 위해서는 우리 사회 구성원들에게 설득력 있는 말을 할 수 있어야 한다. 그래야만이 그들의 동의와 지지 속에서 실천적 힘을 갖게 된다. 밀실 정치와 장막 속에서 몇몇 권력자들에 의한 결정은 언론자유와 개방적인 사이버 시대에서는 더 이상 유지될 수 없다. 한 마디로 남을 속이는 기교와 술수로는 대중을 속일 수도, 대중의 지지를 얻을 수도 없는 사회가 온 것이다.

2002년 전 세계를 들뜨게 했던, 특히 우리 국민이 하나가 되게 했던 월드컵을 회상해 보자. 처음에는 '1승만', '16강만'이라며 우리 축구팀을 스스로 의심했던 국민들도 우리 선수들이 너무나 성실하고도 빼어난 실력으로 4강까지 오르자 국가대표 감독이었던 히딩크를 단순히 축구감독이 아니라 뛰어난 리더십, 용병술, CEO의 능력을 지닌 리더로 보고 그의 리더십을 다각적으로 분석하기 시작하였다. 히딩크에 대한 국민들의 폭발적인 지지에는 그의 능력이 보여준 결과가 뛰어났기 때문이지만, 다른 한편 그의 조리 있고도 빼어난 말도 이에 한 몫하였다. 그는 인터뷰에서 길지 않지만 설득력 있고 재치 있는 말로 국민들을 이해시키고 감동시켰다. 포르투갈과의 마지막 예선전에서 한국팀이 승리하고 난 뒤, 많은 외국인들이 한국 선수들의 지치지 않는 체력에 감동하자 그는 "한국 선수들은 폭주기관차다. 나조차 우리 팀을 막을 수 없다."라고 하며 체력과 승리의 질주를 통합해서 말했는가 하면, 처음의 목표였던 16강에 도달한 후 이탈리아와의 격전을 앞두고는 "나는 아직 배가 고프다."는 은유적인 표현을 통해 선수들의 킬러본능을 자극하였다. 4강에 도달하면서 그에 대한 국민들의 열정적인 환호와 함께 그가 계속 국가대표팀의 감독을 맡기를 요청할 때, "한국은 내 마음을 훔쳤다. 내 마음은 한국을 영원히 떠나지 않을 것이다."라고 말하면서 부드러운 거절의 의사를 표현하면서도 우리의 가슴을 흠뻑 젖게 만들었다. 하지만 그는 감동적인 말만이 아니라 냉철하고도 뼈있는 말도 많이 남겼다. 그가 월드컵을 시작하면서 했던 말은 우리 국민들이 스스로를 되돌아보게 하기에 충분하였다.

나는 한국 선수들을 대단히 사랑한다. 그들의 순수함은 나를 들뜨게 한다. 준비 과정에서 흘러나오는 어떠한 비판도 나는 수용할 자세가 되어 있다. 사람들은 조급한 마음을 가지고 비판의식에 사로잡혀 있을 때 나는 6월을 기다려 왔다. 지금 세계 유명 축구팀들이 우리를 비웃어도 반박할 필요는 없다. 우리는 월드컵에서 보여주면 되는 것이다.

우리는 언어를 통해 지식을 얻고, 언어를 통해 정보를 전달하며, 언어를 통해 다른 사람들과 공동체 속에서 더불어 살아간다. 언어는 인간이 만든 가장 과학적인 발명품이면서도 가장 아름다운 예술품이다. 내 이웃이 나의 말을 통해 사려가 깊어지고 올바른 판단을 할 수 있는가 하면 나의 말에 의해 현혹되고 잘못된 판단을 내리거나 기만당하기도 한다. 내가 사랑하는 사람이 어려운 상황에 빠져 있을 때 나의 말을 통해 그가 용기를 잃지 않고 감동하고 즐거워하고 살맛이 생긴다면 이보다 좋은 신비로운 것이 어디에 있을까? 하지만 그는 나의 말 한 마디에 좌절하고 괴로워하고 적대감과 모멸감에 사로잡힐 수도 있다. 그렇다면 말을 해도 제대로 해야 하고 들어도 제대로 들어야 하지 않겠는가?

말은 사람과의 관계를 가능하게 하는 첫 단계의 행위이다. 말이 있기 전에는 다만 마음속에 존재하는 생각만이 있을 뿐이다. 서로의 생각만이 존재하는 침묵의 상태는 말을 통하여 드디어 구체적인 현실로 변화한다. 서로 다른 생각을 확인하고, 행동으로 나아갈 수 있기 때문이다. 그래서 말의 중요성은 단절된 관계 속에서 살아가는 현대에 이르러 더욱 강조되었다.

화장실이 깨끗한 학교*

　나는 요즘 '말'의 쏠쏠한 재미에 푹 빠져 있다. 매주 한 번씩 발표와 토론의 강의가 있는데, 이 소규모의 학급 단위에서 학생들은 풍성한 말의 잔치를 벌이고 있기 때문이다. 학생들은 여러 가지로 세상을 바라보고, 현명한 해결책을 제시한다.

　예전에 나는 학생들에게 어서 이만큼 오라 손짓하고, 그리고 오는 길이 서투르다, 왜 이리 더디냐 타박하는 일이 많았었다. 그런데 언제부턴가 내가 서 있는 위치가 학생들이 목표로 하는 지점이 아니라는 것을 알게 되면서, 나는 자신의 가는 길을 찾기 위해 의미 있는 방황

・・・・・

* 숙명여자대학교 의사소통능력개발센터는 '글쓰기와 읽기', '발표와 토론'을 소규모 학생들이 듣는 교양 필수과목으로 지정하여 운영하는 기관이었는데, 대학으로서는 전국에서 처음 시도한 일이기 때문에 많은 관심을 끌었다. 큰 행사로 전교생을 대상으로 한 토론대회를 개최하였는데, 이를 통하여 전교생의 토론문화를 활성화하자는 취지였다. 이와 관련된 글로 2002년 10월 21일자 『숙대신보』 1046호에 실렸다.

을 하고 있는 학생들에게 별로 할 말이 없어졌다. 나의 말도 또한 학생들에게 선택할 수 있는 하나의 자료일 뿐이라는 것을 안 순간부터, 나는 나의 일을 학생들이 가공할 수 있는 자료로 선택해 주기를 바라는 입장으로 전환되었던 것이다.

전공 강의에서도 그랬다. 지식의 바다를 마음껏 항해하며 건져 올린 파다닥거리는 싱싱한 고기, 심해에서 오랫동안 머물던 듬직한 고기, 이 모두가 강의실에서 쏟아져 나왔다. 그것을 건져 올린 득의의 미소와 함께. 나는 그저 오늘은 바다의 고기를 얘기하자, 오늘은 산의 나무를 찾아보자, 얘기하면 그만이었다. 한없이 떠들고 열심히 노트에 적었던 예전의 강의 내용은, 아 시냇물을 헤엄치는 송사리와 같은 것이었다. 시냇물에 가두어두고, 나는 바다로 가는 학생들을 붙잡아두었던 것이다.

전공 강의가 그러한데 하물며 자기의 현재를 정리하고, 미래를 꿈꾸는 발표의 시간에 내가 '가르칠' 내용이 무엇이겠는가! 나는 학생들의 비판과 꿈을 들으며, 고개를 끄덕거리면 되는 것이었다. 아니, 끄덕거릴 수밖에 없는 것이다. 그런 학생들의 모습을 바라보면서, 새삼 이 얼마나 무한한 가능성을 지닌 존재인가 하는 생각을 떠올리게 된다.

다니고 있는 학교를 후배들에게 소개해 보라는 과제를 발표하게 하는 시간이었다. 후배들에게 이 학교에 들어왔으면 좋겠다는 생각을 갖게 해 보자는 발표였는데, 학생들은 참 상큼하기도 했다. 나라면 학교의 위치는 어떻고, 역사는 이러하고, 또 졸업생들은 어떻게 활동하고……. 그렇게 설명하느라 시간이 모자랐을 것이다.

그런데 학생들은 그런 설명에서 애초에 멀어져 있었다. 그중에 한 학생은 이런 말을 하였다.

"와보세요. 힘들었죠? 우리 학교는 화장실이 깨끗하답니다."

'깨끗한 화장실'은 고등학교를 거친 모든 여학생들에게 쾌적한 환경을 환기시키는 이미지로 각인되어 있었다. 목표를 달성하랴, 경제적인 성장을 하랴, 어디 화장실까지 관심을 둘 여지가 있었는가? 그런 숨가쁜 질주가 그나마 현재의 우리 상태를 만들었던 것이고, 그래서 이 커다란 일을 했다고 자부하는 그 어른들의 고압적인 사고 앞에서 감히 이것 좀 고칩시다 하는 말을 할 수 없었던 것이다. 그렇기는 하지만, 편안한 안식의 배변은 얼마나 마음속 깊이 바라는 일이었겠는가? 그래서 학교의 화장실은 아예 이용하지 않고, 참고 참았다 집에 달려가는 일이 얼마나 많았겠는가.

그래서 그 말은 우리 학교가 황실에서 설립한 유서 깊은 학교 ……등등의 이념적 언사를 푹 뒤덮는 것으로 보였다. 오려는 학생들에게 떠오르는 이미지가 깨끗한 화장실을 가진 학교라는 사실은 얼마나 상큼한 일인가!

그런데도 나는 별 수 없이 가르치는 선생이 되어, 한 마디 덧붙이는 것이 좋겠다고 했다.

"깨끗한 화장실과 같이 우리 학교는 학생들의 작은 일까지 배려하는 학교입니다."

그러나 말하는 순간, 나는 금방 후회했다. 그것은 상큼한 이미지의 언어를 다시 진부한 설명의 언어로 바꾸어 놓은 것이기에. 학생들에게 있어 화장실은 작은 일이 아니라, 전부일 수 있는 것이다.

숙명 역사상 처음으로 숙명 토론대회가 열린다. 순간순간 강의실에서 번뜩이던 이미지의 언어는 훈련의 과정을 거쳐 역동적으로 펼쳐질 것이다. 수와 힘으로 밀어 붙였던 지난 세기는 이제 부드럽게 설득하는 21세기에 그 자리를 양보하고 있다. 이러한 시대의 변화를 예리하게 성찰하고, 준비하는 사람만이 새 시대의 주인공이 될 수 있다. 새 시대의 사람들은 지난 시대의 험악한 언어문화를 훌훌 딛고 일어서는 사람일 것이다. 강의실에서 벌어졌던 상큼한 언어문화의 주인공들이 공개적인 자리로 뛰쳐나오고, 그들이 벌이는 토론이야말로 바로 우리가 꿈꾸는 미래의 모습일 것이다. 그리고 해가 갈수록 세계를 변화시키는 부드러운 지도자가 축적될 것이다. 언어는 곧 생각의 표출이요, 그래서 사실은 세계 전체라는 명제는 여전히 유효하다. 이 대회에 대하여 부푼 기대를 갖는 이유이다.

개와 사람*

    개의 동상이 세워져 있는 곳이 있다. 우리의 명견(名犬)인 진돗개나 풍산개의 고향에 세워진 것이 아니다. 전라북도 임실군 오수에는 원동산(圓東山)이라는 작은 공원이 있는데, 이곳을 들어가는 입구에 잘 생긴 개의 동상이 있고, 그리고 그 공원 안에 또 똑같은 개의 동상이 세워져 있다. 이곳의 이름은 오수(獒樹)이다. 그 오(獒)는 '큰 개, 길이 잘 든 개'이고, 수(樹)는 '나무'이다. 올해는 갑술년(甲戌年) – 개의 해이다. 개의 이야기를 우리는 개의 동상이 세워진 오수의 이야기부터 시작하기로 한다.

    옛날 오수에 사는 김개인(金盖仁)은 개 한 마리를 기르고 있었다. 하루는 이웃 마을 잔치집에 갔다 돌아오는 길에 술이 취하여 들에서 잠을 잤다. 그런데 마침 불이 나서 김개인이 자고 있는 곳까지 불길이

* 1994년 개해를 맞이하여 한국비료공업주식회사의 사보인 『한비가족』 1~2월호의 새해 권두언으로 실린 글이다.

번져왔다. 개는 주인을 흔들고 깨웠지만, 주인은 인사불성이었다. 불길이 계속 번지자, 개는 물에 뛰어들어 온몸을 적시고 나와 주인이 자고 있는 주변에 뿌리기를 계속하였다. 개인이 깨어보니 자신이 자고 있던 주위를 제외하고는 모두 불에 타 있었다. 그리고 옆에는 개가 물에 적셔진 채 지쳐 쓰러져 있었다. 개의 충정에 감동한 개인은 개의 무덤을 만들고, 거기에 지팡이를 꽂아두었다. 그런데 이 나무에 뿌리가 돋고 가지가 뻗어 큰 나무로 자라났다. 지금 동산에 서 있는 큰 나무는 바로 지팡이가 자라 된 나무라고 하며, 마을 이름도 '오수'라고 하였다.

여기에서의 개는 주인을 위하여 자신의 몸을 희생하는 충성스러운 존재로 그려져 있다. 그리고 불은 물로 끈다는 효과적 진화(鎭火)방법을 알고 있는 지혜로운 존재이며, 또한 자신의 몸을 희생할 줄 아는 용감한 존재이기도 하다. 우리는 개를 충직하게 주인을 보좌하는 영물로 인식하고 있다. 나아가 인간과 거의 동일시하기도 하였다. '개는 사흘을 기르면 주인을 알아본다'는 속담이나, 자기 자식을 '우리 강아지'라고 부르는 것도 이러한 발상에서 비롯된 것이라고 할 수 있다.

일식(日蝕)과 월식(月蝕) 유래담의 개는 충성심, 용맹과 관련된 관념의 소산이다. 해도 달도 없어 어둡기만 한 나라의 임금님은 가장 억센 불개를 보내어 인간 세상의 해와 달을 가져오게 하였다. 명령을 받은 불개는 하늘로 달려가 해를 물었지만, 너무 뜨거워 얼른 뱉고 돌아왔다. 임금님은 다시 달을 물어오라고 하였다. 가서 막상 달을 무니 이번에는 너무 차가워 또 뱉고 말았다. 기회만 있으면 임금님은 '해를 물어와라' '달을 물어와라' 하고, 그때마다 불개는 분주하게 해로 갔다 달로 갔다 한다는 것이다. 불개가 해나 달을 물었다 뱉는 모습이 일식이고, 월식이라는 것이다.

이렇게 개는 충직스러운 모습으로 우리의 옆에 존재할 뿐만 아니라, 최후로는 자신의 몸을 인간에게 식용으로 제공하기도 하였다. 신에게 바치는 제물로 개를 이용하거나, 또 이를 식용으로 하였다는 기록은 고대의 중국 자료에서 많이 발견되고 있다. 우리나라에서도 복중(伏中)의 허약해진 기력을 되살리는 요긴한 식품으로 인식하였다. 『동의보감(東醫寶鑑)』에서는 개고기가 허약한 몸을 보하고, 위장을 튼튼히 하며, 허리와 무릎을 따뜻하게 한다고 기록하고 있다.

그런데 개가 반드시 충직스러운 모습만으로 인식된 것은 아니다. 개가 일상적으로 인간과 맞붙어 지내기 때문에 부정적으로 드러낸 경우도 많다. 너무 인간의 속마음을 속속들이 알아서 오히려 개가 보기 싫어지는 경우도 있을 수 있는 것이다. 또 인간과 비교할 때, 비천한 모습으로 보여지기도 하였다. 이러한 우리의 인식은 다음과 같은 속담에서 잘 표현되고 있다.

> 서당개 삼년에 풍월 읊는다.
> 개도 사나운 개를 돌아본다.
> 개 못된 것은 들에 가 짖는다.
> 개 꼬락서니 미워서 낙지 사 먹는다.
> 개꼬리 삼년 두어도 황모(黃毛) 안된다.
> 개 보름 쇠듯 한다.
> 개같이 벌어서 정승같이 쓴다.

이처럼 비천하고 격이 낮은 것의 통칭으로 사용되었기 때문에,

'개-'라는 접두사는 대체로 열등한 것을 드러내거나 욕설에 사용되었던 것이다.

동양이나 서양을 막론하고 개는 인간의 역사와 함께 늘 인간의 주위에서 존재해 왔다. 때로는 구박과 멸시와 버림을 받고, 자신의 몸을 희생하기도 한다. 인간이 개를 버려도 개는 사람을 배신하지 않는다. 더러는 인간의 주위를 맴돌면서 사랑을 받기도 하였다. 근래 우리는 개를 살아 있는 장난감으로 생각하여 안거나 데리고 다니는 경우를 많이 본다. 또 연쇄점에는 개를 먹이기 위하여 외국에서 수입된 통조림이 진열되어 있는 것도 볼 수 있다. 자그마한 개가 결코 배신하지 않을 충직성으로 인간의 주위에서 맴도는 것은 어찌 보면 지극히 아름다운 모습이기도 하다. 이런 개를 잘 보살피고 우대하는 것은 그러니 당연한 일일 수 있다.

그러나 우리의 전통 사회에서 개는 항상 인간과 어느 정도 거리를 유지하면서 자신의 위치를 지키도록 하였다. 결코 개가 동물 이상의 위치로 올라서는 것은 옳지 않은 것으로 보아왔던 것이다. 그것은 대상을 너무 멀거나, 또는 너무 가깝게 하지 않는 것, 그리고 일정한 거리를 유지하는 것이 바람직하다는 우리 선인들의 오랜 지혜의 결과 때문으로 생각된다. 영물스러운 존재로 보아 너무 가까이할 경우 오히려 인간에게 해를 끼친다고 생각하였던 것이다. 요즘처럼 개가 애완동물의 표본이 되어 인간과 밀착하여 붙어 다니는 것은 아무래도 서양의 습속을 따른 이후부터의 일이라고 할 수 있다.

대상이란 이렇게 양면성을 지니고 있다. 모든 물상(物象)은 긍정적인 측면과 부정적인 측면을 항상 공유(共有)하는 것이다. 사실은 대상이 부정적이고 긍정적인 것이 아니라, 그것을 바라보는 인간의 인식이 그러한 것인지도 모른다. 필요할 때면 긍정적 측면이 부각되는 것이고, 불필요하면 부정적인 측면이 부각될 것이기 때문이다. 이러한 속성을 바로 인식한다면 아마도 작은 일에 연연하거나 구애되지 않고, 인생을 보다 풍부한 여유 속에 살아갈 수 있지 않을까 생각한다. 인간과는 떼려야 뗄 수 없는 관계인 개를 바라보는 것은, 또 그러한 이유에서 인간을 객관화시켜 바라보는 것이 될 것이다. 개를 보면서 우리는 우리 자신을 성찰하는 귀한 계기를 가질 수 있는 것이다.

쥐와 우리의 삶*

　1996년 경자년(庚子年)은 쥐의 해이다. 동양에서는 시간의 단위로 천간(天干)과 지지(地支)를 두되, 천간은 열, 지지는 열둘로 구분하여 이를 교체함으로써 구분된 시간을 표시하였다. 지지에는 각각 그에 해당하는 동물을 배치하였는데, 그 순서는 쥐, 소, 호랑이, 토끼, 용, 뱀, 말, 양, 원숭이, 닭, 개, 돼지이다.

　인도의 설화에 의하면 각 동물들은 그 해당되는 해에 부처님을 모시도록 되어 있는데, 그 순서는 부처님의 장례식에 도착한 순서에 따라 결정된 것이라고 한다. 그 설화는 또 쥐와 고양이가 왜 앙숙이 되었는가도 같이 설명하고 있다. 본래 쥐는 이 모임의 대표로 선발되지 않았다고 한다. 그러자 쥐는 고양이에게 모이는 날짜를 속여 참석하지 못하게 하고, 대신 자신이 참석하였다. 그리고 맨 먼저 도착하고

‥‥‥‥
＊ 1996년 쥐해를 맞이하여 삼양그룹 사보인 『삼양』 1월호(통권 251호)에 권두언으로 실린 글이다.

싶어 일찍 출발한 소의 등에 앉아 편안하게 갈 수 있었다. 쥐는 식장이 가까워 오자 재빨리 뛰어내려 선두로 들어갔다고 한다. 쥐가 십이지지의 맨 처음에 놓이게 된 것, 그리고 고양이가 쥐를 만나면 달려가 잡아먹는 까닭이 이 설화에는 잘 나타나 있다. 명칭이나 의미 부여가 한 문화의 표현이라고 할 때, 이러한 동물의 배열은 동양인의 쥐에 대한 관념을 흥미롭게 보여주고 있다.

우리의 고전소설에는 쥐가 주인공으로 등장하는 서대주전, 서동지전, 서옥기 등이 있는데, 대체로 주인공인 서대주와 상대편 다람쥐 사이에서 벌어진 도둑질을 소재로 한 작품이다. 서대주는 흉년의 어려움을 타개하기 위하여 다람쥐가 모아놓은 곡식을 훔치고 이로써 기근에 처한 백성을 구하였다. 다람쥐는 서대주의 처벌을 국가에 호소하였으나, 받아 들여지지 않는다.

인도의 설화나 우리의 고전소설에서 공통적인 것은 쥐가 영리하고 풍요로움을 추구한다는 점에 있다. 쥐는 그 생김새나 능력으로 볼 때, 사회에서 소외받고 억압받는 계층과 관련되어 있는 동물이다. 서민들은 우선 자신이 먹고 살 수 있는 방편의 마련이 우선이라는 점에서 쥐의 영리함을 긍정적으로 인식하였다. '약아빠지기가 생쥐같다' 라는 말은 쥐의 재빠르고 약삭빠름을 비기는 말이다. 쥐를 긍정적인 존재로 인식하였던 계층들은 쥐가 어떤 수단과 방법을 가리지 않고 목적을 쟁취하는 현실적 존재로 인식하였는데, 도덕적인 주제를 내세워 풍요로움의 추구를 비판한 것은 보다 후대에 나타난 현상이다.

그러나 먹고 사는 문제에서 우선 자유로울 수 있었던 계층들은 대체로 쥐를 도둑질하는 동물, 간교한 동물로 인식하였다. 그들은 들쥐를 백성의 곡식을 수탈하는 지방 관리, 집쥐는 궁궐 내에서 국고를 탕진하는 간신배로 생각하였다. 눈치를 살피다가 강한 자에게 자신을 의탁하는 기회주의적인 존재로 인식하기도 하였다. 이는 쥐가 사람들이 애써 수확한 결실을 훔친다는 표면적 사실에서 연유하여 관련지은 것이라고 할 수 있다.

정월에 들어 첫 번째 돌아오는 쥐의 날을 상자일(上子日)이라고 한다. 지금은 정월 대보름날 밤에 횃불놀이와 함께 논과 밭의 두렁을 태우는데, 본래 두렁을 태우는 일은 '쥐불놀이'라 하여 쥐의 날인 상자일에 하였다. 이 날은 모든 일을 조심하고 근신하였는데, 이는 신라 시대부터 연유한 것이라고 한다. 신라 21대 왕인 비처왕(毗處王)이 행차하는데, 까마귀와 쥐가 나타나 슬피 울고, 쥐는 사람의 말을 하면서 "까마귀가 가는 곳을 살피십시오." 하였다. 한 승려가 궁중의 여인과 사통하면서 왕을 죽일 생각을 하였는데, 이를 알려주기 위하여서라고 한다. 이로 인해 삼가하고 근신하는 풍속이 나타났는데, 여기에서 쥐는 인간이 알 수 없는 일을 미리 꿰뚫어 보는 영물로 인식되고 있다.

모든 물상은 이렇게 양면적인 의미를 지니고 있다. 상황에 따라, 보는 시각에 따라 그 대상은 자신의 모습을 변모시킨다. 그들은 본연의 모습을 감추고 인간이 보고자 하는대로 자신을 변모시키는 것이다. 그러나 사실은 그 대상의 모습은 변하지 않고 가만히 있는 것인지도 모른다. 변하는 것은 오로지 그 대상을 바라보는 주체일 뿐이다. 그래서 소동파(蘇東坡)는 「적벽부(赤壁賦)」에서 변하는 관점으로 보게 되면 변하지 않는 것은 아무것도 없고, 변하지 않는 관점으로 보면 또 변하는 것은 아무것도 없다고 말하였다. 중요한 것은 결국 대상을 바라보는 우리의 마음가짐일 것이다.

　지난해 우리는 나랏돈을 개인의 것인 양 마음대로 쓰고 치부하다가 그 자신의 명예와 온 국민의 자존심을 하루 아침에 무너뜨린 인물을 보았다. 그들이야말로 도둑질하는 부정적 의미의 쥐와 관련되는 인물일 것이다. 그들은 쥐에게서 그런 부정적 측면만을 배웠을 것이다. 쥐의 해를 맞이하여 우리는 영특함과 풍요의 모습을 배울 것인가, 아니면 야금야금 갉아먹어 공동체의 삶을 송두리째 무너뜨리는 모습을 배울 것인가에 대한 심각한 고민을 할 필요가 있다. 그리고 이는 전적으로 그 자신이 선택하여야 할 문제이다. 그러나 그 선택은 자신의 삶만이 아니라 그가 속하는 사회의 모습까지도 결정한다는 점에서 한 개인의 문제를 뛰어넘는 것이라고 할 수 있다.

전통문화의 현주소*

전통이란 무엇인가

전통이란 무엇인가? 현재를 살아가는 우리에게 있어 전통라는 이름의 유산은 무슨 의미를 갖는가? 전통의 논의에 있어 우리가 항상 만나는 것은 T.S. 엘리엇의 「전통과 개인의 재능」이라는 글이다. 여기에서 엘리엇은 우리가 고민하는 많은 문제를 이미 해명해 두고 있었다. 예컨대, "전통이 앞선 세대가 남긴 성과를 맹목적으로 혹은 소심하게 고수하고, 전세대의 성공을 추종하는 데 있다면 그런 전통은 적극적으로 저지되어야 할 것이다.", 그리고, 또 "전통은 계승될 수 없다. 그것

 • • • • •
* 한국문화예술진흥원의 기관지인 『문화예술』에 1997년 8월부터 10월까지 전통 문화의 현주소를 점검하는 글을 게재하였는데, 그 글의 제목은 「반드시 해야 할 일과 그렇지 않아도 되는 일」, 「전통문화의 현주소를 찾아서」, 「문화유산에 대한 정신적 깊이 헤아려야」이다. 이 글의 작성을 통하여 전통문화 전승의 고단함을 잘 살필 수 있었다.

을 원한다면 비상한 노력으로써 획득하여야 한다. 이를 위하여 역사적 의식을 지녀야 한다." 등의 구절을 통하여 엘리엇은 전통에 대한 논의의 대한 많은 답안을 준비하고 있었다.

그러나 이것만으로 가능한가? 진정한 전통의 계승은 어떻게 이루어져야 하는가? 창조적인 계승이란 무엇인가? 이에 대한 심각한 고민과 처방이 등장하지 않는 한, 전통문화는 항상 활성화되어 있는 외래의 대중문화 그늘에서 벗어나지 못할 것이다. 지난해 국립극장 소극장에서 있었던 정순임(鄭順妊)의 〈심청가〉 완창(8월 20일)과 창극 〈열녀 춘향〉(9월 9일부터 9월 14일까지), 그리고 과천 호프호텔에서 열렸던 민속학회 주관의 '국제민속학대회'(8월 23일과 24일)는 전통의 계승에 대한 우리의 심각한 고려를 강요하고 있었다.

원형의 보존과 창조적 계승, 그리고 심층적 연구의 필요성

정순임이 부른 〈심청가〉는 이날치에서 김채만, 박동실로 이어지는 고졸(古拙)한 서편제의 소리이다. 이는 광주의 한애순과 경주의 장월중선으로 이어졌는데, 정순임은 어머니인 장월중선의 소리를 이어받아 그 전모를 유장한 소리의 세계로 펼쳐 보였다. 이를 통하여 청중들은 보성소리 〈심청가〉와는 다른 의젓한 또 하나의 판소리를 감상하는 기회를 가질 수 있었다. 과거의 것을 원형 그대로 보존하여 전달하는 것은 문화 전승의 기본이다. 그러한 원형 위에서만 모든 변형은 의미를 지닐 것이기 때문이다. 세태와 인기에 영합함으로써 한 문화의 원형을 상실해 버리는 경우를 우리는 너무도 많이 보아왔기 때문에, 이번의 무대는 소중한 추억으로 기억될 수 있을 것이다.

　박병도 연출의 창극 〈열녀 춘향〉은 이 시대의 창극이 지향해야 하는 방향과 문제점에 대한 고민을 적나라하게 보여준 무대였다. 이 시대의 우리에게 왜 '열녀'는 강조되어야 하는지를 이 작품은 설명하지 못하고 있었다. 그 대본과 창극술에 대한 진지한 고민과 성찰은 놀이성 속에 감추어져 관객에게 전달되지 않았던 것이다. 창극은 판소리를 중요한 재료로 하여 만들어낸 독특한 연극 형태이지, 판소리를 더 잘 감상하기 위한 방편이 아니다. 따라서 창극에서 발견하고자 하는 것은 판소리의 진정한 맛이 아니라 창극의 예술성이다. 그런데 이 예술성은 연출과 직접적인 관련을 맺는다. 모든 배우와 배경과 음악은 정밀한 연출 의도에 통합되어야 하는 것이다. 판소리에서 작품 해석의 주체는 연창자이기도 하고 또 고수일 수 있지만, 창극에서 작품 해석의 최종적 권한은 결국 연출이 가질 수밖에 없다. 배우나 소도구는 연출의 작품 해석에 종속되어야만 극이 성립되는 것이다. 극이 보여주는 정교한 예술미를 드러내지 않고, 단순히 음기응변적인 재담이나 동작을 통하여 관객들 웃기고자 한다면, 이는 놀이를 지향하는 마당극과 다를 바가 없을 것이다.

　2일 동안 계속된 국제민속학대회는 무려 32편의 연구 결과가 발표되어 풍성한 수확을 이루었다. 우리나라와 중국, 일본, 몽골의 학자들이 참여하여 열띤 발표와 의견을 교환한 것은 우리 문화의 나아갈 길을 제시한 중요한 지침이 되었다. 발표된 대부분의 연구가 자국 문화의 원형질이라 할 수 있는 민속 전통에 치중됨으로서, 각국이 세계사에 기여하는 것은 바로 자신의 문화 정체성(identity)에 있음을 보여주었던 것이다. 연인원 수백 명의 학자들은 바로 자신과 자신의 이웃에서 어떤 일이 일어나고 있는가를 확인하고, 자신의 지향을 가늠할 수 있었다. 참석한 많은 인원들이 학문의 다음 세대를 짊어질 젊은 집단이었고, 그들이 연구실과 현장이 결합된 통합적 연구 태도에 대한 강한 집착을 보여준 것도 중요한 의의라고 할 수 있다.

가치 있는 일은 무엇인가

현재에도 가치 있는 과거야말로 전통에 값하는 것이고, 이러한 이유에서 전통은 내려오는 것이 아니라 창조되는 것이다. 현재를 영위하는 문화 종사자들의 의식이 전통의 창조에 중요한 의미를 갖는 것은 이 때문이다. 앞에서 거론한 행사들을 통하여 우리는 전통의 창조를 위하여는 유산의 원형적 보존과, 창조적 계승, 그리고 그에 대한 심층적 연구가 필요함을 확인할 수 있었다. 이러한 각각의 방향이 정립되지 않았을 때, 그 문화가 외래적인 것에 종속되는 것은 필연적인 귀결이다. 한 문화의 세례를 받은 후진 문화는 엄청난 충격을 감당해야 하는 것이고, 그 영향은 두고두고 지속된다는 것을 우리는 일제의 식민지 체험을 통하여 생생하게 기억하고 있다.

어려웠던 시절, 먹고 사는 것이 중요한 과제였던 1960년대 초, 우리는 그래도 후세를 위하여 전통문화의 전수자들에게 인간문화재라는 칭호를 부여하면서 국가의 보호를 도모하였다. 지금은 별 것 아니지만, 그 어려웠던 시절, 국가의 보호가 있어 오늘의 연명(延命)은 가능하였는지도 모른다. 국가의 재정이 어려웠지만, 그나마 원형은 유지되어야 한다는 문화의식이 그러한 장치를 가능하게 하였던 것이다. 먹고 사는 문제에서는 그나마 벗어난 지금, 30년이 지난 지금도 그때와 똑같이 원형의 보존에만 관심을 기울이는 것은 엄청난 무감각이라고 하지 않을 수 없다. 지금은 그러한 바탕 위에서 창조의 길을 향하도록 환한 길을 놓아야 할 것이 아니겠는가? 그러한 장치가 바로 공교육 기관의 설립이다. 왜 창극에서 연출이 가능할 수 없었는가? 그것은 배우가 창만 배웠을 뿐이지 배우로서 지녀야 할 다양한 연기술을 배우지 않았기 때문이다. 창극학교(唱劇學校) 하나만 있었다면, 종합적인 극술(劇術)이 전통문화와 화학적인 결합을 이룰 수 있었을 것이다. 이러한 제도적 뒷받침 없이 스스로 우뚝 서라고 하는 것은 아직 정립되지 못한 전통예술을 향하여 차마 할 수 없는 말이다. 전통예술에의 절망은 서양에서 유입된 춤 동작으로 건둥건둥 뛰어가는 배우에게서, 그리고 그 안쓰러운 모습이야말로 우리의 진실이라고 자포자기(自暴自棄)하는 관객의 한숨에서 진하게 배어나오고 있다.

책 읽기의 지향과 세상 바라보기*

책읽기의 경로

우리의 고전 「심청전」에서 심청과 심봉사의 모든 바람은 후반부의 맹인 잔치에서 장엄하게 이루어진다. 심청은 자신의 효행이 아버지의 개안과 자신의 영달로 귀결되는 것을 바라볼 수 있었다. 그리고 심봉사는 그리도 한스러워 했던 자신의 안맹(眼盲)과 아마도 일생 따라다닐 뻔했던 '딸 팔아먹은 아비' 라는 소리를 이 맹인 잔치에서 말끔하게 씻을 수 있었다. 심봉사가 눈뜬 덕분에 그 자리에 참석한 맹인은 물론이고, 온 나라의 눈먼 사람들도 다 눈을 뜨게 되었으니, 갑자기 이 세상은 광명의 세계로 변화하였다. 광명은 그 맹인에게만 해당되는 것이 아니다. 그들에게 있어서는 없던 것과 마찬가지였던 세계가 새로이

* 이 글은 교육부에서 발행하는 『교육월보』 2월호(1996. 2. 1)에 「살아있는 고전 문학 교육」이라는 이름으로 발표되었다.

자신을 바라볼 줄 아는 존재들로 말미암아 새로운 모습으로 변모하게 되었던 것이다.

그렇다. 보지 못해, 있어도 없을 수밖에 없었던 세상이 환히 보이게 된 것은 그 무엇과도 바꿀 수 없는 행운이라고 할 수 있다. 이 눈 먼 아득함과 바로 연관지어 생각할 수 있는 것이 글을 읽지 못하는 문제이다. '문맹(文盲)'이니, "낫 놓고 기역자도 모른다."는 말은 다 이 글을 읽지 못하는 사정을 눈 먼 불행과 연관지어 한 말이다. 글자를 모르는 것은 이렇게 눈 먼 것과 마찬가지로 있어도 없는 것과 마찬가지의 엄청난 재앙일 수 있는 것이다. 인류가 어떤 의미에서건 현재의 문명을 구가(謳歌)하게 된 것도 거의 대부분 이 문자의 발명과 해독에서 연유한 바가 크다.

이러한 이유에서 글을 읽는다는 것은 새로운 세계에의 진입이며, 새로운 문화를 건설하기 위한 기반이 된다. 글을 읽지 못하는 것은 그만큼 중요한 정보의 세계에서 멀어져 있다는 것이고, 이런 이유에서 글을 읽는 행위가 보편화된 것은 그만큼 정보의 공유를 통하여 평등에 기여하게 된 일이라고 할 수 있다. 글을 읽는다는 것이 바로 인간의 가치 있는 삶과 연관되고, 결과적으로 평등한 삶을 이룰 수 있게 된다는 점에서, 글의 해독은 현대를 살아가는 인간의 필수적인 문화 행위라고 할 수 있는 것이다. 글이 아니고는 인간다운 삶이 보장될 수 없다고 할 수 있을 정도로 글 읽기는 인간의 활동에서 차지하는 비중이 막중하다.

이 글 읽기의 경로를 살피면서 그 의미를 살피고자 하는 것이 이 글이 목표하는 의도이다. 독자는 대상으로서의 책을 마주하고 있다. 책은 무엇인가, 그리고 그 책이 어떠해야 하는가 하는 문제는 올바른 독서를 위하여 반드시 짚고 넘어가야 할 문제이다. 올바르지 않은 정보는 단순히 시간을 소비하는 것으로 끝나는 것이 아니고, 그 올바른 경로에서의 이탈을 의미한다. 다시 정상으로 돌아가는 일이 거의 불가능하기 때문에 올바른 책의 선택에 대하여 깊은 관심을 가져야 하는 것은 너무나도 당연한 일이다.

독자와 대상으로서의 책이 마주하고 있을 때, 이 둘을 이어주는 고리는 바로 방법론의 문제이다. 흔히 대상에 접근하고자 하는 의지를 가진 주체와 그 대상이 존재하면, 그 방법론은 당연히 나타나게 된다고 생각하는 사람들이 있다. 그러나 그러한 생각은 일정한 정도의 수준에 도달한 사람일 때에만 적용될 수 있다. 좀 더 쉬운 길은 없는가? 시행착오를 피할 길은 없는가? 이에 대한 대답은 책을 통하여 자신의 모습을 형성하는 사람들을 위하여 반드시 예비해 두어야 하는 문제이다.

독서를 통하여 독자는 무엇을 지향하는가? 자신의 삶을 살찌우고, 최종적으로는 그 살찌워진 자신의 모습을 또 후세에 전달하는 것으로 독서의 긴 사이클은 종결된다. 그런 점에서 독서는 소극적 수용에서 출발하여 적극적 창조의 길로 자신을 변화시키는 대장정(大長征)이라고 할 수 있다.

읽어야 읽을 것이 보인다

책을 마주하면서 가장 먼저 전제되는 것은 독자의 책을 읽고자 하는 의지의 문제이다. 말을 시냇가로 끌고 갈 수는 있어도 말에게 물을 먹일 수는 없기 때문이다. 왜 책을 읽는가? 이에 대한 명확한 의지를 확인하고서야 책을 읽는 것의 필요성을 느끼고 이에 빠져들 수 있게 될 것이다. 독서의 필요성에 대하여는 그 실용성과 순수성에 대한 논란이 많이 있어 왔다. 책을 읽는 것이 바로 영달의 길이었던 전통시대에는 책을 읽는다는 것이 행운이었고, 또 영달을 위한 확실한 방편이었다. 전통시대에 책을 읽는다는 것은 아무에게나 허용된 것이 아니었고, 특정한 계층에 한정된 특권이었기 때문이다. 따라서 독서의 양과 질의 여하가 동일한 계층에서의 영달을 보장하는 것이었다. 이런 관점에서 보면 이 시대의 독서란 분명히 실용적이고, 실제적인 것이었다고 할 수 있다. 그러나 이러한 시대에도 자신의 인간적 가치를 고양하는 순수한 의미에서 독서를 한 사람들도 있었다.

근대의 가장 중요한 가치는 인간의 평등이 전제된다는 점이다. 누구나 자신의 능력에 따라서 자신에게 합당한 위치를 얻을 수 있게 되었다. 적어도 이념적으로는 그러하다. 이 시대에도 전통시대의 불평등이 당연하다는 인식을 가지는 사람들이 있지만, 그것은 근대를 획득하기 위하여 흘린 역사의 피를 거스르는 반동적 사고에 불과한 것이라고 할 수 있다. 같은 인간으로 태어나 자신의 노력 여하에 따라 가치를 실현시킬 수 있다는 이 엄연한 역사 앞에서 누군들 게으를 수 있고, 또 주저앉을 수 있겠는가? 이 역사의 장엄한 노력에 부응하는 것이 바로 독서를 통해서 이루어진다. 물론 독서의 방향과 종류, 그리고, 그 매체의 방식은 사람에 따라, 그리고 시대나 장소에 따라 달라질 수 있다. 그리고 이러한 선택의 자유야말로 다양한 문화를 추구하는 이 시대의 축복된 모습이라고 할 수 있다. 그러나 이 모든 것은 결코 독서의 넓은 범위를 벗어나지 않는다. 자신이 태어난 가치를 드러내기 위해서도 독서는 필연적인 문화 행위가 된 것이다.

근대적 인간으로서의 삶을 누리기 위해 독서가 필연적이라는 사실은 한 개인의 범위로 한정되지 않는다. 그것은 자신이 속한 사회와 국가, 그리고 세계를 풍요롭게 하는 활동으로 확대되기 때문이다. 따라서 인간의 문화를 살찌우고, 보다 나은 삶을 영위하는 데 자신이 귀중한 초석이 되기 위해서는 독서를 해야 한다는 자세를 다지는 것이 필요하다. 독서에 대한 자신의 의지를 다지고, 그리고 매진하겠다는 자세가 확립된 뒤에라야 비로소 무엇을 읽을 것인가 하는 문제가 뒤따르게 된다. 독서 교육의 목표가 평생의 독서인을 만들기 위한 것이고, 따라서 청소년을 독서인으로 만들기 위한 앞 단계에 바로 인간 교육이 놓여야 하는 이유가 여기에 있다.

독서의 주체가 자신의 독서에 대한 목표를 분명하게 하고 난 뒤 나타나는 문제가 독서의 대상인 책이다. 무엇을 읽을 것인가에 대하여는 수많은 사람들이 고전을 읽으라고 충고하여 왔다. 고전이란 삶의 한 전범으로서의 위치를 공인받았기 때문에, 적어도 인생의 목표를 설정하고 자아 실현을 도모하는 시기의 독자에게는 가장 확실한 모범 답안이 될 것이기 때문이다. 그러나 고전은 그것이 고전인 까닭에 또 쉽게 접근하지 못하는 먼 위치에 놓여 있는 경우가 많다. 그래서 고전의 독서가 그 어렵고 험한 길을 다녀왔다는 성취감만으로 끝나는 경우가 많다. 『신곡(神曲)』을 위하여, 그리고 『파우스트』를 읽기 위하여 기울였던 처절한 노력을 많은 사람들은 기억하고 있다. 그 자체가 대단히 값진 노력이고, 또 의미있는 일이라고 할 수 있다.

그러나 독서란 즐거운 마음으로 이루어져야 한다고 생각한다. 즐거움이란 자신의 정도보다 조금 높을 때 이루어지는 것이지, 너무 차이가 현격하면 아득하여 주저앉게 되고 따라서 그것은 즐거움이 아니라 고역(苦役)이 되기가 쉽다. 젊은 시절의 독서에 있어 가장 중요한 것은 독서의 습관을 기르는 것이고, 그런 점에서 특히 즐거운 마음으로 읽을 수 있는 책을 선정해야 하는 것이다. 더구나 우리를 무겁게 짓누르고 있는 고전이란 어떤 의미에서는 전 시대의 이념을 연장하고자 하는 의지의 산물이라고 할 수 있다. 따라서 지난 시대의 고전이라고 하여 이 시대의 미래를 꿈꾸는 젊은이에게 반드시 읽혀야 하는 것은 아니다. 고전도 시대와 지역에 따라 변화하는 대상일 수 있기 때문이다.

전통시대의 선비들이 줄줄이 외워야 했던 성인들의 전적들이 반드시 이 시대에도 통용되는 고전일 수는 없다. 미국의 독서단체인 그레이트 북스는 고전에서 근대문학에 이르는 책 중에서 청소년들이 읽어야 할 필독서 144권을 선정하였는데, 거기에서 동양권의 책이라고는 공자의 『논어』가 유일한 것이었다. 그들은 그렇게 자신들의 청소년들을 키워 나가고자 계획하는 것이다. 그들의 고전과 우리의 고전이 일치하지 않는 것은 어찌 생각하면 너무도 당연한 일이다. 역사가 다르고 생각하는 미래가 다르고 또 그 현재 서 있는 위치가 다른데도 그 선택이 일치한다면, 그것은 기적일 수밖에 없다. 고전이 이념의 산물이라고 말하는 까닭이 여기에 있다.

이러한 이유에서 고전의 중압감에 너무 억눌리지 말고, 자신의 삶과 관련되는 주변의 책으로부터 독서의 범위를 넓혀나가는 것이 필요하다. 그리고 우리는 스스로 자신이 읽어야 할 책을 선택하는 위치를 확보하도록 노력할 필요가 있다. 이때 선택의 기준으로 가장 중요시해야 하는 것은 미래에 이루어질 자신의 모습 그 자체이다. 독서란 누구도 아니고 오로지 자신을 위해서 이루어지는 문화이기 때문이다. 어떤 인간으로 서 있고자 하는가? 인간으로서의 가치를 고양하고, 이와 함께 남과 더불어 같이 성장하는 삶이야말로 바람직한 삶이 아닐까? 그런 점에서 독서의 대상인 책의 선택은 흥미와 함께 도덕적 열정도 고려하여 이루어지는 것이 바람직한 것이다.

이러한 조건이 충족된다면 되도록 많은 책을 읽는 것이 좋다고 생각한다. 많이 읽어야 스스로 선택할 수 있는 역량도 길러지기 마련이다. 문학으로 한정하여 말한다면, 대체로 교과서에 수록되어 읽히기를 바라는 한국의 현대문학과 고전문학 작품을 모두 섭렵하는 것이 좋다고 본다. 이를 바탕으로 우리를 벗어난 다른 나라 문학의 영역까지 그 범위를 넓혀갈 필요가 있을 것이다. 이러한 독서의 편력이 주는 중요한 효과는 독서에 대한 자신감과 스스로의 세상에 대한 통찰력 증진이 이루어진다는 점이다. 문학은 일상의 글과는 달리 구체적인 삶의 모습을 통하여 독자들을 변화시키기 때문에 충분히 흥미를 유발하는 특이한 문화이다. 문학의 독서를 통하여 이루어진 독서의 습관은 바로 일상적 독서물로의 전환을 가능하게 할 것이다. 이러한 이유에서도 특히 젊은 시절에 많은 책을 읽는 것이 중요하다.

문학은 허구적 산물이다

어떤 소설가는 자신의 주변에서 일어나는 일상적 사건들을 즐겨 그의 소설로 발표하고 있다. 이러한 모습은 필연코 소설과 현실의 관계에 대한 회의를 일으키게 할 수도 있다. 그러나 분명한 것은 그는 현실의 모습을 그대로 그리지 않고, 자신의 의지에 따라 재구성한 세계를 보여준다는 점이다. 지나치게 늘어져 여러 상황들과 연관되어 있는 현실을 소설가는 한 목표를 향하여 필요한 것은 더 늘이고, 또 필요하지 않은 것은 과감하게 생략하여 정제된 모습으로 다듬어 보여주는 것이다. 그런 현실이란 이 세상 어디에도 존재하지 않는다. 따라서 이광수가 『단종애사』에서 그린 수양대군은 실제의 수양대군이 아니고, 또 김동인이 『대수양』에서 그린 수양대군도 실제의 수양대군이 아닌 것이다. 독자는 작자가 그리는 소설 속의 인물을 실제의 인물로 착각하고, 그에 빠져든다. 독자는 사건을 이루는 뼈대인 역사적 사실만이 아니라, 이를 바탕으로 하여 살아있는 구체적 인물로 형상화했기 때문에 더 감동에 빠져드는 것이다.

모든 문학은 정도와 질의 차이는 있지만 허구의 산물이라는 점에서 동일하다. 작가와 동의어로 쓰인 시인을 그의 공화국에서 추방하고자 한 플라톤의 생각은 바로 이러한 문학의 허구성을 염두에 둔 것이라고 할 수 있다. 왜 허구인가? 그것은 허구가 아니고는 실제의 세계를 여실하게 보여줄 수 없기 때문이다. 그런데 작가에게 있어 허구란 단순한 거짓이 아니라 필연적인 구성을 의미한다. 실제의 세계 또한 보는 사람에 따라 전혀 다른 모습으로 보여지기 마련이다. 1980년의 서울을 어떤 사람은 자유를 숨쉬는 공간으로 보았고, 또 어떤 사람들은 제거해야 할 혼돈으로 파악하였다. 그래서 그 해결책도 다르게 제시하였다. 코를 만지며 코끼리를 관처럼 생긴 동물로 알고, 배를 만지며

벽과 같은 동물로, 또 다리를 만지면서 기둥처럼 생긴 동물로 알았던 장님들은 사실은 세계를 자신의 관점으로만 바라볼 수밖에 없는 인간들의 자화상이다. 따라서 모든 보여지는 것은 우리의 관점으로 재해석되어 받아들여지는 것인지도 모르는 것이다.

　이것이다. 우리가 진실된 것으로 알고 있는 것이 사실은 거짓의 가면으로 덮여져 있는 것일 수 있는 것이다. 허구란 이러한 삶의 모습을 구체적으로 형상화하여 제시하는 하나의 방법이다. 여기에서 독자는 어느 것이 진실한 것이라는 작자의 말을 듣지 못한다. 문학의 독서가 다른 독서와 달리 인간 체험의 총체성을 동원하여야 하는 이유가 여기에 있다. 독서는 이처럼 단순히 작자가 제시한 세계를 수동적으로 받아들이는 행위가 아닌 것이다. 오히려 작자가 형상화한 세계는 독자를 만나면서 살아있는 현장으로 바뀐다는 점에서, 독자야말로 독서에서 주체적인 역할을 하는 존재이다. 이것이 독자의 권리이다.

　그러나 독자는 그 권리를 행사하기 위해 반드시 의무의 이행을 전제해야 한다. 그 의무는 바로 문학의 관습을 이해하는 것이라고 할 수 있다. 시를 시로 읽고, 소설을 소설로 읽기 위해서 독자는 반드시 문학의 관습을 익혀야 한다. 한 문화의 관습을 존중하고, 그 관습에 따라 대상을 바라보는 것이야말로 성숙한 문화인의 자세라고 할 수 있다. 자신의 관점으로 대상을 파악하는 것은 그 문화를 파괴하는 행위이다. 서구의 식민지 경영이 철저하게 원주민의 문화를 짓밟았던 것도 바로 자신의 관점으로만 대상을 파악하였던 결과이다. 문화를 파괴하는 행위가 야만이라면, 문화인으로 자처했던 서구인이야말로 바로 진정한 의미의 야만인인 셈이다. 야만이지 않기 위해서도 우리는 그 관습들을 익혀두어야 한다.

　그 관습을 익히는 것은 단순히 교양의 차원에서만 유용한 것이 아니다. 자신의 관점으로 바라볼 때는 꽁꽁 숨어 보여지지 않던 대상의 비밀스런 모습이 관습의 이해를 통하여 환하게 드러날 수 있기 때문에 우리는 그 관습을 익힐 필요가 있는 것이다. 자신의 관점으로 대상을 보고자 하는 사람에게 있어 대상은 그저 지나치는 사물일 뿐이다. 그러나 진정으로 들어가고자 하는 사람에게 있어 그 대상은 한없이 넓은 세계를 보여주는 존재로서의 찬연한 빛을 발하는 것이다. 이는 의무를 수행한 사람만이 얻을 수 있는 값진 결과라고 할 수 있다. 이러한 한 차원 높은 세계의 체험을 위해서도 문학적 관습의 이해는 필수적이다.

　앞에서 말한 바와 같이 읽는 대상인 책은 독자의 선택과 독서에 의하여 그 진가를 발휘한다. 이럴 경우 독자는 그 해석에 있어 절대적인 권위를 지니는 것으로 보인다. 그러나 독서는 이것으로 완결되는 것은 아니다. 우리는 지금까지 대상인 책의 작자에 대한 논의를 하지 않았다. 그 까닭은 작자의 존재가 중요하지 않아서가 아니라, 더 깊은 논의를 위하여 소중하게 아껴두었다는 것이 진실에 가깝다. 그 대상은 바로 작자에 의하여 존재로서의 의미를 갖게 되었고 독자와 만날 수 있었기 때문에, 작자의 중요성은 말하지 않았다고 하여 감소되는 것이 아니다. 그리고 작가는 그 작품을 이 세상에 내보냈을 뿐만 아니라, 또한 그 작품의 최초 독자이기도 하다. 후끈후끈한 생명체를 최초로 바라보면서 파악하는 작가의 모습은 그래서 마치 아이를 낳고 사랑스러운 모습으로 아이를 바라보는 어머니의 모습으로 비유될 수 있다. 누가 산고(産苦)를 겪은 어머니만큼 그 아이를 사랑할 수 있을 것인가? 앞에서 작품은 사랑하는 만큼, 그리고 바라보는 만큼 그 실체를 드러내 보인다고 하였는데, 그 사랑과 바라봄은 작가에게서 극대화된다고 할 수 있다. 그러니 그 사랑과 바라봄의 태도는 작가에게서 배울 필요가 있지 않겠는가? 독자는 그러므로 더 깊은 독서를 위하여 작가의 태도를 꿈꿀 필요가 있는 것이다. 이에 의하여 작품은 독자의 주체적 독서와 작가의 사랑을 아우르는 살아있는 실체로 탈바꿈하게 되는 것이다.

독서는 창조를 지향한다

현대는 정보의 홍수 시대이다. 자고 일어나면 신문 지면에 새로운 책이 줄을 이어 소개되고 있는데, 사실은 그 소개된 책이 빙산의 일각에 해당할 뿐이다. 소개되지 않은 책은 한없이 많고, 더구나 이를 전 세계까지 확대해서 바라본다면, 우리가 읽어야 할 책의 분량은 상상을 초월할 정도로 많은 것이다. 따라서 한정된 정보를 획득하면 다른 사람보다 앞에 설 수 있었던 지난 전통시대나, 또는 해외에서 반입된 이론서를 획득하면 또 전문가로 행세할 수 있었던 암울했던 전후(戰後) 시대의 모습은 현재로서는 상상도 할 수 없는 상황에 이르렀다. 이것이 행복인가, 아니면 불행인가?

모든 시대는 그것을 바라보는 사람에 의하여 규정되어진다. 비극적으로 바라보는 사람에게 있어 세계는 항상 암울한 어둠의 장벽일 뿐이다. 낙관적인 사람에게 있어 세계는 그래도 살 만한 공간이 된다.

지금의 독서인에게 있어 요구되는 것은 낙관이나 비관을 떠나 적극적인 사고방식이라고 할 수 있다. 이것이 특히 자아 확립의 과정에 있는 젊은이라면 더욱 필요한 일이다. 필요로 하는 자에게 한없이 열려있는 정보의 세계란 얼마나 축복된 일인가. 더구나 어떤 제약 없이 대상에 접근할 수 있다는 것은 지난 어느 시대에도 이루어지지 않았던 특혜라고 할 수 있다. 따라서 자신의 조건에 따라 세계의 실상을 바꾸려는 노력보다는 그 시대의 조건을 자신의 성장과 공동의 발전에 이용하는 것이 보다 현명한 선택일 것이다.

그렇게 하기 위해서는 독서의 방식도 바뀌어져야 한다. 어떤 책은 지금도 역시 꼼꼼하게 읽고, 그것을 암기해야 하는 경우가 있을 수 있다. 필요하다면 그렇게 해야 하겠지만, 대부분의 책은 자신의 필요에 따라 독서의 방식을 선택하는 것이 필요하다. 그 필요란 무엇인가? 여기에서 우리는 다시 심봉사가 눈 뜨는 대목을 상기할 필요가 있다. 심청이 태어났을 때 심봉사는 이미 세상을 볼 수 없는 상태였다. 그러니 아무리 딸이라 하지만, 황후의 모습을 한 심청을 알아볼 리가 없다. 심봉사가 눈 뜬 후 딸을 알아보게 된 것은 그가 심청을 낳기 전 태몽이 있었기 때문에 가능한 것이었다. 그것이 없었다면, 심청은 영원히 그에게선 낯선 타인일 수밖에 없는 것이다.

심생원도 그제야 정신차려 좌우를 살펴보니 칠보금관 황홀허신 어떠 허신 부인 한 분이 옆에 앉았거늘 깜짝 놀래 내외헌다고 선뜻 돌앉아 하는 말이 "내가 이것 암만 해도 꿈을 꾸는 것이 아닌가?" 황후 부친을 붙들고 "아버님 제가 죽었든 청이옵니다. 살아서 황후가 되었나이다." 심생원 깜짝 놀래 "에잉 아이고 황후마마 군신지의가 지당허온디 황송무비

허옵니다. 어서 전상으로 납시옵소서." 심생원이 말소리 듣고 전후 모습을 잠깐 보더니마는 "올체 인제 알것구나. 내가 인제야 알것구나. 내가 눈이 어두워서 내 딸을 보지 못했으나 인제 보니 알것구나. 갑자년 사월 초파일밤 꿈속에 보든 얼굴 분명한 내 딸이라."(김연수 창본 심청가)

그렇다. 대상은 이렇게 선입견을 통하여 인식되는 것이 일반적이다. 어떤 대상을 투명한 백지 상태에서 아무런 전제 없이 바라보는 것은 사실 거의 불가능한 일에 가까운 것이다. 우리가 책을 읽을 때에도 이는 마찬가지이다. 어떤 책을 앞에 대하면서 우리는 그 책에 대한 기대와 일정한 사전 지식을 전제하고 있는 것이다. 이 전제와 책의 전달하고자 하는 내용은 상호 교감을 이루게 된다. 이런 점에서 독자는 단순히 책의 내용을 받아들이는 소극적인 존재가 아닌 것이다. 자신의 선입견에 따라 독자는 적극적으로 책에 대하여 간여하고, 책의 내용을 비틀기까지 하는 것이다. 그것이 과도할 때, 그것은 왜곡된 독서이지만, 일정한 정도의 허용은 자신의 논의를 보강하기 위한 아이디어로써 기능한다. 현대인에게 있어 가장 중요한 독서의 이유는 아마도 아이디어의 개발과 관련되는 것이라고 할 수 있다. 독자는 작자가 이루어놓은 결과를 필요로 하기도 하지만, 대체로는 그 과정에 대하여 관심을 기울이고, 또 그것을 자신과 연관지어 보기도 한다.

이러한 목표와 관련된 독서란 아무래도 추려 읽기, 또는 뽑아 읽기가 될 수밖에 없다. 자신의 세계에 대한 발언을 위한 충실한 기반이 된다는 점에서 그 책은 일정한 사명을 완수하였다고 할 수 있다. 그 결과는 독자의 창조로 이어지기 때문이다. 적극적인 독자는 이제 세계에 대하여 발언하는 자, 그리고 세계의 창조에 참여하는 자로 변모하게 된다. 하나의 책이 밑거름이 되어 새로운 꽃을 피움으로써 독서의 긴 사이클은 완결되는 것이다. 이에 이르러 독자와 작자는 분리된 존재가 아니고, 상호 화해하여 손잡는 동일체로 탈바꿈한다. 그리고 서로의 대화가 이루어지는 것이다. 독서교육이 종국에 이르러 창작의 교육으로 전환되는 것은 그러므로 문화 전파의 당연한 수순(手順)이라고 할 수 있다.

삼국유사를 읽읍시다*

왜 『삼국유사』인가

　과거의 사람들이 영위한 삶의 모습에 대하여 지금의 우리 기준을 들이대고, 이에 따라 비판하는 것은 옳으면서 또 그르다. 과거는 보다 나은 미래의 건설을 위하여 초석이 되어야 할 비판의 대상이라는 점에서, 과거를 효율적으로 사용하는 사람이나 집단에게 과거는 즐겨 비판을 허용한다. 그러나 과거는 과거의 생활 그 자체로서 존재하는 또 하나의 시간과 공간이다. 사람들은 그 상황 속에서 그에 걸맞는 사고와 생활을 영위하였다. 우리들이 이 시대가 부과하는 제도와 법률 속에서 살아가듯이, 그들도 그 시대가 요구하는 방식에 따라 생활하였던 것이다. 따라서 전혀 다른 기준으로 과거의 삶을 비판하는 것은

●●●●●
* 이 글은 경인교육대학교에서 교사들이 필수적으로 읽어야 할 책으로 백 편을 선정하여 해설한 『교사와 책 미래의 힘』(솔, 2008. 4)에 「삼국유사」라는 이름으로 실렸다.

그들로서는 전혀 예기하지 못했던 일이라고 할 수 있다.

과거의 생활이 어떻게 이루어졌는가 알기 위하여 우리는 역사서를 펼쳐볼 것이다. 실록(實錄)은 객관적인 위치의 사관을 두어 정치의 중심에서 일어난 일을 꼼꼼하게 적었다는 점에서 세계사에 유례가 없는 일이다. 따라서 조선조의 정치 중심지에서 일어난 일을 우리는 상세하게 재구할 수 있는 것처럼 보인다. 또한 후대에 기록된 것이라고는 하지만, 『고려사』나 『삼국사기』가 있어 고려와 삼국 시대의 역사에 대한 조망을 할 수 있다. 그러나 기본적으로 역사서는 삶에 대한 추상적 인식을 기록한 것이다. 따라서 거기에는 집필자의 역사 인식에 따라 제시된 객관적 사실만이 나열되어 있는 것이다. 역사 속에서 살아 숨쉬는 민중의 삶을 살펴볼 수 없는 이유가 여기에 있다.

『삼국유사』는 기존의 역사가 가지고 있는 서술적 태도를 거부하면서 출발하였다. 실제 일어난 일만을 기록하지 않고, 상상 속에 존재하는 영역까지도 역사의 소중한 기록이라고 생각하였다. 그래서 일연은 자신이 편찬한 책의 제목을 '역사[史]'라 하지 않고 '일[事]'이라 하였다. '일'이라고 이름을 붙이니, 실제로 일어난 일뿐만 아니라 생각한 일, 들은 일, 읽은 일 등 모두를 기록할 수 있었다. 그래서 『삼국유사』를 읽으면서 우리는 선인들의 구체적인 삶의 모습과 살아 있는 사고를 접할 수 있다.

『삼국유사』에 나타난 일연의 생각

일연은 고려 말 경상도 경산에서 태어났다. 22세에 승과에 합격하였고, 44세에는 정림사의 주지가 되어 공인으로서의 모습을 선보였다. 또한 왕명에 의하여 청도의 운문사에 거주하였고, 이후 국사로 책봉되었으며, 인각사에서 84세를 일기로 입적하여 보각(普覺)이라는 시호를 받았기에 우리는 그를 '보각국사 일연'으로 부르고 있다. 이러한 생애는 그 자체로서 중요한 불교사적 의미를 갖는 것이지만, 『삼국유사』의 편찬이 있어 일연은 불교의 승려라는 위치를 벗어나고 있다. 일연이 보여주었던 불교적 생애는 그와 동일하거나 더 우러러볼 만한 행적을 남긴 고매한 분들이 더 있을 것이기 때문이다.

일연과 같은 위치에 있었던 사람은 많이 있었지만, 일연이 있었기에 『삼국유사』는 가능했다. 일연은 왜 『삼국유사』를 편찬할 생각을 했던 것일까? 그 이유를 우선 『삼국유사』 「기이(紀異)」 편 서두에서 찾아볼 수 있다. 그는 「기이」 편을 모든 편의 첫머리에 실으면서, "삼국의 시조가 모두 신비스럽고 기이한 데서 나온 것이 어찌 괴이하다 하겠는가?"라고 하였다. 이는 상도(常道)를 벗어난 것에 대하여는 말하지 않는다는 공자의 말에 근거를 두고 삼국의 역사에서 신이한 일을 제거한 『삼국사기』의 기술태도를 비판한 것으로 보인다. 거의 같은 시대에 이규보도 김부식이 동명왕에 관한 신화적 기록을 생략한 것에 대하여 비판하였다. 그는 동명왕의 이야기가 환(幻)이 아니고 성(聖)이며 귀(鬼)가 아니고 신(神)이라 하면서, "동명왕의 일은 실로 나라를 창시한 신기한 사적이니 이것을 기술하지 않으면 후인들이 장차 어떻게 볼 것인가?"라고 하였다. 일연은 김부식을 명시적으로 언급하지 않았지만, 상상력의 소산인 설화를 인멸하는 것에 대하여 강한 거부감을 보이고 있는 것이다. 이러한 일연의 생각에 의하여 우리는 앙상한 역사의 줄기를 풍성하게 하는 피와 살을 접할 수 있게 되었다.

역사서의 기술은 실제 일어난 일에 기반하여 이루어진다. 그러나 실제 일어난 일도 보는 사람에 따라 달리 보일 수밖에 없다. 사건의 동기를 보면서 평가하는 것은 사건의 과정이나 결과를 고려하면서 평가하는 것과 다를 수밖에 없는 것이다. 일연은 기록물이 표면적으로 이루어진 사건만이 아니라, 사건 속에 감추어진 사람들이 내면까지 같이 보여주어야 한다고 생각하였다. 그런데 이것은 역사가 목표하는 바와는 다른 문학의 지향이라고 할 수 있다. 문학은 결과가 아니라 과정의 구체적 제시를 통하여 독자와 함께 해결을 도모하는 문화이기 때문이다. 『삼국유사』가 중요한 역사서이면서 동시에 국문학의 보고로 인식되는 까닭이 여기에 있는 것이다. 이로써 삼국의 기록은 살과 피가 갖추어진 구체적 생활사로 재구될 수 있었다.

『삼국유사』의 문화사적 의의

『삼국유사』는 우리의 선인들이 생각하고 겪었던 생생한 이야기를 기록하였다. 그래서 우리는 『삼국유사』를 읽으면서 과거는 물론이고 현재의 삶과 관련된 모든 문제의 본질을 생각하게 된다. 이 책이 역사와 문학의 성격을 아울러 가지고 있기에, 우리는 과거에 대한 추상적 인식과 구체적 감동을 받게 되는 것이다. 꼼꼼하게 이 책을 읽는 독자라면 일연의 이러한 의도를 간파하고 자신과 자신을 포함한 우리 민족의 삶에 대하여 진지한 고민을 하게 될 것이다.

『삼국유사』가 민족주의적 색채를 진하게 지니고 있다는 것은 「기이」편의 첫머리를 단군신화를 기록한 고조선으로부터 시작한 것에서 잘 드러난다. 환인(桓因)과 환웅(桓雄)을 연원으로 하는 단군과 고조선은 『삼국사기』에서는 찾아볼 수 없다. 일연은 우리 민족의 연원이 하느님인 환인으로부터 비롯된다는 긍지와 우리 민족의 시조로 단군을 내세움으로써, 고구려나 신라, 백제는 같이 어울려야 하는 공동체임을 드러내고 있다. 이러한 인식을 공유함으로써 그는 몽고의 병란으로 찢긴 민족적 동질성을 강조하고자 했던 것으로 보인다.

일연은 불교의 승려였고, 또 경상도의 경산에서 태어났다. 이러한 이유로 『삼국유사』는 불교와 신라 중심의 이야기가 주류를 이루었다는 비판을 받기도 한다. 그러나 신라 중심의 서술은 그 시기상 어쩔 수 없는 일이라고 할 수 있다. 고구려나 백제가 멸망된 것은 너무 오래전의 일이고, 따라서 참고할 수 있는 자료가 많이 남아 있지 않았기 때문이다. 불교를 중심으로 한 기술이라는 것도 당시의 주된 사유 방식이 불학(佛學)에 기반을 두고 있다는 점을 고려한다면 크게 탓할 것은 아니다. 신라와 불교 중심으로 이야기를 채록하면서도 일연은 사료(史料)에 충실하고자 하였고, 직접 현장을 답사하여 정확성을 기하고자 노력하였다. 황룡사의 구층탑에 대한 기술과 같이 자신이 직접 답사함으로써 얻을 수 있는 현장감은 도처에서 발견되고 있다. 또한 기존의 역사서와 자신의 견해가 다를 경우에는 반드시 이를 구별하여 독자의 판단에 맡기는 태도를 취하였다. 이러한 현장성과 정확성을 갖추고 있어 『삼국유사』는 우리의 미술사나 생활사를 복원하는 데 있어 소중한 자료가 될 수 있었다.

우리는 향가 14수를 기록한 책이라는 사실로부터 『삼국유사』를 기억하고 있다. 『삼국유사』가 없었다면, 우리는 신라인들의 도저한 문학적 깊이를 보여준 향가를 단순한 지식으로서만 알게 되었을 것이다. 마치 진성여왕 대에 편찬된 『삼대목(三代目)』이 그 이름으로서만 우리에게 남아 있는 것처럼……. 일연은 향찰문자로 기록된 향가와 그 향가가 나타난 배경설화를 같이 기록하여 향찰 해독의 길을 열어주었다. 또한 「풍요」를 전하고 있는 양지사석(良志使錫) 조의 끝에 "재 마치니 법당 앞의 지팡이 한가롭고,/고요한 몸가짐으로 향불 살피며 스스로 단향을 피우네./못다 읽은 불경 읽고 나니 할 일이 없어,/부처님 모습 빚어 합장하고 쳐다보네."라는 찬시(讚詩)를 덧붙였는데, 이는 다른 모든 기록에서도 동일하게 기록되어 있어 일연의 예술가적 풍모를 잘 보여준다.

인각사에 있는 일연의 비(碑)에는 그가 저술한 수많은 책들이 기록되어 있지만, 지금은 전하는 것이 거의 없고 그 비문에 기록되어 있지 않은 『삼국유사』가 남아 있어 그의 생각을 우리에게 전하고 있다. 아마도 그 당시 비문을 작성하던 사람들은 이 책의 가치를 대단하게 여기지 않았거나, 또는 『삼국유사』가 그때까지는 전체적인 틀을 갖추지 않았는지 모른다. 그러나 『삼국유사』만으로도 일연은 다른 어떤 것보다도 소중한 문화적 업적을 남긴 인물로 기억될 수 있을 것이다.

『삼국유사』와 교육

말을 물가로 끌고 갈 수는 있지만, 물을 먹일 수는 없다고 하였다. 왜 물을 먹어야 하는지에 대한 진지한 고민이 없어서일 것이다. 『삼국유사』에는 왜 과거가 중요한가, 그리고 과거는 바람직한 미래의 건설에 있어 어떤 역할을 하는가에 대한 구체적 고민이 담겨 있다. 그리고 『삼국유사』가 교육의 중요한 자료로 사용될 수 있는 이유는 이 책이 단순한 역사로서의 추상적 인식이 아니라, 문학적 상상력의 구체적 결과물이라는 점에 있다. 학생들로 하여금 풍부한 상상력의 구름을 타게 하고, 이를 통하여 새로운 미래를 설계할 수 있도록 하기 위해서도 『삼국유사』는 반드시 필요하다.

교육은 과거의 사유를 바탕으로 미래를 담당할 후세에게 시대를 열어가는 혜안(慧眼)을 갖게 하는 활동이라고 할 수 있다. 그렇게 하기 위하여 교사는 먼저 온고지신(溫故知新)의 자세를 가져야 한다. 과거에 대한 풍부한 경험과 사유를 통하여 학생들로 하여금 배우는 즐거움을 갖게 할 수 있을 것이다. 이와 아울러 교사는 학생들과 함께 환상의 세계를 공유하는 눈높이를 가져야 할 것이다. 환상의 세계에서는 시간의 변화나 공간의 이동이 자연스럽게 이루어진다. 곰과 호랑이는 하느님에게 나아가 사람이 되기를 빌기도 한다. 또 동해의 용왕은 자신을 위하여 절을 세워준다는 임금에게 자신의 아들을 데려가도록 하기도 한다. 그렇게 하여 우리의 사유체계는 형성되었던 것이다. 교사는 학생들에게 그리스나 로마의 이야기가 아니라 우리의 땀과 열정이 담겨 있는 『삼국유사』의 이야기에서 우리만의 환상적 세계를 열어줄 수 있어야 한다. 풍부한 지식과 감성을 갖춘 지도자가 되고자 하는 교사로서 『삼국유사』와 진지하게 대면해야 하는 까닭이 여기에 있다.

고전문학의 현장을 찾아서*

문학에서 현장이 가지는 의미는 무엇인가? 백호 임제는 황진이의 무덤을 지나면서 다음과 같은 시조를 읊었다.

청초 우거진 골에 자는다 누었는다
홍안을 어디 두고 백골만 묻혔나니
잔 잡아 권할 이 없으니 그를 설워 하노라

이 공간에서 임제는 황진이의 전 인생을 떠올렸을 것이다. 짧지만 열정적으로 살았던, 그러나 애처로운 모습으로 전통시대의 질곡(桎梏)을 헤쳐나가던 황진이의 모습을. 그리고 자신의 시인적 재능을 드러내어 또 다시 절창(絕唱)인 시조 한 수가 탄생하였다. 이렇게 되었을 때, 황진이의 무덤은 수많은 무덤의 하나가 아니다. 공동묘지 있어,

• • • • •
* 이지영 박사와 함께 펴낸 『고전문학의 향기를 찾아서』(돌베개, 1998. 11)의 의미를 생각하여 썼다.

그저 봉분(封墳) 도릿이 올라 있는 일상의 무덤은 아닌 것이다. 그것은 황진이의 삶만큼이나 윤기 서려 있는 역사와 문화의 현장으로 탈바꿈하고 있다. 그리고 시인으로 하여금 또다른 문학의 출현을 가능하게 하는 생산적 공간으로 우리 앞에 서게 된다. 임제와 같은 시인이 아니라도, 황진이의 무덤을 지나면서 어찌 술 한 잔 따르고 싶은 욕망을 갖지 않겠는가. 그러면서 황진이의 절창들을 떠올리지 않겠는가. 거기에서는 황진이가 불현듯 나타나 또 이러한 절창을 또 부를 것이다.

> 청산리 벽계수야 쉬이 감을 자랑마라
> 일도 창해하면 다시 오기 어려워라
> 명월이 만공산하니 쉬어간들 어떠리

이러한 절창을 들으면서 허위허위 지나친다면, 그는 진정 문학의 향수와는 거리가 먼 사람이다. 아니 그것은 문학만의 문제가 아니다. 역사가 가지는 유장(悠長)함에서 멀리 떨어져 있는 사람이다. 가고 온다는 것, 그리고 쉰다는 것의 의미를 인생이나 역사와 관련지으면서 깊이를 헤아려볼 것을, 황진이의 묘는 화두(話頭)로 던지고 있기 때문이다. 그리고 임제는 이를 받아 황진이의 본질 속에 더 핍진하게 다가가고 있다. 임제로 하여금 깊이 있는 성찰이 가능하게 한 것은 바로 황진이와 관련된 공간이 있기 때문이었다.

이러한 현장이 있음으로써 우리는 역사와 문화의 풍요로움, 그리고 전통성을 확인할 수 있다. 따라서 그러한 현장을 보존하지 못하는 집단은 역사의 맥을 이을 수 있는 자격이 있다고 말할 수 없다. 외국의 침입을 받았을 때, 가장 비참한 일은 바로 그러한 역사의 현장이 흔적도 없이 사라지는 일이다. 그러니 침략자들은 의도적으로 그러한 인멸(湮滅) 작업을 추진하는 것이다. 일제는 그렇게 광화문과 궁궐을 헐고, 그 현장에 총독부를 오만하게 건립하였다. 그러니 역사와 현장을 보존하는 것은 문화인일 수 있게 하는 필수적인 조건이라고 할 수 있다. 문화를 사랑한다고 하는 사람들의 가장 중요한 특성이 역사의 흔적을 잘 보존하는 데 있다는 점을 우리는 많은 여행의 현장에서 확인하곤 한다. 그리고 그것은 우리의 현실과 비교되면서 우리로 하여금 쓸쓸한 상념에 젖게 하곤 하는 것이다.

김시습(金時習)이 그렇게 오랫동안 반복하여 거닐었을 남원(南原)의 만복사는 그가 지은 「만복사저포기(萬福寺樗蒲記)」의 중요한 배경이다. 그러나 지금 그곳은 석등 하나를 남긴 흔적으로만 남아 있다. 그러나 그 스산한 현장은 「만복사저포기」가 풍기는 쓸쓸한 정서를 가감(加減) 없이 전하고 있다. 김시습 자신이 국외자(局外者)로 주유(周遊)하면서, 결코 행복과는 거리가 먼 것 같은 생애를 보내지 않았던가. 그러니 그나마 좁혀진 채로나마 남겨진 그 터는 얼마나 우리에게 값진 존재인가. 그것이 어디 만복사뿐이겠는가. 김시습의 유골은 충남 홍산(鴻山)의 무량사(無量寺)에 묻혀 있다. 절에 있으려니 화장(火葬)하여 부도(浮屠)로 우리 앞에 서 있지만, 그러나 그 부도는 단순히 싸늘한 돌이 아니다. 그 돌은 김시습의 방랑과 아픔, 그리고 좌절로 각인(刻印)되어 있어 이미 하나의 윤기 있는 생명체로 변모되었던 것이다. 더구나 무량사에 모셔진 김시습의 초상과 관련되면서 그 돌은 더욱 진한 깊이를 우리에게 던져주고 있다. 그 초상을 보면서 우리는 아, 얼마나 싸늘하면서도 텅 빈 것 같은 김시습을 느끼는가. 천재란 저런 것일까. 그렇게 생각하도록 얇게 다물어진 입술, 그리고 싸늘하면서도 신경질적인 눈매 – 그것은 바로 『금오신화』에 등장했던 외로운 주인공들의 모습을 연상하게 하는 것이었다. 그러니 만복사의 터는, 그리고 무량사의 부도는 여느 공간과는 전혀 구별되는 특수한 공간으로 변모하는 것이다.

수로부인(水路夫人)은 남편 순정공을 따라 경주에서 강릉으로 이어지는 긴 길을 가고 있었다. 그 길은 오른쪽으로는 바다를 끼고, 왼쪽으로 산을 낀 환상적인 길이었다. 어느 지점에서 점심을 먹고, 그리고 수로부인은 산을 보았을 것이다. 그 산에는 흐드러지도록 예쁜 철쭉꽃이 피어 있었다. 수로부인은 저절로 탄성을 질렀을 것이다. 이 아름다움에 대한 탄성이 있어 「헌화가(獻花歌)」는 탄생하였다. 그리고 그 꽃과 함께 지금까지 어여쁜 자태로 우리 앞에 존재하고 있다. 그렇게 우리와 관계를 맺은 철쭉꽃이 어떻게 여느 꽃과 같을 수 있겠는가. 이것이 쌩떽쥐베리가 말하는 '길들인다'는 의미이다.

> 장미꽃을 다시 가 봐라. 네 장미꽃 같은 것이 세상에 둘도 없다는 것을 알게 될거다.

그렇다. 우리와 관계를 맺은 존재들은 이미 지천으로 널려 있는 보통명사가 아니다. 그것들은 고유명사로 변해서 우리와 관계를 맺고, 우리의 생활 속에 깊숙이 침투해 있는 것이다. 문학의 현장들은 이렇게 우리와 내밀(內密)한 관계를 맺은 곳들이다. 그래서 그것은 여느 공간이 아닌 것이다. 이제 그 자취를 다시 더듬는 것은 그래서 이미 맺어 있었던 관계를 다시 확인하는 일이다. 세상 일 바쁘다는 핑계로 저만큼 밀어놓았던 우리의 저 멀고 깊이 숨겨 있는 목소리를 다시 우리의 것으로 확인하는 일인 것이다. 문학의 깊이에 도달하기 위하여는 이렇게 오래전부터 친밀했던 공간을 찾을 수밖에 다른 방법이 없다. 모세가 밟고 가니, 그곳은 신성한 곳이라 하여 신을 벗고 공경을 표했던 그곳(『성경』 창세기), 그리고 사복(蛇福)이 어머니의 시신(屍身)을 안고 갈라진 무덤의 틈으로 들어가 다시는 돌아오지 않았던 그곳(『삼국유사』), 그곳이야말로 사실은 저 깊은 본질의 세계를 들어갈 수 있는 통로인 것을 우리는 문학의 현장에서 확인하게 될 것이다. 만약 그것이 쉬 이루어지지 않을 때, 우리는 다시 쌩떽쥐페리의 다음 말을 기억하기로 하자.

"잘 있거라."
"잘 가라. 내 비밀을 일러줄께. 아주 간단한 거야. 잘 보려면 마음으로 보아야 한다. 가장 중요한 것은 눈에는 보이지 않는다."
"가장 중요한 것은 눈에는 보이지 않는다."
어린 왕자는 기억하기 위해서 되뇌었다.

제3장
내 마음의 강물 끝없이 흐르네

박 인 기 •••••

　김천고등학교를 졸업하고, 서울대학교 사범대학 국어교육과를 마치고, 서울대
학교 대학원에서 국어교육 전공으로 박사학위를 받았다. 교육방송에서 프로듀서
로 일을 하고, 한국교육개발원 연구원으로 일하였다. 청주교육대학교 교수를 거쳐
서 현재 경인교육대학교 국어교육과 교수로 근무하고 있다.

　대학에서는 대학신문 주간교수, 교과교육연구위원회 위원장, 학술정보원 원장,
소통위원장을 역임했고, 교육부 교육과정심의위원을 맡았다. 학회 활동으로 경인
초등국어교육학회장, 한국독서학회장을 지냈고, 한국교육방송공사 시청자위원회
위원을 맡은 바 있다. 현재는 독서르네상스운동 공동대표, 한국교총 연수발전위원
장 등을 맡고 있다.

　『문학교육론』(공저), 『문학교육과정의 구조와 이론』, 『국어교육학개론』(공저),
『교과는 진화하는가』(공저), 『스토리텔링과 수업기술』(공저), 『언어와 교육』(공저),
『국어교육과 미디어 텍스트』(공저), 『한국인의 말 한국인의 문화』, 『문학을 통한
교육』(공저) 등을 썼고, 수필집으로 『송정의 幻』이 있다.

　아호는 석영(昔影)을 쓰기도 하고, 외서(外西)를 쓰기도 한다. 석영(昔影)은 사물
이든 사람이든 기억이든 오랜 시간과 더불어 고색의 빛을 띨 때 드리우는, 그늘 같
기도 하고 영감 같기도 한 기운을 동경해 스스로 지은 이름이다. 외서(外西)는 내
가 태어난 마을이다. 현실의 마을이기도 하지만, 내게는 현실에는 없는 아득한 이
상의 공간쯤으로 여기고 산다.

그해 가을

1

그해 11월, 가을도 한껏 깊었던 날, 나는 파주의 어떤 시골 마을로 가정방문을 갔었다. 30년도 더 지난 세월 저편의 풍경이다. 그 무렵 나는 서울의 어느 고등학교에 근무하는 스물여덟 살의 청년 교사이었다. 가정방문은 물론 학교 당국의 권유에 따른 것이었다. 부모를 떠나 객지 도시에 혼자 하숙이나 자취를 하는 학생들 중 학업이 부진한 학생을 가정방문하여 보다 밀착된 지도를 하라는 것이었다.

나 또한 하숙생활에 찌든 총각 선생이었으니 하숙 자취하는 학생들에게 동병상련의 정서가 있었던 것일까. 신참 선생인 나로서는 이렇듯 첫 가정방문에 야릇한 친밀감이 돌아났다. 추색으로 물든 풍경 탓일까. 일종의 낭만적 정서가 배어나기도 했다. 내 하숙집이 서울의 약수동에 있었으니 가정방문 치고는 먼 거리이었다. 오로지 2차선 자갈 국도를 시외버스에 흔들리며 일요일 하루를 파주행 가정방문에 꼬박

내맡겨야 했다.

2

가정방문의 대상이 된 녀석은 H군이었다. 나는 사전에 교무실로 H군을 불렀다.

"네가 파주 시골 마을에서 서울로 유학을 왔으면 공부를 열심히 해야 할 텐데, 지난 중간고사 성적이 이렇게 바닥을 헤매니 걱정이구나. 아버지께서 이 사실을 아시는지 모르겠구나. 학교의 방침에 따라 너의 시골집을 방문하여 아버님과 네 교육 문제를 의논 드려야겠다."

H는 명랑쾌활하고 낙천적인 성격이었다. 체격도 건장했다. 공부보다는 노는 것을 좋아했다. 나의 설명을 듣자마자 H는 금방 풀이 죽었다. 고민 가득한 얼굴로 H가 말했다.

"선생님, 울 아버지 엄청 무서워요. 제가 중간고사 꼴찌 겨우 면한 것, 말씀 드릴 거예요?"

"이 녀석아 당연히 아버지가 아셔야지. 넌 머리는 있는 녀석이 왜 노력을 않니?"

"선생님, 그 성적 이야기하면 저는 아버지한테 맞고 쫓겨나요. 제발 저 좀 살려주세요."

"어떻게 내가 너를 살린단 말이냐?"

"선생님 제가 반에서 중간 정도는 한다고 말씀해 주세요. 네?"

"나더러 거짓말 하란 말이냐? 그런 법은 없다."

"선생님, 거짓말 안 되게 하면 될 거 아니에요."

"그게 무슨 소리냐? 거짓말을 했는데 어떻게 거짓말이 안 된단 말이냐?"

"제가 요 다음 기말고사에서는…… 제가 중간 등수 이상을 하면 안 되겠습니까?"

일단 위기만 피하고 보자는 심산인지 H는 결사적으로 매달렸다. 그러나 워낙 간절한 눈빛이라 H의 말을 믿어주어야 할지 말지 주저되었다. 나는 그에게 각서를 쓸 것을 제안했다. 내가 아버님을 만나서 H의 이번 성적에 대한 언급을 구체적으로 하지 않는 대신, H는 이후 기말고사에서 중간 이상의 향상을 기할 것을 다짐한다는 내용의 각서를 쓰고 도장을 찍었다. 이것이 잘한 일인지 못한 일인지 지금도 나는 판단이 잘 서지를 않는다.

3

H의 집은 버스가 서는 국도에서 다시 한참 들판 길을 걸어 들어가야 하는 곳에 있었다. 그 길이 가을과 더불어 좋았다. H의 아버지는 호주가이었다. 대청마루에 푸짐한 막걸리 상을 차려놓고, 호걸풍의 웃음으로 나를 맞이했다. 점심 무렵에 시작한 술상이었는데, 해 거름할 때까지 나는 H의 아버지와 술잔만큼 풍성한 이야기를 나누었다. 대청마루 뒷기둥에서는 H가 숨죽이고 귀 기울이며 나와 자기 아버지 사이에 오가는 이야기를 듣고 있을 것이었다. 나는 술기운이 도는 중에도 H와의 약속을 잊지 않았다.

그날 내 마음에 각인된 풍경은 지금도 선연하다. 떠나오는 집 앞에서 H의 어머니는 가을걷이 채소며 대추며 밤이며 고구마를 보자기에 싸주었다. '선생님 뵈니 아들 녀석 잘 맡겼다'는 말로 H의 아버지는 믿음을 내게 전한다. 그 믿음의 근거래야 한나절 내내 대청마루에서 막걸리 대화를 나눈 것이 전부인데. 공연히 나도 흔연해진다. 나를 배웅하러 버스 타는 곳까지 따라 나오는 H가 아무 말이 없다. 나도 달리 말을 꺼내지 않았다. 이럴 때는 말없음도 좋다. 기러기 떼 하늘로 지나가고, 가을 석양이 빈 들판으로 비치는데, 내 마음에는 하늘이며 산이며 들판이 무엇인가로 가득 차 있는 것 같았다. 그 차 있음의 실체는 무엇이었을까.

4

그날 이후 나는 H의 하숙집에 틈틈이 들러서 공부 태도를 확인하고 고무하였다. 내 나름의 진정성이 전달된 것일까. H도 딱히 싫기만 한 기색은 아니었다. 나를 거짓말쟁이로 만드는 것은 순전히 네게 달려 있다. 나는 그런 식으로 그를 독려했다. 그가 인생 최초로 쓴 각서를 마침내 성공적으로 지켜내는 경험을 갖도록 해 주고 싶었다. 본인이 다짐한 것을 처음으로 한 번 성공시켜 본다는 것, 그것이 그의 인생에서 매우 중요할 것이라는 생각이 들었다. 그 다음해 봄 내가 방송국으로 직장을 옮기면서 나는 H를 떠나왔다.

그로부터 33년이 지났다. H는 지금 종업원 1000명 이상을 거느린, 코스닥 상장 회사의 CEO이다. 그는 늦은 밤 어디선가 직원들과 소주 한 잔을 나누다가도 문득 내게 전화를 한다. 퇴근길에 불쑥 내 연구실에 나타나기도 한다. 가끔씩 그가 찾아오면 우리는 늘 그 옛날 파주 마을의 풍경을 이야기한다. 달라진 것이 있다면 그때 내가 부득이 거짓말을 했던 H의 아버지가 이제는 살아계시지 않는다는 것이다. H는 그 대목에서 불효를 각성한다. 가을은 무상(無常)함을 일깨우기도 하지만, 무상 가운데서 다시 만상의 유정(有情)함을 느끼게도 한다.

사랑도 훈련이 필요하다

사랑이라는 말처럼 그 개념이 넓게 쓰이는 말도 없을 것이다. 또 사랑이라는 말처럼 그 의미가 확장되어 온 말도 없을 것이다. 생물학적 존재로서의 인간의 사랑 행위는 동물들의 일반적 성애(性愛)와 크게 다를 것이 없다고 본다. 이성에 본능적으로 이끌리어서 생식본능을 발휘한다. 그리고 종족을 번식시켜나간다. 이런 과정에서의 사랑 행위는 '사랑'이라는 이름이 붙어 있기는 하지만 이성에 이끌리는 본능적 행위와 유사한 것이라 할 수 있다. 이기적, 쾌락적이란 아무래도 이 범주를 크게 뛰어넘기는 어렵다. 그저 내 방식대로 나만 좋으면 그것이 나의 진정한 사랑이라고 아전인수식으로 사랑의 감정을 해석하는 경우도 많다.

인간이 사회적 존재 또는 문화적 존재로 발달되어 오면서 사랑은 본능의 수준을 벗어나서 사회적, 문화적 의미를 가지기 시작했다. 연애니 결혼이니 하는 것들은 인간 이성 간의 결합을 본능의 차원에서부터 합리적 관습이나 제도의 차원으로 만들어가는 과정에서 생겨난 것이다. 따라서 사랑은 본능적 이성애의 에너지이기도 하지만, 사회적, 문화적 차원의 가치를 지닌 그 무엇으로 상승시켜 놓는 에너지이기도 한 것이다. 우리가 영화나 소설에서 감동을 받는 '국경을 초월한 사랑'이니, '인간 승리 사랑'이니 하는 것들은 모두 사회적 문화적 가치를 발휘하는 사랑인 것이다.

사회·문화적인 차원에서 공감을 가지게 하는 사랑은 인간적 노력과 각성이 스미어 있는 사랑이다. 기존의 규범과 인습을 극복하고 이루는 사랑을 보고 우리가 감동하는 것은 자신의 삶과 운명에 대한 자각과 인간다움의 가치를 지키려는 노력을 사랑 속에서 온몸으로 수행해 내기 때문이다. 사람들은 그 사랑에 감동한다. 가치 있는 사랑은 숙명적으로 고통을 수반한다. 진정한 사랑은 그 고통을 누가 알아주기를 원하지도 않는다. 이런 사랑의 경험을 사람들은 함께 소통하고 함께 쌓아가면서, 보다 넓고 큰 사랑의 이상을 추구한다. 인간을 사랑하고, 자연에 속하는 모든 것들을 사랑하려고 하는 경지, 그야말로 '보편의 사랑'을 깨닫고 실천하려는 경지로 나아가려 하는 것이다.

생물학적 존재로서 인간이 보여주는 사랑하기의 유효기간은 20개월을 넘기기 어렵다고 학자들은 이야기한다. 매일 매일이 첫날밤 같은 흥분과 감동으로 사랑을 유지하는 사람은 아무도 없다. 연애 같은 결혼생활이란 것도 애시당초 불가능한 것이다. 그것을 지혜롭게 터득하지 못하는 사람은 사랑에 관한 한 성숙되지 못한 사람이다. 우리의 삶이란 것이 원래 그런 섭리와 질서 속에 있는 것이라고 생각한다.

생물학적 이끌림의 시간이 지나가도 사랑의 기본 질서를 누리기 위해서는 훈련과 노력이 필요하다. 그것은 상대방의 결점에 대해서 너

그리워지는 방식이 될 수도 있고, 무덤덤함의 분위기를 개선시켜 보기 위한 특별한 화법을 사용하는 방식이 될 수도 있고, 간단한 가족 나들이 행사를 준비하는 방식으로 나타날 수도 있고, 상대방에게 꾸준히 편지를 쓰는 방식으로도 나타날 수 있다. 그런 노력 훈련 자체가 신나고 즐거울 사람은 많지 않다. 그런 노력을 하는 나 자신의 성숙이 보람되다는 생각이 자리 잡으면 그것으로 충분한 의미가 있다.

일반적으로 짜릿한 즐거움은 잠시 즐겁고 오래 근심의 그늘을 드리우기가 쉽다. 더 그윽하고 표 나지 아니하는 즐거움은 무엇이 있을까. 사랑보다도 더 은근하고 유장한 즐거움은 무엇이 있을까. 미더운 신뢰나 편안한 의존의 심리 같은 것이 그런 것 아닐까. 이런 것들은 자지러지는 즐거움은 분명 아니다. 그것은 다소 무덤덤한 분위기에서 생겨나기도 한다. 나이를 먹고 자녀들을 다 기르면 부부는 그런 믿음으로 산다. 그러나 이 또한 크게는 사랑의 범주에 속하는 것이리라.

처음부터 모든 것을 훌륭하게 다 갖춘 사람은 없다. 나름대로 노력이 있었기 때문에 남에게 그렇게 보이는 것이리라 생각한다. 나이가 들어서는 남들에게 내가 어떤 모습으로 보이는가 하는 것은 전적으로 나의 책임이라는 생각을 나는 한다.

사랑을 어찌 감정의 자연스러운 발로에만 맡길 수 있는가. 그래서 '사랑의 감정이 식었다.'는 표현은 젊은 열정의 시기에는 있을 수 있는 표현인지는 몰라도, 삶을 깊이 있게 사는 사람들, 삶의 책무성을 가진 사람들에게는 적절치 않다고 본다. 사랑 또한 훈련과 노력으로 더 깊고 그윽한 맛을 낼 수 있는 것이다. 인간성 또한 그러하고, 겸손 또한 그러하고, 따뜻함 또한 그러하다. 우리가 추구하는 모든 아름다운 감정들은 노력하지 않으면 자랄 수 없다.

　그런데 사랑을 위한 훈련 가운데는 사랑에 대한 상상력을 늘 싱싱하게 가지려 하는 훈련도 들어 있다. 사랑을 안으로 곱게 꿈꾸는 것이야 상상력의 세계가 아니겠는가. 그렇게 꿈꾸는 사랑의 세계가 현실의 삶을 아름답게 내면화하는 데 기여할 수 있다면, 인간의 사랑 상상력은 그 자체로 건강한 에너지가 될 수 있을 것이다.

놀이가 있던 풍경

1

　기성세대의 놀이는 궁색했었다. 그러나 질박하고 순진했다. 사람들은 놀이와 더불어서 고향과 유년 추억의 뜰로 돌아간다. 어린 시절 놀이 중에 '가이생 놀이(대규모 병력들이 격돌하는 것을 일컫는 일본어 '會戰'에서 유래된 말이라 함)'의 추억을 지닌 사람들이 많으리라. '가이생 놀이'는 공격하는 사람이 수비하는 사람에게 몸을 터치 당하지 않고 주어진 코스를 모두 넘어갔다가 다시 처음 칸으로 되돌아오면 이기는 게임이다. 그러나 공격팀이 모두 아웃이 되면 공격과 수비는 교체되어 놀이는 계속되었다. 내 기억에는 이 놀이를 마을이나 학교에서 조무래기부터 제법 큰 아이들까지 뒤섞여서 했다. 덩치 큰 고학년 아이들이 그때그때 놀이의 규칙을 해석하고 심판 역할을 했다. 누군가 부당하다고 대들며 울면서 집으로 돌아가고, 그러면 놀이는 파국에 이르렀다.

'놀이'가 인간의 본성임을 밝힌 사회학자 '요한 호이징하'는 일찍이 **'호모 루덴스(Homo Ludens, 놀이하는 인간)'**라는 유식한 용어를 세상에 내어놓았지만, 우리 시대는 그런 게 있는지조차도 몰랐다. 우리들 안의 '호모 루덴스'는 기를 펴지 못했다. 곤궁의 시대에는 오로지 일해야 했으므로 '노는 것'은 무조건 나쁜 것으로 간주되었다. 생각하면 억울하다. 노는 활동이나 노는 기획을 한 번도 반듯하게 보장받지 못하고 지냈다. 더구나 노는 데에 돈이 드는 일이라면 놀겠다고 말도 꺼내지 못하는 시절이었다. 그런 시대고(時代苦)에 짓눌리며 함석지붕 교사(校舍) 앞마당에서 닭싸움 놀이를 많이 했다. 밀고 당기는 줄넘기 놀이도 참 많이 했다.

놀이는 승부의 속성과 더불어 별의별 행태로 변화한다. 학교 뒷산에서 딱정벌레 따위를 잡아와서 싸움시키는 놀이는 특별 이벤트였는데, 수업시간에 하다 들키면 벌이 푸짐했다. 무엇보다도 오랜 생명력을 지닌 놀이는 동전치기이었다. 금을 그어 놓고 하는 동전치기이든, 주먹 안에 있는 동전을 짝수 홀수 맞추기로 따먹는 동전치기이든, 동전치기는 놀이의 윤리성에 더러는 흠집을 내어가면서도 오래 우리와 동반하였다. 동전치기는 딱지치기, 구슬치기 등의 놀이 족보를 모두 수렴하면서, 일탈과 긴장의 서스펜스를 아낌없이 연출하는 놀이이었다. 연초 내가 다녔던 학교를 찾아가 볼 기회가 있었다. 새로 지은 아파트와 교사(校舍)들로 학교 주변 공간이 계속 바뀌어 가면서, 그 옛날 동전치기 추억이 서린 모모한 구석들도 이제는 어딘가로 다 해체되고 말았다.

2

사람 살기 좋은 곳으로 자주 거론되는 북유럽의 나라라고 해서 무슨 환상의 파라다이스는 아니다. 그저 인생살이에서 겪을 수 있는 불행을 미리 좀 대비하고 산다는 것뿐이다. 예상되는 노년기의 궁핍과 질병을 대비하고, 생겨날 수 있는 불평등을 예방하는 데 애를 쓰는 사회라는 것이다. 그런 걸 두고 '복지'라고 말할 수 있을 것이다. 복지는 중요하다. 그렇다고 해서 '복지'가 곧 개인의 행복을 모두 담보하는 것은 아닐 것이다. 노르웨이나 핀란드의 사람들도 복지를 그렇게는 생각하지 않는다. 복지를 행복 그 자체로 착각하는 것은 오히려 '불행 마인드'를 미리 예약해 놓는 것이나 다름없다. 문제는 '복지 이후'일지도 모른다.

일반적인 복지가 좋다고 해도, 개인의 개별적 삶은 얼마든지 우울할 수 있다. 먹고 사는 문제가 해결되어도 자신은 불행하다고 여기며 사는 사람은 여전히 줄어들지 않을 수 있다. 실제로 북유럽 젊은이들의 일상 삶을 보면, 딱히 행복에 겨워서 어쩔 줄 몰라 하는, 그런 삶과는 거리가 멀다. 그곳에도 소외가 있고, 장래에 대한 불안이 있고, 사랑의 결핍이 있고, 불신이 있고, 소통의 단절이 있다. 이들 나라가 지금도 여전히 높은 자살률에 시달리는 것이 이를 입증한다.

북유럽 사람들의 생산 활동과 소비 패턴은 일 년 내내 열심히 일하여 벌어서, 여름휴가(이들의 여름휴가는 길다)에 레저를 즐기는 것이다. 여름 시즌의 레저를 위해 일 년을 묵묵히 일한다는 느낌을 줄 정도이다. 일생을 두고 보아도 양상은 비슷하다. 젊을 때 열심히 벌어서 꾸준히 저축한다. 즉 복지를 위해서 많은 세금을 낸다. 이렇게 해서 은퇴 후에 받을 수 있는 연금으로 노부부가 해외여행을 하거나 레저 클럽에서 여가생활을 즐기는 것이다. 만약 이런 생활에 높은 만족도가 있다면 그들이 즐기려고 하는 레저생활의 구체적 내용이 무엇이냐에 달려 있을 것이다. 나는 그것이 '놀이'일 거라고 생각한다. 어떤 놀이란 말인가. 그들에게 무언가 사는 의미를 심어주는 그들의 '놀이'일 거라고 생각한다.

3

지난 한 세대 동안에 놀이처럼 혁명적 해체를 겪은 것이 있을까. 시간과 공간을 공유하며 서로의 몸을 부딪치던 놀이들은 다 어디로 갔을까. 같은 시공에서 서로 머리를 함께 맞대며 왕성한 대화를 동반하던 놀이는 어디로 갔을까. 진정한 놀이는 실종되었다. 설사 남아 있다 하더라도 놀이 자체가 놀이로부터 철저히 소외되었다. 누구와 더불어 놀이를 하는지가 불분명하다. 심지어 놀이하는 나 자신이 실종되고 소외되는 그런 놀이를 하고 있는 것은 아닌지? 이런 변화의 조짐은 정말 인간적인 것인가. 나로서는 좀 암담하고 두렵기까지 하다. 이걸 혁명이라고 불러야 한다면 나는 동의할 수 없다.

지금 우리는 '컴퓨터 게임'이라는 하나의 놀이가 모든 다른 놀이의 가능성을 억압적으로 지배한다. '게임'이 시대적 괴물이 되어가고 있는 것이다. '게임'은 놀이문화의 무서운 돌연변이이다. 이대로라면 '게임'이 놀이 생태계를 파멸시킬지도 모른다. 마약과도 같은 중독성도 있다. 인터넷을 타고 악성 전염병 같은 전파력을 가진다. 적절한 면역 주사도 없다.

놀이가 병들면 인성이 병든다. 놀이가 병들면 사회가 병든 것이다. 아니 병든 사회가 병든 놀이를 낳는 것인지도 모른다. 컴퓨터 게임을 이렇게 악성 돌연변이 놀이로 만든 것은 현재 우리들의 삶의 방식과 사고방식이 아닐까. 원래 사람은 놀이를 통해서 학습을 배운다. 병든 놀이를 통해서 무엇을 배울 것인가. 이제 제발 '돈의 가치'에서 '사람의 가치'로 눈길을 주어야 한다.

눈 들어, 눈을 들어

1

결혼하고 신접살림을 차린 곳은 안양시 석수동이었다. 1980년대 초반 그때의 석수동은 안양시 외곽의, 도시도 농촌도 아닌, 조금은 어정쩡한 마을, 특별히 세련되지도 못하고 그렇다고 달리 수줍음이 짙지도 않은, 그런 곳이었다. 안양천 구비를 맞닿으며 비산비야(非山非野)의 구릉지들 사이로 더러더러 젖소를 키우는 목장이며, 채마밭들이 주택가 뒤로 쉽사리 발견되는 그런 곳이었다. 그런 마을에는 봄 오는 정경이 오감으로 다 와닿는다.

그해, 돌 반이 지난 첫아이를 데리고 아내와 나는 봄나들이를 갔다. 집 근처 밭두렁으로 나오다가, 불쑥 수리산 자락으로 가보고 싶었다. 그곳 어디 양지 바른 곳에서 우리 세 가족이 쑥을 캐고 싶었다. 아이는 겨우 걸음을 기우뚱거리며 걷는다. 쑥 캘 채비를 하고 큰길로 나오니 마침 수리산 종점행 시내버스가 온다(그 무렵 나는 차가 없었다). 버스에 오르니 우리는 수리산 너머 어딘가에 오고 있는 봄을 온통 몸으로 다 느낄 수 있을 것 같았다.

그러나 그날 봄나들이는 우리들 마음만 봄에 기울어 있을 뿐, 산뜻하지는 못했다. 버스에서 막상 내려보니, 아직 바람 끝이 차다. 여기저기 조금은 황량한 겨울의 끝자락 심술이 남아 있다. 도로는 포장되지 않아서 바람에 황토 먼지를 일으킨다. 아이는 넘어지고 뒤뚱거리다 지치는지 잠을 청한다. 둔덕에 아기 쑥들이 돋아나 있었지만 너무 어렸다. 아내는 사진 몇 장을 소중하게 찍는다. 그 와중에도 저녁 국거리만큼의 쑥을 간신히 캐었다. 돌아오는 버스 안에서는 아내도 아기와 함께 혼곤한 잠을 이기지 못한다.

그러니까 멋있고 우아하고 아름다운 봄나들이라기에는 2%가 모자라는 것이었다. 하지만 나는 이 봄나들이가 좋다. 다른 날에 제법 멋과 품위를 살려가며 봄구경 꽃구경을 가본 적도 없지 않지만, 이날의 봄 행차가 내 기억의 리스트에서 단연 일등이다. 그해 봄 내가 쑥 캐러 갔던 곳에는 이후 지금의 산본 신도시가 들어섰다. 아내와 아기가 걸어갔던, 그 '봄으로 가는 길'은 어디쯤이었을까. 나는 아침저녁으로 이 부근을 지나 출퇴근하면서 그해 봄 쑥 캐러 갔던 풍경을 떠올리면, 스스로 마음의 고양(高揚)을 만끽한다.

봄이 주는 진정한 공덕은 우리들로 하여금 하늘과 대지를 온 감관으로 바라다보고 느끼게 하는 것이다. 먼 곳을 오래 바라다보는 일은 내 안의 울퉁불퉁한 욕망과 다툼들을 화해로 다스려 가게 한다. 또한 무언가를 오래 바라보는 것은 그것을 향하여 다가가려는 사랑의 기운이 내 안에 있음을 의미한다. 모든 감수성으로 봄날을 바라본다. 봄,

그것은 시간이기도 하고, 공간이기도 하고, 우주의 운행이기도 하고, 내 안의 기운이 내 밖의 운기와 만나는 큰 호흡의 마디이기도 하다.

2

남에게 좀체 눈길을 주지 않는 세상이다. 전철이나 버스를 올라타도 정말 눈길 하나 맞추는 사람 없다. 스마트폰에 흠씬 빠져서 오로지 거기에만 눈이 머물러 있다. 사람들은 스마트폰이라는 신을 숭배하는 심오한 의식에라도 참여한 듯, 너나없이 목을 앞으로 빼어 구부리고 눈은 꼼짝 않고 스마트폰 화면에 몰입한다. 차창에 지나치는 풍경은 이미 현실에 없는 피안의 세계라도 되는 듯하다. 그러니 그들의 세상은 오로지 스마트폰으로 통하여만 길이 나 있는 것인지도 모른다.

명절에 다 큰 조카 아이들이 큰집에 모여도 잠시 인사를 나누는 둥 마는 둥, 각기 스마트폰 삼매에 들어 있다. 정작 나는 아이들과 이야기를 좀 하고 싶은데, 아이들은 방해하지 말라는 듯, 이어폰을 귀 안으로 더욱 단단하게 밀어넣고는 스마트폰 안의 세상으로만 소통하려 한다. 그럴수록 '나만의 체험, 나다운 사유(思惟)'를 길어 올리기는 쉽지 않다. 남의 편견도 내 통찰인 양 착각하기 좋다.

무엇보다도 우리들 감각의 변덕이 심하여 스마트폰을 이용하는 동안도 무엇 하나 끈기 있게 응시하지 못한다. 공연히 불안한 듯 여기저기 부산하게 스마트폰의 공간을 돌아다닌다. 눈길이 끌리면 기계적으로 들어간다. 그런 유혹에 맞추어서 만들어진 것이 스마트폰이라는 생각도 든다. 사거리 횡단보도를 지나면서도 스마트폰에 눈길을 박고 걸어가다가 마주 오는 사람과 부딪치는 경우를 심심찮게 본다. 그걸 들여다보며 눈을 떼지 못하는 동안, 이미 온 세상에 와 있는 봄은 나를 저만큼 돌려세운 채 지나간다.

봄이다. 봄을 느끼는 마음은 천지를 향하여 내 감관 모두를 열어 개방하는 것이다. 하늘을 우러러 구름과 바람에 대화를 구하려는 마음, 대지에 귀 기울여 생명의 싹을 틔우려는 풀과 나무들에 내 핏줄을 이어보려는 상상력으로 날아오르자. 봄이 오는 길목으로 나가자. 그래서 눈을 들어 산을 바라보자. 갇히고 움츠리고 음울했던 것에서 풀려나서 하늘 아래 대지를 호흡하자. 이 모두가 우리의 내면을 얼마나 청신하게 하는 것인지!

그립다 말을 할까

1

봄날엔 공연한 것들이 다 그리워진다. 산과 강이 깨어나고 풀리면서 내 안에 잠자고 있던 그리움의 정서들도 함께 풀리고 깨어나는 것일까. 피어나는 꽃이 그리움을 일깨우고, 우짖는 새들이 내 잠자던 그리움을 불러낸다. 그리움이란 내 삶 안에서 동경하고 꿈꾸던 것들을 향하여 더 아름다운 관계를 구하는 시그널인지도 모른다. 그저 희미하기만 하여, 소멸될 것만 같은 불확정의 관계들을 향해 '나 있음에', 또는 '그대 있음에'를 알리고 싶은 마음인지도 모른다.

어릴 적에는 그리움이 막연했다. 아니 막연하기 때문에 그리움이 더 애틋하게 생기는 것 같았다. 그리움이란, 산 너머 파랑새가 살고 있다는 그곳, 봄을 실어오고 있다는 남녘 미지의 어드메를 떠올리는 사이에도 무럭무럭 살아났다. 이제 어른이 되어서 돌아보는 어린 시절은 제 스스로 그리움의 대상이 되어 있다. 가마득한 기억의 지평 너머에서 아물거리는 것만으로도 어린 시절은 그리움이 되고 남는다.

사춘기 시절에는 그리워할 대상 이전에 그리움의 감정이 먼저 생겨
난다. 그리움의 대상이 마땅히 떠오르지 않는 것만으로, 더욱 그리움
으로 안달이 되는, 그런 시기이었다. 억압이 심했던 우리들 사춘기 시
절, 그때는 그리움을 드러내는 것도 일종의 불온이었다. 그럴수록 안
으로 묻힌 그리움의 정조는 짙어졌었다. 그게 사춘기이었다. 그래서
'막연한 그리움이 아지랑이처럼 피어오르는 청춘의 봄날' 이라는 수사
학이 넘쳐났다.

나이를 먹고 어른이 되면서 '막연한 그리움' 들은 점점 사라져 갔다.
생업의 전선에서 그리움이란 것은 다분히 사치스러운 감정으로 몰렸
다. 삶의 치열함 때문에 그리움이 서식할 틈을 아예 허용하지 않았다
고나 할까. 그러나 그 치열함을 뚫고 살아나가다 보면, 나이를 더 많
이 먹고 살아나가다 보면, 사는 일이 온통 그리움 짓기라는 생각이 들
기도 한다. 다만 모르고 지나칠 뿐.

2

N은 나의 친구이지만 내가 존경하는 외우(畏友)이다. N은 정의(正義)
롭고 따뜻한 사람이다. 악한 강자에게는 유별 정의롭고, 착한 약자에
게는 숨어서 따뜻하다. 비바람 불어도 꽃이 피어도 자신의 길을 묵묵
히 걷는 사람이다. 그는 건강하다. 오십이 훨씬 넘은 나이, 머리는 벗
어졌지만 42.195㎞의 마라톤을 완주하고, 먹은 마음과 세운 결심은 굳
게 지킨다. 빙긋 웃는 표정 외에는 달리 구사하는 표정도 없다. 대머

리 스타일이 되어가면서 오히려 후덕함이 배어나온다.

그런 N에게 불운의 여신이 다가왔다. N의 아내가 병을 얻었다. 췌장암 선고를 받았다. N은 자신에게 찾아온 이 불행을 아프지만 묵묵히 받아들이고, 굳센 의지와 혼신의 힘으로 아내를 위로하고 간병하였다. 그러나 병은 급속도로 악화되었다. 죽음을 예견한 N의 아내가 어느 날 기운을 간신히 수습하여 N을 불렀다.

"여보! 나를 위해서 애써준 것 너무 고마워요. 내가 아무래도 낫기 어렵다는 것 나도 알아요. 그래서 내가 당신에게 부탁할 게 있어요. 나 죽거든 혼자 있지 말고, 좋은 사람을 구해서 재혼하세요. 이건 제 진심이에요. 나랑 살면서 나 때문에, 당신 너무 고생만 했어요. 내가 당신을 사랑하기 때문에 이렇게 부탁하는 거예요."

"여보 무슨 쓸데없는 말을 하는 거요. 희망을 가져요"

남편은 서둘러 아내의 말을 막았다. 그 순간 아내는 자기 말이 아직 끝나지 않았다며, 침대 시트 밑에서 흰 봉투 하나를 꺼내주며 하던 말을 이었다.

"여보, 당신 좋은 여자를 만나야 하는데……. 그렇게 앞머리 탈모가 심하니, 맞선을 보고 선뜻 당신에게 올 사람이 있을까 염려가 되네요. 내가 마지막 부탁이에요. 꼭 좋은 가발 하나 맞추세요. 여기 이 봉투에 내가 준비해 둔 돈이 있어요. 가발 맞추는 데 쓰라고……."

3

N은 밤바다 파도가 부서지는 우도 해변에서, 재혼을 권유하는 나에

게 이 이야기를 띄엄띄엄 힘들게 하였다. 아내를 보낸 지 이미 여러 해를 넘겼는데, 그립다고 했다. 나는 순간 가슴이 먹먹해 왔다. 아무 말도 할 수 없었다.

나는 N의 이야기에서 그리움의 정령(精靈)을 보았다. '천상의 그리움'이란 말이 적합할지 모르겠다. N의 이야기를 반추하는 동안, 내 그리움의 정조(情調)들은 맑게 순화된다. 자기를 기꺼이 버려 상대를 보듬어내는 이들 부부의 마음! 그 마음의 결정(結晶)들은 밤하늘로 올라가 물 먹은 별이 되고, 그 별은 그리움의 극한이 되어 N의 마음에 드리워지겠지. 어찌할 수 없는 안타까움으로 남는 것, 그것이 그리움의 진수가 된다.

사람 사는 일의 피할 수 없는 조건으로 그리움은 존재한다. 그리움의 감정에 들어 있으면서도 그리움을 전하지 못하고, 그립다 말을 할까 마음먹다가도 그것이 날아가기라도 할까 차마 못하고 그렇게 산다. 이승과 저승으로 나누어져 전할 길 아득한 그리움은 우리의 숭고함을 지켜주는 불빛과도 같다. 생각해 보니 그렇다. 아는 척 모르는 척 지내면서도 속으로 서로를 헤아리며 살아가는 우리들 마음의 모습 자체는 또 얼마나 눈물 나게 그리운 것인지!

아버지의 뒷모습

1

고향 친구 J가 오랜만에 전화를 해 왔다. 내가 농사일은 할 만하냐고 안부를 물었다. J는 드문드문 느리게 말한다. 사는 게 다 그렇지 뭐, 좀 궁색허긴 해도 살 만해. 몸은 고단해도 마음에 큰 걱정 안 만들고 살려고 하지. J는 말수도 적고 무뚝뚝하다. 나는 그가 속정이 얼마나 깊고 은근한지를 안다. J는 머뭇거리는 말투로 전화를 걸어온 이유를 말한다. 딸을 시집보내게 되었다며 내게 주례를 부탁한다. J의 아내는 나에게는 먼 촌수로 아주머니뻘이 되기도 하니, 이래저래 인연이 깊다. 나는 그의 부탁에 기꺼이 응했다.

며칠 뒤 J의 딸과 그녀의 신랑감이 이른바 '주례선생'을 맡아줄 나에게 인사차 찾아왔다. 차 한 잔을 놓고 나는 이들과 마주 앉았다. 이렇듯 신랑 신부를 두고 앉으면 나는 이 장면 자체가 너무 좋다. 그들의 행복 바이러스가 온통 내게도 전하여 옮겨오는 듯하다. 인생의 축복된 구석들이 총집합하여 내 주위에 모여 있는 느낌을 받는다. 나는 두 사람의 가족 배경이며 살아온 환경이며 앞으로의 마음가짐이며 등등을 묻는다.

J의 딸은 밝고 고운 웃음을 띠고 있었다. 이야기 도중 신랑의 표정이나 말에 지혜롭게 호응한다. 내가 던지는 말이나 질문에도 그 표정이 부드럽고 웃음이 따뜻하다. 나는 자연스럽게 그녀의 아버지, 즉 내 친구 J에 관한 이야기들을 했다. 신부에게는 아버지 이야기가 되고, 신랑에게는 장인어른의 이야기이니, 우리들 모두의 공통 관심사로 적절하다.

2

그런데 나는 그날 매우 인상 깊은 경험을 했다. 내가 J에 관한 이야기를 뭐든 꺼내놓을 때마다, 신부의 눈에 스칠 듯 말 듯 고일 듯 말 듯, 눈물이 비치는 것이다. 신부는 아버지 이야기의 소절마다 무슨 저리 애틋한 감회들을 머금고 있는 것이란 말인가. 내가 혹시 요즘 아버지에게 무슨 일이 있는 거냐고 물었더니, 그녀는 다시 살짝 웃으며, 그런 일 없단다. 아버지는 잘 지내고 계시노라고 말한다. 화제가 신혼여행지로 옮겨갔다. 신부의 얼굴에 다시 웃음이 감돌아 온다. 그러다 다시 아버지 이야기로 화제가 되돌아오면 어느새 그녀는 눈물을 비쳐낸다.

아버지를 두고 떠나는 딸의 간절함을 보여주는 마음 가운데 가장 높은 꼭대기에 심청이 마음이 있다. 정완영 시인은 그런 심청이 마음에서 번져나는 그녀의 속눈물을 '봄날 여릿여릿 피는 감나무 속잎' 으로 비유하였다. 숨어서 맺히는 눈물, 여리고 착한 눈물, 그리움이 스며 있는 눈물, 동시에 약속과 소망과 결실이 기약되는 눈물이라 할 수 있다. 그런 눈물이 알게 모르게 세상 모든 신부에게도 있을 것이다. '아버지를 돌아보는 마음의 원형(archetype)'으로 살아 있을 것이다.

신부에게 결혼은 기쁨이지만 다른 한쪽으로는 낳아 길러준 부모와의 헤어짐이 함께 놓여 있는 것이다. J의 딸 또한 아버지와 함께 살아온 시간들을 떠올리는 순간, 그녀에게 아버지라는 존재가 섬세한 감성으로 확인되었을 것이다. 그녀의 눈물이 참으로 보기에 좋았다. 나만의 느낌이고 나만의 생각이었을까. 이미 신부로서도 이쁘기가 한량없는데, 아버지 두고 시집가는 딸로서 그 마음 안에 비치어 내는 효심의 마음새가 또다시 이쁘기 그지없다. 나는 순간 친구 J의 은밀한 행복을 몰래 들여다본 느낌이었다.

3

내가 아버지를 마지막으로 뵈었던 것은 언제이었던가. 아버지와 함께 즐거웠던 유년의 장면들은 다 어디로 갔는가. 아버지와 갈등하며 마음을 잠그고 돌아서던 장면들은 어디이었던가. 아버지를 새롭게 만났던 곳은 어디이었던가. 군대에서 혹독한 훈련을 이 악물고 받아내며 아버지를 눈물과 함께 떠올리던 무렵 아니었던가. 지치고 힘든 아버지의 실존을 처음 발견하던 때는 언제이었던가. 아마도 내가 어렴풋 어른이 되어가던 시절 아니었을까. 무엇보다도 지금 더없이 절실한 존재인데, 어쩔 수 없이 부재하는 아버지는 또 어떻게 해야 한단 말인가.

아버지의 뒷모습을 기억하는가. 모든 뒷모습은 쓸쓸하고 애잔하지만 아버지의 뒷모습은 유독 그러하다. 그 뒷모습에는 아버지의 속마음이 숨어 있다. 그 뒷모습에는 몰래 혼자 울고 싶은 아버지의 속마음이 있다. 아버지의 뒷모습은, 대개는 나로 하여금 그때는 왜 그렇게 아버지에게 잘해 드리지 못했던가 하는 반성의 프리즘으로 재구성되어 떠오른다. 아버지를 눈물로 이해하는 순간, 아버지의 뒷모습이 확실히 보이는 것이다. 그러니까 아버지의 뒷모습은 내 안에서 내가 만들어 내는 모습이다. 그것이 아버지의 뒷모습이다. 뒷모습 없는 아버지는 없다.

「아버지의 뒷모습」, 중국 작가 주쯔칭[朱自淸(주자청), 1898~1948]이 1918년에 쓴 수필이다. 중학교 교과서에도 실렸던 글이다. 극심한 생활고를 겪으면서 함께 지내던 아버지를 주인공이 남경역에서 헤어져 떠나오는 이야기이다. 나는 이 아버지와 아들에 대해서 깊이 공감한다. 그들이 중국 사람인데도 말이다. 옛날 글인데도 말이다. 끝 대목 한 구절을 다시 음미해 본다.

> "오고 가는 사람들 사이로 역을 빠져나가시는 아버지의 모습이 완전히 사라지자 비로소 나는 돌아서서 차에 올랐다. 자리로 돌아와 앉은 나는 절제되어 있었던 감정이 솟구쳐 올라 눈물을 왈칵 쏟아냈다."

내 아버지를 생각해 보면 나에게도 이런 유사한 장면들이 있었다. 주마등처럼 오버랩 되어 떠오른다. 이제는 안 계신 아버지를 오래 생각해 본다. 그리고 아버지인 나를 깊이 되돌아본다.

신록(新綠)과 주고받은 말

1

당신이 어느새 이렇게 가까이 와 계신지 몰랐습니다. 일하던 책상 머리에서 눈을 들어 당신을 본 것은 정말 하찮은 이유에서였습니다. 컴퓨터 화면에만 처박아 두었던 눈이 아팠기 때문이었습니다. 눈을 들어보니 그때 삼성산 봉우리와 기슭에 가득 연초록으로 현신(現身)하고 있는 당신을 보았습니다. 당신은 이미 와 있었는데도, 나는 유독 그날에야 비로소 당신이 제대로 보였을까요?

연구과제 재촉에 며칠을 밤낮없이 쫓기고, 이런저런 세상 일로 내가 내 마음을 닦달하는 동안, 나는 도대체 어디에 있었던 것일까요. 이렇게 사위를 둘러싸고 대지의 푸른 숨결처럼 와 있는 당신을 나는 바라다볼 생각조차도 못하였으니 말입니다. 내게 다가오신 당신을, 인기척조차도 느끼지 못하고 지내고 있는 나는 정말 어디에 있었던 것일까요. 그렇군요. 보아도 보이지 아니하는 것들에 둘러싸여, 피어도 피어나는지 모른 채, 아마도 그렇게 지내고 있었던 듯싶습니다. 그러니 나란 존재가 당신 앞에 좀 한심합니다.

오늘 어둠도 짙은 연구실 복도를 뒤로하고 학교 후문 길로 나오니, 멀리 삼성산 이마쯤 삼막사 초파일 연등 불빛이 아득하고 아련합니다. 어둠에 묻혀 있어서 신록 당신의 자취와 빛깔을 볼 수는 없지만, 그보다 더 그윽하고 현현한 당신의 향훈을 한껏 느낄 수 있습니다. 이런 걸 느끼고 있다는 것이 얼마나 큰 위안과 행복인지요. 그걸 행복인 줄 아는 내가 대견합니다. 내가 나에게 고마워하고 있는 것이지요. 이 모든 것이 당신이 내게 주는 축복인 것을 압니다. 고맙습니다.

2

그대, 나 신록을 이토록 어여삐 여겨주니 고맙습니다. 내가 인간세계 가까이로 내려오는 이 푸른 계절을 두고 사람들은 나의 이름을 붙여 '신록의 계절'이라 불러주더군요. 그뿐입니까. 일찍이 영문학자 이양하 선생은 「신록예찬(新綠禮讚)」이란 유명한 수필까지 지어서 저의 덕성을 만천하에 알려주었지요. 한때는 그게 국어 교과서에 실려서 이 나라 사람들의 심성을 푸르고 맑게 인도했다는 것, 나도 잘 알고 있습니다. 나를 향한 기대와 고마움이 풍성하다는 증거이겠지요. 그 고마움에 나도 무언가는 답을 해야 할 텐데요.

가끔 나는 푸른 그늘을 길게 드리우고 그대가 일하는 방을 기웃거려 봅니다. 늘 분주하고 시간에 쫓기어 내몰리듯 지내더군요. 무언가 이득이 있으니까 그런 고생을 하겠지요. 그게 무엇인지 얼마나 가치 있는 것인지, 나는 그게 궁금합니다. 인간세상에는 억울하고 분하고 힘든 일이 왜 그리 많은지요. 한탄과 분노와 아쉬움과 좌절과 상처 등으로 들쑤심을 당하고 있는 그대 모습을 여러 번 보았습니다. 내가 얼마나 연민의 마음으로 그대 주변을 서성거리는지 아시는지요? 그런데도 그대는 내게 눈길조차 주지 못합니다. 내 마음이 많이 아팠습니다.

이 대목에서 정말 내가 이해되지 않는 일도 있었습니다. 그대는 가끔 강의실에서 학생들에게 말하더군요. 자연과 더불어 삶의 진정한 자유로움을 느끼고, 자연과 더불어 진정한 자기를 발견하고, 그리하여 내면의 여유를 찾고 세속적 욕망의 노예가 되지 말 것을 강조하더군요. 그때마다 창밖의 삼성산 푸른 산자락을 가리키며 신록의 덕성과 감화력을 마음으로 느끼라고 하더군요. 그렇게 말해 놓고서 그대 자신은 막상 여전히 세속적 가치들에 늪처럼 빠져 있어서 온갖 불만과 스트레스를 몸에 달고 다닙니다. 나는 이게 이해가 되지 않는 것입니다. 학생들에게 신록의 덕성을 닮으라고 강조하면서 막상 그대 자신은 요지부동입니다. 그대 학교 옆 삼성산 신록을 마음 고스란히 비우고 이봄에 한번이라도 찾아오신 일이 있나요. 그것 보세요. 없잖아요.

3

신록이 내게 말합니다. 지난밤을 증오심 가득 복수의 일념으로 불면에 시달리고 마침내 아침이 밝아올 때, 나 신록에게로 오세요. 너그러움을 만들어 드릴게요. 열등감 가득하여 스스로의 부족함에 한없이 좌절할 때, 나 신록에게로 오세요. 나 자신에게 줄 꽃 한 송이 함께 들고 오면 더욱 좋습니다. 내가 나를 따뜻하게 칭찬해 줄 수 있는 힘을 이 신록이 드릴게요.

고상함은 어디에 가고, 세상 먼지 다 묻히고 살다보니 비속함에 깊이 빠져서, 마치 쓰레기통에 코를 처박은 형색으로 산다고요? 나 신록에게로 오세요, 젊은 날에 써두었던 일기나 편지 한 조각을 가지고 오셔서, 어느 샘물 자락에 앉아 조용히 낭독해 보세요. 내 안의 비루한 것들을 몰아낼 수 있답니다. 어설프고 썰렁하다고요? 그렇지 않습니다. 한번 해 보시면 정말 좋습니다.

모든 관계의 각별함이 퇴색하고, 그 자리를 일상의 권태와 지겨움이 차지하고, 끝 간 데 없는 무기력으로 우두커니 지쳐있을 때, 나 신록에게로 오세요. 오랜 세월 함께 살아온 아내의 손을 잡고 오세요. 이 신록들이 그대를 옛날 결혼식장 초례청에서 맞절하던 신랑 신부의 마음으로 데려가 줄 수 있을 겁니다. 신파(新派) 연극 같다고요? 신파에 기대어서 진정성이 산답니다.

하루하루 먹고 사는 일의 고단하고 궁핍함에 몸과 마음 모두 지치고 힘들어, 신록 같은 것은 사치라고 느낄 때, 그때야말로 나 신록에게 오세요. 우선은 돈 안 드는 사치라는 점, 그리고 생각하기에 따라서는 마음을 부(富)하게 할 수 있습니다. 오세요.

귀신 이야기

1

어린 시절의 여름밤은 온갖 귀신과 도깨비가 '이야기'로 살아나왔었다. 반딧불 자취 따라 달밤 술래잡기를 하면, 우리는 이농하여 서울로 간 친구 순이네 집, 이제는 빈집 농가로 변한 그 집에서 꼭 귀신을 마주쳤다. 실제 귀신이 나왔을까만 우리들의 감수성과 상상력이 기어이 귀신을 그럴듯하게 부활시켰다. 기운 품고 뜀박질하며 더운 땀 흘리다가, 느닷없이 싸늘한 공포감으로 변전되던 그런 여름 달밤의 추억을 우리는 가지고 있었다.

푸른 달빛에 닿아 하얀 박꽃이 피어나는 여름밤에는 오묘한 무서움이 마음 한쪽으로 찾아들었다. 온 가족이 평상이나 멍석에 둘러 앉아 모기를 쫓으며, 더위를 밀어내며 우리들은 귀신 이야기를 했다. 할머니 무릎 베고 누어서 눈을 쫑긋 뜨고 본다. 하얗게 웃음 터트리는 박꽃 핀 지붕 너머는 깜깜한 어둠이다. 그 어둠까지도 응시하다보면, 무언가 허깨비 같은 것이 내 눈에만 보이는 듯하다. 이런 여름 달밤에 피는 박꽃은 몇몇 해 전 원통하게 죽었다는 귀신이 소복한 여인으로 둔갑하여 온 것인지도 모른다. 그 원통한 혼령이 잠시 이승을 찾아온 것이다. 생각이 이렇게 들면 화다닥 눈을 감기도 하고, 할머니 치마에 머리를 파묻었다. 그런 나를 향해 엄마는 핀잔을 주고, 할머니는 걱정 말라고 등을 토닥이며 쓰다듬어 주었다.

2

여름날 마당 멍석자리에서는 옆집 아주머니나 어른들이 함께 찾아 와서 귀신 이야기에 한마디씩을 거들었다. 가난한 농촌의 여름밤이란 게 사실은 그렇게 무료했었다. 알고 보면 귀신 이야기는 어른들이 더 열중해서 했다. 일단 귀신 이야기에 발을 들여놓게 되면 누구나 자신이 가장 확실한 목격자이었음을 강변했다. 누구나 자신이 가장 확실한 전언자로서의 사명감을 과시했다. 윗마을 동구에 몇 백 년 된 큰 느티나무를 무슨 도로공사 때문에 베어냈다가, 그 마을에 벼락이 떨어져서 아무개 아부지가 죽은 이야기를 할 때는 나무귀신이 얼마나 무서운지를 이구동성으로 확인한다. 아이들은 어른들의 이야기를 숨죽여 듣다가 이 세상이 얼마나 오묘 불가사의한 것인지를 어슴푸레 깨달았다.

누구네 집 변소간 옆 빗자루가 어느 날 밤에 갑자기 귀신으로 변하여 밤중에 변소간에 들른 주인 양반을 넘어뜨려, 그 길로 중풍에 걸려 지금껏 자리에서 못 일어나고 있다는 이야기를 들으면 어린 우리에게

밤에 변소 출입은 정말 무섭고 고통스러운 것이 되었다. 총각귀신 이야기는 어린이들에게는 그다지 실감나게 다가오지는 않았지만, 아기 귀신 이야기는 가장 무서웠다. 아기귀신이 멀쩡한 사람의 속으로 들어가면 그 사람은 아기귀신이 시키고 조정하는 대로 언행을 한다는 이야기, 아 그녀석이 나에게 들어오면 어떻게 한다지? 그리고 그 흉악한 전염병이 모두 귀신들 농간이라는 이야기를 들으면 갑자기 이 세상 한평생을 살아갈 일이 아득한 고행의 길처럼 느껴지기도 했다.

그런데 그 무서움의 분위기가 한편으로는 얼마나 안온하고 좋던지. 그런데 그 귀신의 이야기가 얼마나 다감하게 내 마음을 건드려 오던지. 그런데 그때 내 마음에 그려지던 귀신에 대한 상상력들은 무서우면 무서울수록 또 한편으로는 얼마나 친근하게 번져나가던지. 그때도 그렇게 느꼈지만 지금은 더더욱 그렇게 느끼게 된다. 지나간 것에 대한 무조건의 애착일까.

어른들의 귀신 이야기는 한이 없었다. 고양이 귀신, 곡식 귀신, 가축 귀신, 집 귀신, 마당 귀신, 산(山) 귀신, 물 귀신, 고개 귀신, 논 귀신, 밭 귀신, 구름 귀신, 기침 귀신, 배탈 귀신 등등. 세상만사 귀신 아닌 것이 없었다. 어른들은 참 천연덕스럽게도 귀신 이야기를 해나간다. 우리는 얼마나 귀를 쫑긋하며 들었던가. 함부로 끼어들면 부정 탄다고 야단을 맞았다. 그런 영향을 받아 우리들은 우리들만의 귀신을 곧잘 만들어내었다. 이른바 몽당연필 귀신, 책받침 귀신, 유리창 귀신 등등이 금방 이야기로 살아나왔다. 우리들의 귀신 상상력이 만만치 않았음을 보여주는 것이었다. 아마도 산골이나 시골의 여름밤은 귀신 이야기가 서식하기에 가장 좋은 곳이었는지도 모른다.

3

여름밤이 되어도 귀신 이야기를 살려낼 수 없게 되면서 우리는 어른이 되어갔다. 어른이 된다는 것은 귀신 이야기와 작별을 하는 것인지도 모르겠다.

마음 한가운데에서 귀신 이야기를 추방해 내면서 '현실' 바깥으로 한 발자국도 못 나가는 신세가 되었다. 귀신 이야기를 놓쳐버리면서 위대한 자연을 향하여 품었던 상상력도 사라져 버렸다. 귀신 이야기를 '말도 안 되는 이야기'로 치부해 버리면서 무언가를 진지하게 초월해 보려는 마인드도 소멸되어 갔다. 귀신 이야기를 쓸데없는 이야기로 잘라내면서 세계나 우주에 대한 외경심도 잃어버리게 되었다.

귀신 이야기를 몰아내면서 사람들은 귀신을 도무지 무서워하지 않게 되었다. 귀신만 무서워하지 않게 된 것이 아니라, 어떤 위대한 것도 우습게 여기는 고약한 습성이 생겨났다. 혹시 이렇게 삭막하고도 모질게 변해가는 우리들 자신이 고약한 귀신처럼 되어버린 것은 아닐까?

아버지와 우산

1

비 오는 날에 비를 바라다보노라면 마음이 호젓하다. 창 너머로 우산들 총총 지나는 모습을 보면 세월에 흘려보낸 나의 우산들을 떠올린다. 그 우산들은 다 어디에 갔을까. 나와 인연을 맺었던 수많은 우산들에 들어앉은 온갖 기억들, 그 기억들이 각기 아름다운 해석의 깃발을 올리고 내게 다가온다.

내가 산골 초등학교를 입학하여 다니던 1950년대 후반은 우산을 가진 것만으로도 유세할 만했다. 우산을 기준으로 아이들을 크게 두 부류로 나눈다면, '비 오는 날 학교에 가기 싫은 아이들'과 '비 오는 날 유독 학교 가고 싶은 아이들'로 나눌 수 있으리라. '비 오는 날 학교에 가기 싫은 아이들'이란 우산이 없어서 학교 가기도 힘들고, 그 때문에 공연히 주눅이 드는 아이들이다. 반면에 '비 오는 날 유독 학교 가고 싶은 아이들'이란 우산 쓰고 학교 가는 모습을 자랑하고 싶은 아이들이다. 내 마음에 새겨진 마음의 풍경들이 새삼 소중하여 보듬고 싶다.

　내 초등학교 시절의 비 오는 날 교실 풍경은 요즘 기준으로 보면 박물관 풍경에 가까운 것이라 할 수 있다. 농사짓는 집 아이들 대부분은 삿갓 우산을 쓰고 왔다. 일부 아이들은 비 오는 날 도롱이를 입고 왔다. 비 오는 날 농부들이 논일을 하기 위해 짚으로 만든 농가의 우의가 '도롱이' 인데 그 형색이 그야말로 모양 없고 우중충해서 도롱이를 걸치고 온 아이들은 스스로 부끄러워했다.

　간혹 우산을 가지고 오는 아이들이 있기는 했지만 종이에 기름을 먹여서 만든 종이우산이었다. 비닐우산은 최첨단의 물건이었다. 비닐우산을 가지고 온 아이는 친구들의 부러움을 샀다. 어떤 형태의 우산이든 아이들이 가져오는 우산은 얼마간은 찢어진 우산이었다. 오죽하면 학교에서 가르치는 동요에도 '찢어진 우산' 이 당당히 등장하지 않았던가. 아주 드물기는 하지만 아예 우산 없이 오는 아이들도 있었다. 집에 우산이 없기 때문이었다.

2

　아버지는 산골학교 선생이셨다. 그때는 너나없이 궁핍에 적절히 익숙해 있어서 부족한 것이 흉이 될 수 없었다. 우산만 해도 그렇다. 멀쩡하던 날씨가 무슨 변덕을 부리는지 저녁 무렵에 갑자기 비가 쏟아진다. 어머니는 뒷방 구석에 간수해 둔 하나밖에 없는 우산을 다칠세라 꺼내어 내게 주신다. '비 오는데 아버지 모시고 와라' 어머니가 눈빛으로 주는 심부름이다. 나는 그 우산을 들고, 아버지에게 간다. 아버지가 계신 그 학교는 물론 낮에 내가 공부하고 뛰놀던 학교이다.

저녁밥 짓는 연기들이 빗속에 낮게 펴져 깔리는 사택 마을을 지나, 휑하게 텅 빈, 비 오는 운동장을 들어서면, 그곳은 내 학교임에도 마치 '남의 나라 학교'처럼 낯설었다. 친숙했던 학교 공간이 갑자기 초면의 풍경처럼 낯설어지는 느낌, '데자뷔(Déjà Vu, 旣視感) 현상의 정반대쪽 느낌에 빠지게 되는 것은 비에 젖었기 때문이었을까. 우산에 가려진 눈의 각도로 둘러보았기 때문일까. 신비한 몽환처럼 여겨져 무서워지기도 했지만, 한편으로는 그런 아득히 낯선 느낌이 좋았다.

비 오는 운동장에는 군데군데 빗물이 고여 있고, 빗물 고인 곳마다 빗방울들이 빗금의 직선으로 떨어져서 마침내 동그라미의 무늬로 퍼져나갔다. 운동장에는 빗줄기에 돋우어진 굵은 모래알들이 자기들끼리 모여 있어서 내 고무신 발자국 아래 사각사각 밟혔다. 저만치 학교 현관에 아버지가 보였다.

큰 우산 하나를 가지고 가면 아버지와 함께 쓰고 돌아온다. 사실 우산이 귀했던 시절이었으므로 집에 우산을 두 개 이상 두고 지내기도 쉽지 않았다. 두 개 이상 우산이 있다 해도 온전한 우산 하나에다 망가져서 거의 쓸 수 없는 우산 하나, 이렇게 해서 겨우 두 개를 갖추어 두는 것이 서민들의 형편이었다. 나 또한 그런 사정으로 아버지와 나는 한 우산으로 동행하곤 했다.

아버지는 별 말씀이 없이 걷는다. 드문드문 하시는 말씀은 그저 이런 것이다. "바짝 붙어라! 비 맞는다." 나는 그저 "네"라고 할 뿐이다. 그런데도 이 우산 속 부자의 숨은 대화는 깊고 그윽하다. 나만의 '아버지 내음'을 내가 구체적 감각으로 획득했던 곳이 바로 그 우산 속이었다. 무언가 깊숙하고, 구수하고, 푸근하고, 안전하고, 인정 깊고, 한 없이 내 편일 것 같은 내음, 그것이 '아버지 내음'이었다. 퇴근길 아버지와 우산을 함께 쓰고 오던 소년 시절 이후로 나는 아버지와 그렇게 가까운 거리에서 함께 걸었던 적이 없었다.

가끔은 두 개의 우산을 가지고 갈 때도 있었다. 좀 망가진 비닐우산은 내가 쓰고, 큰 우산은 아버지가 쓴다. 나는 아버지 가시는 걸음 뒤를 따라 걷는다. 아빠 우산과 아들 우산이 앞뒤로 줄을 이루어 걷는 모습이다. 산자락을 끼고 가는 길은 황톳길이라서, 비가 오면 신발이 빠진다. 나는 조심스럽게 아버지가 만들어놓은 큰 발자국에 내 발자국을 그대로 집어넣으며 따라간다.

아버지는 별 말씀이 없이 걷는다. 아버지가 문득 한 마디를 건네신다. "미끄러진다! 조심해라." 나는 그저 "네"라고 할 뿐이다. 내가 미끄러운 빗길에 균형을 잃는 듯하자. 한 마디 더 보태신다. "내 발자국 따라서 그대로 네 걸음을 옮겨라." 그때는 몰랐었다. 그런데 지금 생각하니 이 짧은 대화가 얼마나 깊고 그윽한지 모르겠다.

아, 그때 그 우산들은 어디로 갔을까. 어디서 어떤 윤회의 길을 떠돌고 있을까.

그리움 없이 살기란

1

사랑하면서도 오래 떨어져 있을 수밖에 없는 사람들에게 피어나는 감정의 무지개가 그리움이다. 그러므로 그리움은 온갖 역경에도 굳건히 참아내는 고상한 견인주의자의 훈장인지도 모른다. 그리움은 쌓이는 것이기도 하고, 동시에 금방이라도 해소되어야 할 문제 사태이기도 하다. 그런데 요즘 세태는 그리움 쌓아가기를 썩 좋아하지는 않는 듯하다. 그리움은 불합리하게 참음을 강요하는 데서 생기는 지극히 불필요한 감정이라는 주장이 더 세력을 얻는다.

사랑하는 여자 친구를 두고 군에 입대한 K일병은 제대하는 그날까지 그녀가 일관된 그리움의 정서로 기다려 줄 것을 바랐다. 허전하여 보고 싶다며 자주 안부를 전하던 그녀는 K일병이 입대 6개월쯤 되던 날 두터운 사각 봉투를 우편으로 보내 왔다. 그 봉투에는 그녀의 사진이 들어 있었다. 곱게 한복을 차려입은 그녀의 모습이었다. K일병은 그 사진을 곰곰 살펴내려 가다가 큰 충격을 받았다. 사진 속의 그녀는 긴 한복 치마를 손으로 살짝 치켜든 모습이었다. 치맛자락 밑으로 보이는 그녀의 신발은 한복에 어울리는 고무신이었는데, 그녀는 그 고무신을 거꾸로 신고 있었던 것이다. 자신이 고무신 거꾸로 신었음을 기발한 사진 이벤트로 보여준 것이다. 기다림도 그리움도 사양합니다. 나는 당신을 떠나갑니다. 뭐 이런 뜻을 전해 온 것이었다.

오래 멀리 안타깝게 떨어져서 지내며, 상대를 향한 그리움의 마음을 보석처럼 간직하여 키워나가는 것을 보기는 쉽지 않게 되었다. 그리움은 기다림의 시간을 발효시켜서 얻을 수 있는 그 무엇이기 때문이다. 그런 어렵고 따분한 사랑을 굳이 해야 할 필요가 어디 있단 말인가. 세태는 그렇게 변전되고 있다.

2

그리움이란 부재(不在)에 대한 사랑이다. 그리움은 부재에 항상 따라붙는 그림자이다. 눈앞에 확실하게 존재하는 것들을 두고 그리움이 새삼 일렁거리기는 어렵다. 이제 가을이 오면 눈부시게 무성했던 '현존(現存)'은 곧 사라지고, 그 자리를 황량한 '부재(不在)'들이 차지하겠지. 그렇다. 그리움은 부재를 사랑하는 마음이다. 장차 부재할 것에 대해서 아쉬워하는 마음이다. 부재를 기꺼이 겪어내면서, 내가 소망하는 '현존(現存)'을 아득하게 기다리는 것, 그리움이 잉태되는 장면이다. "보내고 그리워하는 정은 나도 몰라 하노라." 선조 임금이 직접 지었다는 시조의 한 구절이었던가. 그리움이 절절하다.

그리움이란 결핍을 참는 것이다. 참는 것은 아끼는 것이다. 모든 그리움에는 이루어 채우지 못한 아쉬움과 안타까움이 있다. 채워지지 않는 것이기 때문에 그리움이 된다. 〈그리운 금강산〉이라는 노래는 나라가 갈라지고 전쟁으로 분단이 더욱 굳어진 상황에서, 찾아가 볼 수조차도 없는 금강산을 그리워하며 부르던 노래이다. 한때 금강산 방문이 허용되던 시기에는 이 노래가 그 이전보다 덜 애창되었다고 한다. 결핍이 채워졌으므로, 즉 굳이 그리워할 필요가 없게 되었으므로 그렇게 된 것이리라.

그러나 만나기가 정말 아득하게 된 사람들에게는 그리움이 넘쳐난다. 그 그리움은 시가 되기도 하고, 노래가 되기도 하고, 미술작품이 되기도 하고, 기도가 되기도 한다. "꿈길밖에 길이 없어 꿈길로 가니 그 님은 날 찾아 길 떠나셨네."라고 한 옛 시인의 노래는 그리움이 빚어내는 언어가 얼마나 아름다운지 마음의 보석을 보여주는 듯하다.

3

이제 9월이 온다. 여름의 뒷모습이 보이는 시간의 자리이다. 하늘은 높아져서 멀고 강물은 한결 서늘한 빛으로 푸르러 갈 것이다. 저만치 오고 있을 가을을 보노라면, 무언지 모를 그리움이 배어든다. 그리움이란 딱히 실체가 잡히지 않을 때가 가장 순수하다. 특별한 대상에 집착하지 아니하는 그리움이기 때문이다. 그런 그리움을 오래 유지하는 것만으로 선하고 고운 내 영혼의 깃발을 하늘 높은 곳까지 끌어 올릴 수 있을 것이다.

그리움에도 온도가 있다면, 그리움의 온도에 가장 가까운 것은 '서늘함'이 아닐까. 초가을 달밤 은은한 듯 비집어드는 지금의 내 그리움이야말로 서늘하고 투명하다. 서늘하다는 것은 뜨거운 열병 앓듯 전신을 달구는 그런 감정과는 다른 것이 그리움이라는 것을 말한다. 그러므로 집요하게 애정을 투사하는 스토커들에게서는 제대로 된 그리움을 기대할 수 없다. 투명하다는 것은 그리움 안에 달리 잡된 감정이 섞일 수 없다는 뜻이다.

그리움 속에 젖어 있는 사람은 오래 잘 참는다. 떨어져 오래 못 만나는 이 안타까운 '부재'를 그리움으로 달랜다. 타인에 대한 그리움을 오래 간직한 사람은 마침내 자신에 대한 그리움까지도 만들며 살아간다. 그리워하는 자신을 그리워하는 것이다. 그리움으로 그리움을 달랜다고나 할까. 그래서일까. 그리움이 많은 사람은 자기애(自己愛)도 강하다.

그리움이란 오랜 기다림의 시간 안에서 피어나는 꽃이다. 그리움이란 참는 힘이 없으면 생겨날 수가 없다. 그리움이란 욕망이기도 하지만, 욕망을 애써 제어하는 그 무엇이기도 하다. 그리움이란 내 마음의 절제를 오롯이 내 마음 안에서만 풀어놓는 것. 그것은 현실의 누추함과 간난(艱難)에도 불구하고 현재의 나를 아름답게 이끌어 올리는 것. 그것이 그리움이다. 살아왔던 일 가운데 아픈 대목 하나를 원망 없이 불러내어 이제는 따뜻하게 포옹하게 하는 것, 그것이 그리움이다. 어찌 고운 것들만 그리움이랴. 더 진한 그리움들은 아팠던 것 속에 있다.

그리움을 청하자. 이 가을에는 그리움을 전하자.

만나지 못하다[不遇]

1

남해 금산에 갔었다. 정상 부근에 보리암 암자가 있는 곳이다. 남해 금산은 명산이다. 전설을 담은 38경의 기암괴석이 금강산을 빼어 닮았다 하여 소금강 혹은 남해금강이라 불린다고 했다. 오래 마음에 담아두고 있던 곳이다. 안내자의 말을 들으니 역사의 광채가 더해진다. 신라 때 원효대사가 이곳에 초당을 짓고 수도하면서 관세음보살을 친견했다고 한다. 조선의 이성계는 이곳에서 약 200m 떨어진 큰 바위 아래에서 기도를 올리고 세상을 얻었다는 이야기도 전한다.

그러나 무엇보다도 훌륭한 것은 일망지하(一望之下) 한 눈에 들어오는 남해 바다의 풍경이라 했다. 그것 하나만으로도 보리암에 오르는 보람은 채우고도 남는다 했다. 위대한 자연의 풍광은 인간 역사에 위엄과 광채를 더해준다. 금산 또한 그러기에 족한 풍경이 될 것이다. 나는 그런 상상을 하며 걸음을 재촉했다. 가파른 숨을 몰아쉬며 암자에 오르는 동안 땀이 등을 적시고 있었다.

그런데 어찌하랴! 힘들게 오른 금산은 안개의 천국이었다. 그곳에서 내가 본 것은 오로지 자욱한 안개이었다. 암자 기둥에도 안개가 둘러 있었고, 석불로 내려가는 돌계단도 어김없이 안개가 걸터앉아 있었다. 안개는 끝 간 데가 없었다. 안개는 맹목(盲目)이었다. 그렇게 가슴으로 품고 안아서 꿈꾸어 왔던 남해 바다는 이미 안개가 완벽하게 점령하고 있었다. 일망무제(一望無際)는커녕 한 치 앞조차도 하얗게 가두어놓는 안개이었다. 아쉽고 섭섭했다. 소리를 보는 경지가 '관음(觀音)'이라고 했던가. 그렇다면 나는 오늘 경치를 마음의 귀로 듣는 '청경(聽景)'의 경지에 들었다고 스스로를 달래었다.

그래보았자이었다. 나는 보리암 절경을 보지 못한 것이다. 나는 남해 금산을 만나지 못하였다.

2

꼭 10년 전 늦가을, 나는 프랑스를 처음으로 갔었다. 바쁜 일정이었지만 주말을 이용해 노르망디 루앙 대학에 연구교수로 가 있는 나의 절친 외우(畏友) 우한용 교수를 찾아갈 수 있었다. 친한 친구를 외국에서 만나는 감회는 자못 각별한 것이었다. 우 교수는 나를 위해 매우 특별한 계획을 짜두고 있었다. 그것은 지베르니 마을의 '모네 정원'으로 나를 데려가는 일이었다. 지베르니는 루앙에서 자동차로 두어 시간 거리에 있었다.

화가 클로드 모네(Claude Monet)는 1883년 북프랑스의 작은 마을 지베르니에 와서 살면서 작품 활동을 위한 정원을 만들었다. 이곳이 그 유명한 '모네 정원'이다. 그는 이곳에서 예술가적 집착을 가지고 꽃과 나무, 풀들을 묘사했다. 모네는 정원을 사랑했고 그의 예술적 영감과 자연의 미묘한 아름다움을 찾아내는 공간으로 삼았다. 그의 작품에서 정원은 항상 주된 묘사의 대상이었다. 모네 정원에는 수련이 가득한 연못이 만들어졌는데, 이 연못은 그의 연작 작품으로 널리 알려진 〈수련(Nymphéas)〉 창작에 영감을 주었다.

아무튼 '모네 정원'을 가기로 한 것이다. 우 교수가 차를 몰았다. 차창 밖으로 가을이 깊어가는 노르망디의 숲과 들은 아름다웠다. 황색과 갈색의 색조를 띤 빽빽한 활엽수 숲은 차의 속도와 더불어 수채화 물감처럼 번져나갔다. 붉은 단풍이 푸른 소나무 상록수와 어우러지는 한국의 가을 산빛과는 달랐다. 그런 이국풍의 색조도 좋았고, 이 가을을 달려 '모네 정원'으로 간다는 미적 기대감 같은 것이 있어서 더욱 좋았다. 이 예술 공간을 보기 위한 인파가 끊이지 않는단다. 연간 대략 40만 명의 관람객이 다녀간단다. 오늘은 나도 그중의 하나이다.

그런데 어찌하랴! 그렇게 찾아간 지베르니의 '모네 정원'은 휴관이었다. 11월에서 이듬해 3월까지 동절기에는 휴관이란다. 마침 오늘이 그 휴관을 시작하는 날이라고 한다. 노르망디 특유의 기후 탓으로 꽃과 초목이 시들어 버리는 기간에는 문을 닫고 원예 관리를 한다는 설명이다. 모네 정원이 가지는 품격과 자부심이 돋보이는 관리 지침이기도 하지만, 나로서는 야속하고도 안타까운 지침이기도 했다. 그래서인지 좀 서운한 점심을 먹고, 해 짧은 오후 고속도로 어디선가 가을 소나기를 헤집고 돌아왔는데, 비 그친 하늘 너머로 문득 무지개가 걸리던 풍경이 떠오른다.

그래보았자이었다. 나는 '모네 정원'을 만나지 못하였다.

3

만나고 싶어 찾았어도 만나지 못하는 일은 허다하다. 불운으로 치부하기 쉽지만, 생각해 보면 딱히 불운으로 돌리기도 어렵다. 만나러 갔음에도 만나지 못한 것들은, 바로 그 때문에 사라지지 않고, 오히려 마음의 이상향으로 자리 잡는다. 언젠가는 다시 만나볼 기약으로 꿈과 삶을 곧추세우게 한다. 그러니 그것은 보기에 따라서는 복을 예비하는 그 무엇이기도 하다.

좋은 환경과 좋은 운명을 만나지 못한 것을 두고 '불우(不遇)하다'고 한다. 그러나 무턱대고 '불우'를 탓할 일은 아니다. 불우했기 때문에 나중에 행복해질 수 있기도 하고, 불우하지 않았기 때문에 행복과 만나지 못한 사람도 있다. 사는 일의 묘미이다.

만나지 못한 '불우'가 있기에, 만나야 한다는 간절함을 더 오래 품는다. 그리고 그것 때문에 언젠가 삶의 환희와 성취를 만날 수 있는 것 아닐까. 내가 만나지 못했던 지베르니의 '모네 정원'과 '남해 금산'은 언젠가는 이루어질 만남을 기약하는 소망의 부호로 내 안에 살아서 남아 있다.

누가 시간의 끈을 조종하는가

나는 그때 '소년'이었다. 소년은 다섯 살이었다. 11월생이니 요즘 말로 '늦은 다섯 살'이다. 소년은 늘 심심했다. 그날은 여름도 물러가고 초가을 저녁 햇살이 담벼락과 사립 대문 밖으로 비쳐드는 날이었다. 소년은 사립 대문 앞에서 옆집 수동이 형과 놀고 있었다. 마을 앞 논 자락에는 벼들이 익어가고, 처녀티가 날 듯 말 듯 한 나이의 고모들은 마을 밖 논둑으로 메뚜기 잡이를 나갔다. 메뚜기 잡이는 그 무렵 농촌에서는 겨우내 두고 먹을 훌륭한 부식 반찬거리를 장만하는 일이었다. 간간 마을 앞 신작로에는 뽀오얀 자갈 먼지를 일으키며 군용트럭 행렬이 지나곤 했다. 6·25전쟁의 상흔이 아직 국토 곳곳에 남아 있던 시절이기도 했다.

그날 소년은 고모들의 메뚜기 잡이를 꼭 따라가려 했다. 하지만 고모들은 다섯 살배기 어린 조카가 작업에 도움이 되지 못함을 알고 요리조리 달래었다. 그래도 소년이 떼를 쓰자 숨어서 도망치듯 메뚜기 잡이를 하러 나갔다. 소년은 심통이 나 있었다. 그러고 있는데 문밖에서 옆집 형아 수동이가 "인기야, 노~올자!" 하고 길게 부르지 않는가. 짜증나던 차에 얼마나 반가운 소리인가. 소년은 얼른 달려 나왔었다.

수동이는 일곱 살이었다. 소년보다 두 살이 더 많았다. 그럴 즈음의 두 살 나이란 소년이 쳐다보기에는 엄청나게 많은 나이이다. 소년은 수동이를 형처럼 의지하고 놀았다. 오뉴월 하루 볕이 무섭다고 하지 않았던가. 둘은 집이 이웃하여 붙어 있으니 문밖으로만 나오면 쉽사리 어울리었다.

알고 보면 수동이는 불쌍한 아이다. 난리통에 엄마를 잃었다. 홀아버지 밑에서 자란다. 수동이 아버지는 농사철에는 일품을 팔기도 하고, 틈틈이 고물 수집을 해서 겨우 끼니를 이었다. 살림이 궁핍하기로는 말로 다 할 수 없다. 그 무렵 궁핍이야 너나 할 것 없이 비슷했으므로 크게 흉이 될 것은 없었지만, 더러 밥을 굶어서 배가 고픈 날이 많았다. 철없던 때에는 가난이 남에게 흉 되는 것에 비하면 당장 배고픈 것이 더 견디기 어려웠다. 다행히 이웃 인정들이 도타웠다. 있는 것은 있는 것대로 없는 것은 없는 것대로 서로 나누고 서로 가리어 주면서 지냈다.

수동이가 불러서 나가니 수동이는 만면에 웃음이다. 자기 아버지가 수집해 온 고물들 가운데 장난감이 될 만한 것들을 모두 가지고 나왔다. 그걸 보는 소년도 웃음이 함박이다. 미군 병사들이 버린 깡통이나 다 닳아빠진 고무 제품들, 그리고 무언가를 담아둠 직한 두터운 종이 박스들, 그리고 이런저런 고물 쇠뭉치들은 가지고 놀기에 좋았다. 그 무용한 것들에도 동심을 잔뜩 불어넣어서 그것들을 자동차로도 명명하고, 대포로도 명명하고 큰 종이상자는 군함으로도 명명하고 또 어떤 것들은 건물로도 명명하여 무언가 즉석 이야기를 꾸며내면서 그렇게 놀았다.

그 놀이가 심드렁하면 쇠뭉치들을 던지는 놀이도 하고, 그것들을 서로 부딪치게 하는 놀이도 했다. 또 그것들을 펼쳐놓고 제법 장사꾼 흉내를 내며 물건 파는 흉내를 내기도 하였다. 나사가 붙어 있거나 손잡이가 달려 있거나, 뚜껑처럼 무언가 덮여 있는 고물들은 그것 풀고 벗기고 떼어내어서 제법 탐구정신을 발휘하였다. 그러는 사이 가을 석양이 언뜻 기울었다.

그때 마침 메뚜기 잡이를 나갔던 고모가 돌아왔다. 소년이 고모에게 환호하며 달려간다. 고모는 떨치고 갔던 소년을 얼른 끌어안으면서 대문 안으로 들어선다. 그런데 수동이에게는 고모도 없다. 수동이는 가지고 놀던 쇠뭉치들을 만지작거리고만 있다. 고모가 수동이에게 말한다.

"수동아 너도 이제 집에 가서 저녁 먹어야지." 수동이가 힘 빠진 목소리로 대답한다.

"네에."

고모가 소년을 안고 마당으로 들어와서, 섬돌 바닥에 고무신을 벗고, 마루에 마악 올라섰을 때이었다. 갑자기 대문 쪽에서 고막이 터질 것 같은 폭음이 '꽝' 하고 터진다. 귀도 먹먹하고 가슴도 먹먹하다. 이것이 무슨 일인지! 충격과 공포로 얼어붙는다. 짧은 시간 급히 정신을 수습하고, 이내 큰일이 벌어졌음을 알아차린다.

소년과 수동이가 가지고 놀던 고물 쇠뭉치 중에는 수류탄 폭발물이 있었다. 사람들이 폭발 장소로 뛰어나갔을 때는 이미 수동이는 형체조차도 분간할 수 없었다. 불과 몇 초도 안 되는 시간을 두고 소년과 수동이는 이승과 저승으로 아득히 분리되어 버렸다. 사람들은 두 번 기가 막힌다. 수동이의 안타까운 죽음에 기가 막힌다. 또 한편으로는 불가해한 시간의 운명으로 화를 면한 소년의 목숨을 보고 기가 막히는 느낌이었다.

오늘 뉴스에 이런 소식이 나온다. 고층 아파트에서 세상을 비관하여 투신한 사람이 그 밑을 지나가던 사람에게 떨어져, 두 사람 다 목숨을 잃었다고 한다. 화를 당한 사람의 운명이 참으로 안타깝고 야속하다. 도대체 하필 왜 그 시간이란 말인가. 시간의 끈은 누가 조종하는가. 시간이 빚어내는 인간의 운명이란 합리성 따위로 설명되기 어려운 것, 모순으로도 해명을 얻지 못하는 것, 그래서 인간으로서는 속절없는 그 무엇, 인간은 그런 미명(未明) 속에서 마침내 신의 영역을 헤아리는 것인가.

밤길도 유정해라

1

초등학교 2학년 무렵이던가. 겨울방학 때 외가가 있던 산골 산포리
(山圃里)에 가면, 외할머니는 어린 나를 데리고 밤마실을 가셨다. 할머
니 친구들이 국수 밤참을 만들며 구수하게 모여 앉은 웃담 참봉댁 토
담방에서 나는 육전짜리 소설 심청전을 뜻도 모른 채 읽어드렸다(할
머니들은 문맹자가 대부분이었다). 밤이 깊어 집으로 돌아올 때는 깜
깜한 어둠이었는데, 외할머니는 밤이 춥고 어둡고 길은 험하다며, 어
린 나를 등에 업고 오셨다. 칠흑 어둠에서 오로지 빛을 내는 것은 하
늘에 총총한 별들뿐, 그 별들이 온통 나와 눈을 맞추고 있는 듯했다.
외할머니 등이 그렇게 편안하고 안온하고 좋았다. 그때 그 어둠은 얼
마나 친숙하고 다정하던지!

군대에서 유격훈련을 받을 때이다. 한밤중에 이름도 모를 산등성이
에서 출발하여 다음날 새벽 5시까지 지도 상의 정해진 좌표로 찾아와

야 하는 '도피 및 탈출' 훈련에서도 빛에 훼손되지 않은 밤길을 걸었
다. 혹독한 훈련이라 심신이 지치고, 밤길 행로에서 대항군에게 잡히
면 온갖 고초를 겪게 되는 괴로운 도정이지만, 지리산 자락 능선과 계
곡을 걸어가며 만났던 밤길은 아름답고 순정했다. 어둠은 나를 잘 감
추어 포옹하고 있었다. 거대한 너그러움이라고나 할까. 밤길에서 온
몸으로 듣는 그 미세한 자연의 소리들은 정령(精靈)의 존재를 느끼기에
충분했다. 은밀한 경이감이 오감으로 전해 왔다. 그 밤길을 줄기차게
걸어서 새벽 미명에 만났던, 지도 상의 집결지는 가서보니 산간계곡
의 외로운 분교 운동장이었다. 그리운 이를 만난듯했다.

　청년 시절 함께 근무하는 처녀 총각 동료 교사들과 갔던 소백산에
서도 아름다운 밤길을 만났다. 하산이 늦어, 소백산 국망봉에서 순흥
에 이르기까지 그 느리고 완만한 밤길을 희슴푸레한 달빛에 젖어 오
래오래 내려오던 기억은 아무 때나 떠올려도 나를 정화한다. 정겨운
친구들과 어둠 속에서 두런두런 이야기하며 걸어 내려오던 정경은 지
금도 마음 속에서 익숙한 풍금소리처럼 울려 퍼진다.

　밤길은 미덥고 정겨운 동행이 있으면 더욱 좋다. 같은 곳을 향하고
있다는 공감과 포근한 위안을 나누어 가진다. 그렇게 함께 걸어가노
라면 어둠은 무서움이라기보다는, 우리를 호위해 주는 것 같다. 어른
들이 전해 주던 말씀도 생각난다. 밤길을 가노라면 밤과 어둠 그 자체
가 무서운 것이 아니고, 어둠 속에서 불쑥 만나게 되는 사람이 무서운
법이라고. 인간은 자신의 나쁜 점을 공연히 밤과 어둠에다 전가하고
있다는 생각이 든다.

2

해마다 성탄과 신년 무렵이면 서울의 시청광장과 청계광장 등 도심 밤길에는 '루미나리에 축제(빛의 축제)'가 열린다. 온갖 현란한 조명들이 다채로운 빛의 예술로 꾸며져, 거리와 빌딩에 내걸리고 우리들의 눈을 현혹시킨다. 언론들은 겨울 도심의 밤 정취를 한껏 살려주는 풍경이라고 찬사를 보낸다. 젊은 연인들이 함박웃음과 탄성을 내지르고, 열심히 카메라 셔터를 눌러댄다.

여기에는 밤이 주는 호젓하기 그지없는 정밀(靜謐)함은 물론 없다. '정밀(靜謐)함'이란 고요함의 극치이다. 밀도가 아주 높은, 누구도 틈입할 수 없을 것 같은, 빽빽한 고요함이라고나 할까. 그 고요함과 더불어 자신을 안으로 깊이 성찰하게 하는, 그런 밤의 매력을 느낄 수가 없다. 완전하여 결함이 없는 그런 어둠이 없기 때문이다. 내가 나를 고즈넉하게 응시할 수 있으려면 여기를 빨리 빠져나가야 한다. 여기서는 내 영혼마저도 불빛 속에 떠돌아다니는 듯한 착각에 빠진다.

생각해 보라. 이 화려한 축제야말로 어둠의 도움을 받지 않고서는 성립될 수 없다. 어둠이 빛을 드러내게 하는 필수적 요소이기 때문이다. 이것이 어둠이 주는 미학, 밤이 주는 미덕이다. 북유럽 스칸디나비아 반도에 사는 사람들은 여름 한철은 낮이 한껏 길어지는 대신, 밤이 아주 짧아진다. 기껏해야 서너 시간 정도의 밤을 누릴 뿐이다. 그런 밤을 환한 밤이라고 해서 '백야(白夜)'라고 하지 않던가. 백야를 살면서 신경이 날카로워지고, 불안과 우울 등 정신적인 장애들이 늘어나고, 심한 안식의 결핍을 느끼며 산다고 하지 않는가.

밤이 없는 낮은 오로지 힘찬 활동만이 있을 것이라고 예찬할 것인가. 낮이 없는 밤은 오로지 안식만 있을 것이라고 믿을 건가. 이는 모두 우주의 질서와 섭리를 모르는 어리석음이다. 어둠이 없는 밝음은 미완성의 영역이다. 밝음이 없는 어둠 또한 마찬가지이다. 그런데 문제는 우리 현대인들의 삶에서 '고요한 어둠'의 고유한 자리를 빛이 몰아내고 있다는 점이다.

자본과 기술이 발달하고, 인간에게 풍요와 향락이 넘쳐나면서 고요하고도 순정한 밤은 문명의 불빛에 유린되어 갔다. '광란의 밤'으로 표현되는 밤은 물질과 문명의 욕망에 희생된 밤이다. 묵상과 더불어 정신의 위안과 영혼의 치유를 기하던 밤은 어디론가 쫓겨갔다. 빛을 선으로, 어둠을 악으로 상징하는 이분법으로 인간은 자신이 만든 상징 속에서 어둠을 나쁘게 각인하였다. 사람이 만든 사람 중심의 관념일 뿐이다. 밤에게 죄를 물어야 할 이유가 없다. 이제 사람들은 긴 밤길을 걸어가려 하지 않는다. 오로지 자동차로만 간다. 밤길이기 때문에 더 그렇단다.

정든 사람이랑 밤길을 가고 싶다. 가슴 가득 미더움 짙은 사람과 오래 밤길을 가고 싶다. 멀리 보이는 산등성이 등불 하나, 그걸 같이 바라보며 밤길을 가고 싶다. 어둠에서 생긴 무서움조차도 다시 어둠 안으로 숨어버리는 그런 밤길, 어둠이 포근한 양탄자처럼 친밀해지는 밤길, 그런 밤길을 정드는 사람이랑 가고 싶다. 먼 불빛 하나 보면서 함께 가는, 어느 밤길 위에 있고 싶다. 아니, 그런 인생으로 흐르고 싶다.

군대에서 고향친구 만나기

내 중학교 친구이었던 이두만 군이, 중학교 졸업하고 얼마 뒤에 육군 준사관 양성기관의 군복을 입고 처음 나타났을 때, 나는 아직 고등학생이었다. 그를 보는 순간 나는 무어라 형용할 수 없는 묘한 감정에 휘둘렸다. 군복을 입은 그의 모습은 경이롭기도 하고, 신비롭기도 했다.

그런가 하면 그를 보는 순간 갑자기 세상이 나에 대해서 어떤 강박(强迫) 같은 것을 가해 온다는 느낌이 들기도 했다. 그 강박의 메신저로 이두만 군이 저렇듯 단정하게 군복을 입고 나타난 것 같았다. 이두만 군이 실제로 그렇게 말하지는 않았지만, 공연히 내 마음에는 '너도 곧 군대 와야지.' 하고 암시하는 것 같았다. 그 순간 나는 나의 현존(現存)에 대해서 묘한 혼돈이 생긴다. 나는 그야말로 '아이'에 불과한데, 그래서 군대와는 아무런 상관도 없다고 생각하는데, 그렇지도 않은가 봐 하는 생각이 슬며시 고개를 드는 것이다.

그렇게 멀어만 보였던 군대는 고등학교 학창을 나서자마자 코앞에 있었다. 너무도 음험하고 거대하여 그 실체를 도무지 알 수 없는 군대라는 괴물은 '너 잡아먹자' 하는 기세로 득달같이 우리에게로 달려들었다. 마치 오랫동안 우리를 수배해서 찾아다녔다는 듯이, 그래서 너 잘 만났다는 듯이, 우리를 진공청소기로 흡인해 가듯 그렇게 군대로 불러들여 갔다.

나이가 비슷하고, 본적지가 같으니 징집의 시간과 공간도 앞서거니 뒤서거니 비슷하다. 논산 훈련소, 대구 50사단 신병교육대, 하사관학교, 광주 보병학교, 실역미필자(방위) 4주 훈련 코스 등등, 그 낯설기 그지없던 병영의 모퉁이에서 나와 고향 친구들은 군대의 인연으로 만나고 또 만난다. 그뿐인가 우리에게는 월남전선도 있었지. 맹호부대의 퀴논, 백마부대의 닌호아, 청룡부대의 나트랑, 그 아득한 이역 전선에서도 우리들 인연은 앞뒤로 맞물려 돌아갔다.

아! 학창이란 얼마나 평등했던가. 학창이란 요람은 얼마나 오순도순 했던가. 학창을 나와 세상풍파의 길을 걷다가, 비슷한 나이에 군대로 다시 모인다. 그 사이에도, 친구들마다 자기 운명의 행로들 위에서 제각기 다른 방향으로 달리고 있었다. 병영에서의 친구 해후는 그런 달라짐을 냉혹하게 확인해 준다. 군대라는 특수성으로 인해 우리들의 해후는 더러는 난감하여 아득하고, 더러는 아득하여 더욱 난감해지기 일쑤이었지. 나란히 평등했던 학창의 인연은 간데없고, 엄중한 계급의 현실 앞에서 처참하게 안면은 몰수되던 이야기들이 얼마나 많았던가. 그런 인연의 이야기는 기구하여 곡절도 많다.

새까만 졸병 계급장 달고 입대하여, 학창 시절 친구를 상급자로 만나는 이야기는 우연치고는 흔하게 많다. 그 외로운 군대에서, 마음의 기대는 간절하여, 멀리서 눈치껏 눈빛만 전해 보는데, 친구가 은근히 먼저 알고서 마침내 이심전심 배려를 전해 받던 때의 짙은 감동은 나만이 아는 내 마음의 전설이 된다. 고약한 경우도 있다. 너무 모르는 척해서 야속하기 한량없는 경우는 그래도 괜찮은 편이다. 모처럼 아는 척 신호를 보냈다가 싸늘한 무표정의 공식 언어로 질책을 받은 경우는 두고두고 상처를 감당하지 못한다.

이런 이야기들은 우리 세대에게는 전설로 굳어진 지 오래이다. 제대하고서도 40년이 넘는 동안, 이런 이야기들이 얼마나 우리들 입에 회자(膾炙)되었던가. 누군가 꺼내기만 하면, 친구들은 너무도 익숙하게 이야기를 재생한다. 본인보다 친구들이 더 잘 외우고 있는 이야기, 그 이야기 덕분으로 우리의 우정은 미움과 고움을 초탈하여, 아름답게 승화된다.

나에게도 군대와 더불어 가는 우정의 인연과 추억들이 있다. 대학 동기생 박용배 군은 2년 동안 내내 101 학훈단 제2분단 같은 소대 소속이었다. 노상 태권도 총검술 사격술 훈련 같이 받고, 툭하면 완전 군장 구보 같이 뛰고, 기합 같이 받으며 그렇게 지냈다. 입영 훈련 때는 한 내무반 동료로서, 내무검열 일석점호 때는 침상 일선에 나란히 부동자세로 서서, 목에 힘줄 세우며 관등성명 크게 복창하던 추억을 공유했다.

나는 32사단 98연대 1대대에서 근무했다. 해안 경계 소대장 마치고, 예비중대의 부중대장을 할 때이다. 1973년 7월 우리 중대로 2명의 소위가 전입왔다. 석양 무렵 이들이 중대장에게 신고를 하는데, 너무도 낯익은 얼굴이 있었다. 고교 동기생 이재훈이다. 그는 고대 법대에 입학했는데 무슨 사정으로 일 년을 쉬어, 나보다 한 기수 늦은 ROTC 장교로 임관되어 공교롭게도 우리 중대에 온 것이다. 세상에 이런 인연이! 그는 2

소대장이 되었다. 그해 중동전으로 석유 값과 물가가 엄청나게 뛰었는데, 무슨 상관이 있으랴. 이재훈과 나는 우정 깊은 군대생활을 했다.

노자(老子)에 심취했던 이재훈 소위는 두주불사(斗酒不辭)이었다. 서산 시내 삼거리의 백곰집, 미락식당 등에서 늦도록 술잔을 기울였다. 술이 높으면 우리들 토론도 춤을 추었다. 오기와 객기에 기대어 젊음과 시대의 책무를 서로 따지기도 했다. 차부 옆 서산식당에는 술 따르는 아가씨들도 있어서 더러 호기를 부리기도 했다. 1974년 7월 나는 전역을 하고 그는 논산 훈련소 교관으로 가면서 우리의 군대 인연은 끝났다. 작년 여름 이재훈이 폐암으로 세상을 떠난 날, 나는 그의 빈소에서 울음을 죽이면서, 우리들의 청년 사관 시절을 반추했다.

군대의 인연이 어찌 현역의 시절로써 다 하랴. 1980년대 들어 여러 해 동안 나는 서초구 내곡동 예비군 교육장에서 교육을 받았다. 여기서 줄기차게 만나던 친구가 고재두 군이다. 이미 30년 전의 일이다. 심심하고 따분했던 예비군 교육장에서 옛 고향 친구 만나기는 귀한 복이라 할 수 있다. 예비군 시절 그 인연이 돈독했음일까. 나는 몇 해 전 그가 두 딸을 시집보낼 때, 두 번 다 결혼 주례를 맡았다. 더욱 깊숙한 인연의 울타리로 사뭇 들어앉게 된 셈이다.

군대란 것이 그렇다. 입대 전에는 청춘이 고뇌하고, 가서는 육신이 곤고하고, 나와서는 추억이 이 모두에 광채를 띠게 한다. 군대에서 만났던 친구들의 아픔은 무엇이 되었을까. 그토록 준열하던 계급장들은 어디로 갔을까. 우리들 젊음이 그만큼 곧고 매웠다고 생각하니, 문득 그 시절을 위하여, 정중히 거수경례를 올리고 싶다.

피안(彼岸)의 등불

1

몇 해 전 이집트 카이로 박물관에 갔었다. 이 박물관은 고대 이집트 왕국의 유물 보고이다. 박물관 3층은 미라 전시관이었다. 상당히 넓은 공간이었다. BC 3500년 경 세워진 고대 이집트 왕조는 BC 30년 마케도니아의 알렉산더 대왕에 의해서 망하기까지 수많은 파라오들의 권력과 영광, 투쟁과 정복, 그리고 전쟁과 노역 등으로 점철된 것이었다. 나는 미라 전시관에서 그 모든 것들이 시간 속에 얼마나 적멸의 무상함으로 놓여 있는지를 폐부 깊이 느낀다.

죽음은 삶의 아이러니를 잘 보여주기도 한다. 나는 거기서 이집트 제18왕조 제12대 왕인 투탕카멘의 미라도 만날 수 있었다. 그는 10세에 왕이 되어 19세에 죽었다. 격렬한 권력 투쟁의 소용돌이에서 희생된 비운의 소년 왕이다. 죽은 뒤에도 버림받은 파라오 정도로 취급되어 그의 무덤은 '망각된 무덤' 신세가 되었단다. 그 덕분에 투탕카멘의 무덤은 도굴되지 않고 20세기까지 온전히 올 수 있었다. 그런 이유로 관광객들에게 카이로 박물관 3층 미라 전시관의 주역은 파라오 투탕카멘이다. 살아서 일찍 몰락하여 불운했던 투탕카멘이 죽어서 박물관의 영웅으로 각광을 받는 셈이다. 그래서 아이러니라는 것이다. 투탕카멘 미라 얼굴에 씌운 황금 마스크는 수천 년 전 해맑은 이집트 왕족 소년의 모습을 선명하게 각인시켜 준다.

카이로 박물관 3층의 미라 전시관에는 투탕카멘 이외에도 수많은 미라들로 가득 차 있었다. 미처 놓일 공간을 얻지 못하고 구석 모퉁이나 바깥 복도 쪽으로 밀쳐져 있는 미라들도 있었다. 모두 자신의 당대에는 더할 수 없는 권력과 영화를 누렸을 파라오들 아닌가. 이렇게 구석 모퉁이에 먼지를 뒤집어쓰고 놓일 자리조차 얻지 못하는 신세를 예견이나 했을까. 여기에 오지도 못하고 어디선가 훼손되어 사라진 파라오들의 미라는 또 얼마나 많을 것인가. 부귀영화가 철철 넘쳤을 텐데, 그런 그들은 살아생전에 자신의 주검이 이렇게 취급될 것이라고 생각하기나 했겠는가.

파라오 미라들의 옆에서 역사적 상상력에 너무 빠져 있었던 탓일까. 나는 어느새 일행들과 떨어져 미라 전시관에 혼자 남겨져 있게 되었다. 사람들이 빠져 나간 미라 전시관은 소리의 울림도 기이했다. 갑자기 무서움증이 밀려 왔다. 박물관 회랑의 미로를 허우적거리다가 일행을 간신히 발견하여 찾아 나오니 온몸이 땀으로 젖어 있었다. 박물관을 나오며 생각했다. '삶의 무상'과 '부귀의 헛됨' 같은 말을 나는 기껏 상투적 관념어로서만 알고 있었구나. 이제야 비로소 그것들이 무슨 뜻인지를 알 것 같았다. 그러나 그것을 다시 말로는 설명할 수 없었다.

2

45년 우정을 쌓아온 나의 절친한 친구 우한용 교수가 정년퇴임을 했다. 대학 당국이 베풀어준 공식적인 퇴임 기념식에서 그는 퇴임사를 정성스레 원고로 준비해 왔다. 소설가이기도 한 그는 스피치에도 뛰어난 능력을 지니고 있는데, 오늘은 퇴임사 스피치 원고를 따로 준비해 온 것이다. 그는 학자로 살아온 자신의 학문적 생애와 그것을 바탕으로 그가 추구해 온 가치들을 피력했다. 그것은 견고하고도 신실한 느낌을 주기에 족했다. 그는 그런 모든 것들을 많은 사람들의 배려와 은혜에 힘입어 체득하고 지켜올 수 있었음을 밝혔다. 그는 큰 감사를 느낀다고 말했다.

나는 그의 모습을 보면서 감사야말로 겸손을 자연스럽게 잉태하게 하는 것임을 느꼈다. 그에게서 정말 그런 분위기가 배어나왔다. 그의 감사는 아무개와 아무개 등에 대한 헌사로도 표명되었지만, 그것은 마침내 우리를 살아가게 하는 대자연과 우주의 섭리에 대한 것으로 이어지는 것이었다. 그리고 그것은 종국에는 자신의 존재에 대한 감사이기도 했다. 자신의 존재에 대한 감사는 무엇인가. 근원과 귀의에 대한 감사 아니겠는가. 그런 점에서 그것은 경건이고 일종의 신앙이라 해도 좋을 것이다. 신을 믿고 안 믿고의 문제를 넘어서서 그렇다는 것이다. 아무튼 나에게는 그렇게 느껴졌다.

우 교수의 정년 퇴임사 말미는 이렇게 끝나고 있었다.

"끝으로, 이런 자리에서 공개를 해 놓아야 스스로 약속을 지킬 수 있을 듯해서 드리는 말씀인데, 서울대학교 의과대학에 시신을 기증하려고 합니다. 아직 가족들과 교섭을 하는 중입니다. 나는 단호한데 아내가 아직은 고개를 갸웃합니다."

살아서 무엇을 할 것인지를 고뇌하며 지내온 사람이라면, 죽음을 어떻게 할 것인지에 대한 고뇌가 자연스럽게 결부되어 나오리라. 이집트 파라오의 미라는 주검을 남겨서 관광의 유물로 남고, 의과대학 병원에 기증된 주검은 해체되어 연구에 바쳐질 것이다. 아니 이런 설명조차도 불필요한 것인지 모른다. 오늘은 다만 죽음도 삶의 일부분이라는 것, 죽음도 삶의 한 실천이라는 것, 친구는 그것을 아름답게 보여준다. 그런데 나는 사는 일도 죽는 일도 한량없이 어설프다.

이쪽 강둑[此岸]에 서서, 내 의지로 건너갈 수 없는 강물 너머, 저쪽 언덕[彼岸]을 제대로 보는 일이란 현묘하기 그지없다. 피안을 평명하게 보기란 어렵다. 경험해 보지 못한 죽음이 가로 놓여 있기 때문이리라. 아니, 지금 살아서 발 딛고 있는 이쪽 언덕[此岸]에 걸쳐진 집착이 아리게 밟히기 때문이리라. 피안에 대한 상상력이란 것도 살아 있는 세계 이쪽의 욕망과 집착이 투사되는 것으로부터 자유롭지 않다. 진정한 '피안의 등(燈)'은 마음을 어떤 적멸(寂滅)의 지경에 가져다 놓아야 보이는 것일까. 나의 속기(俗氣)는 그것으로부터 아득히 멀다.

제4장

나는 아직도 위험한 장난질에 바쁘다

우 한 용 •••••

천안고등학교를 마치고, 서울대학교 사범대학 국어교육과를 졸업했다. 같은 대
학교 대학원 국어교육과에서 교육학석사를 국어국문학과에서 현대소설 전공으로
문학박사를 받았다. 서울 중화중학교, 오류중학교, 서울북공업고등학교 교사로 근
무했다. 1982년부터 전북대학교에 근무하다가 1995년 서울대학교 국어교육과로
옮겨 2013년 2월까지 교수를 역임하였다.

한국현대문학이론학회를 창립하고, 한국현대소설학회장, 국어국문학회 대표이
사를 역임하였고, 한국학술단체총연합회 회장으로 봉사했다. 지금은 소설 쓰는 교
수들로 조직된 한국작가교수회장과 한국서사학회 회장을 맡아 봉사하고 있다. 그
리고 2003학년도 한 해 동안 프랑스 르왕대학에서 한국문학 연구교수로 지냈다.

『한국근대작가론』, 『문학교육론』, 『현대소설의 이해』, 『국어과 창의-인성교육』
등을 공저했고, 『교사와 책』을 공편했다. 『채만식소설 담론의 시학』, 『한국현대소
설구조연구』, 『한국현대소설담론연구』, 『문학교육과 문화론』, 『소설장르의 역동
학』, 『한국 근대소설교육사 연구』를 썼고, 『불바람』, 『귀무덤』, 『양들은 걸어서 하
늘로 간다』, 『멜랑꼴리아』 등의 소설집과 『청명시집』, 『낙타의 길』 등 시집을 냈다.

우공(于空)이라는 호는 자호인데, 처음에는 소씨를 높여주어 牛公으로 쓰기도
했고, 염세적인 느낌이 드는 又空으로 쓰다가, 소설을 공부한다든지 헛된 데다가
생애를 건다고 于空으로 고쳤다.

과수원 동네의 봄

과수원 동네의 봄은 농부들의 전지(剪枝)가위 소리를 따라 온다.

이곳* 사람들은 정월 보름이 지나자마자 전지를 시작한다. 지난 해 과일을 따낸 뒤에 자라 올라간 가지를 잘라주는 작업이다. 과일나무들은 과일을 딸 때까지는 과일 자라고 익는 자기 임무를 다하느라 그런지 나무가 자라는 것은 별반 모르겠다. 과일을 따낸 뒤에서야 잔가지가 뻗어올라가며 훌쩍 자란다. 그렇게 자란 가지들을 도장지(徒長枝), 즉 웃자란 가지라고 한다. 이 잔가지들은 몸이 가벼워져서 그런지 잎이 갑자기 무성해진다. 가을에 서둘러 자란 잔가지에 맺힌 잎이기

●●●●●
* '이곳'은 충북 충주시 앙성면 용포리 갈치마을이다. 갈치는 칡고개라는 뜻인데 한자로 葛峙이다. 앙성면사무소를 지나자마자 좌회전하면 원주시 부론면으로 나가는 길이 나온다. 그 길로 5백 미터쯤 가면 앙성중학교가 오른쪽 언덕에 자리 잡고 있다. 앙성중학교를 지나 왼편에 커다란 느티나무 아래 정자가 있고 그 정자 맞은편으로 돌아 갈치 2길로 올라가면 산밑에 상림원(桑林園)이 있다.

때문에 부실한 까닭인지 싱싱하게 자라 나오다가 서리를 맞아 냉해를 입기도 한다. 전지는 주로 도장지를 잘라내는 작업이다.

아무튼 전지를 잘해 주어야 통풍이 원활하고 햇빛을 충분히 받을 수 있다. 통풍과 햇빛은 과일의 수확량뿐만 아니라 맛을 좌우한다. 그렇기 때문에 과수원에서 일하는 이들은 전지가위를 병사의 어깨에 걸린 총처럼 늘 허리에 차고 다니면서 눈에 보이는 대로 나무를 손질한다. 그러나 과수원 전체의 전지는 해동기간에 하게 된다. 해동기간은 바람끝이 옷속으로 파고들어 겨울보다 더 추위를 느끼게 한다. 때로는 뿌연 흙바람 속에서 일을 할 경우도 있다.

전지는 인간이 농업을 시작한 이래 가장 발달된 농업기술에 해당한다. 전지는 일테면 나무를 인간의 의지대로 관리하고 모양을 조정해 주는, 나무를 길들여 인간화하는 일이다. 전지를 해준 나무를 보면 생애에 굴곡이 많았던 인간을 생각하게 한다. 이해관계를 따라 고샅길로 돌아가고 돌아나오고 하는 중에 굴곡이 심하고 상처가 잔뜩 남은 인생을 닮은 것이다. 이익이 되는 삶을 추구하는 인간이, 세상살이에 초연한 척하는 인간보다 더욱 인간다울지 모른다. 그리고 굽고 마디진 생애가 삶의 진실에 가깝게 다가간다. 아무튼 과수원의 굽고 마디진 가지에도 봄이 되면 꽃이 피어 만발한다.

봄꽃 가운데 이 동네 과수원에서 가장 볼 만한 것이 복사꽃이다. 나는 표준어로 밥벌이를 한 만큼 표준어를 무시하지는 않지만, 표준어보다는 사람들 사이에 불리고 쓰이는 말들이 더 정감이 간다. 해서 복숭아꽃이라는 말보다는 복사꽃이라는 말을 좋아한다. 동요에서는 "복숭아꽃 살구꽃 아기 진달래" 그런 식으로 복숭아꽃이라고 부른다. 그런데 어른들이 부르는 노래에는 "복사꽃 능금꽃이 피는 내 고향"이라는 구절이 나온다. 내 나이에는 복숭아꽃보다는 복사꽃이 더욱 어울리는 어감이다.

복숭아는 우선 과일 복숭아를 연상하게 한다. 천도복숭아라든지 복숭아 산지(産地) 같은 말들은 과일과 일차적 의미 연관을 갖는다. 복숭아꽃이라는 말은 매실꽃이라고 하는 것만큼이나 복숭아가 열리는 나무를 연상하게 하는 느낌을 준다. 이 동네에서는 '복상골'이라는 동네 이름이 있다. 복숭아나무를 복상나무라 하기도 하는 것이다. 복사와 복숭아가 블렌딩되어 복상이란 말을 만들어낸 것이다. 그건 그렇고, 어린이들 말로는 복숭아꽃이고 어른들 말로는 복사꽃이라는 명칭으로 각 세대의 감각을 불러온다는 점에서, 자기 세대에 적절하게 어울리는 말을 쓰는 게 정상적 감각이다.

이 동네 복사꽃은 대개 4월 20일 경에 피는데 올해는 한 주일 가량 늦어지는 모양이다. 그러다 보니 복사꽃이 필 무렵에는 잎이 일찍 나오는 냉이, 제비꽃, 꽃다지 같은 자디잔 들꽃들이 밭을 뒤덮어 꽃 융단을 만들어 놓는다. 복사꽃은 들풀의 꽃 융단 위에 제왕처럼, 여왕처럼 군림하며 그야말로 오연(傲然)하고 우아한 꽃잔치를 펼친다. 선경을 자아내는 언덕의 복사꽃 만발한 과수원은 우리를 추억에 잠기게 하고 꿈꾸게 한다. 저런 시절이 있었거니 회상하는 한편, 내 아름다운 꿈의 동산은 어디 있는가를 생각하게 한다. 푸르게 펼쳐진 풀의 카페트 자락 위에서. 꽃 융단을 만드는 풀꽃 가운데 하나가 꽃다지다.

〈봄맞이〉라는 노래에 "달래 냉이 꽃다지 모두 캐보자" 하는 구절이 나온다. 얼마 동안 달래와 냉이는 알겠는데 '꽃다지'가 무언지 몰라

궁금해 했었다. 아내가 냉이를 캐다가 잎이 동글동글하고 솜털이 뽀얗게 덮인 풀을 가리키며 그게 먹을 수 있는 것인가 물었다. 내가 어렸을 때 할머니는 어떤 풀들이든지 먹을 수 있는 것과 먹지 못하는 것으로 구분해서 이야기했다. 사실 이 간단한 이분법으로 갈라지는 풀들이 이분들 삶의 기본 지식이었다. 먹지 못하는 풀들 가운데는 잎이 소담하고 모양이 아름다운 것들이 많다. 그 유혹에 넘어가 목숨을 잃는 경우도 있고 보면, 풀을 먹을 수 있는 것과 먹지 못하는 것으로 갈라보는 지혜는 대단히 소중한 생존의 지식이고 자연을 보는 안목이었다. 이름 모를 풀과 나무를 이야기하는 요즈음 세태와는 사뭇 다른 느낌을 주는, 당신들 세대의 인식소(認識素, éistémé)이다. 아, 먹고 못 먹음의 양분법이 지배하던 세대를 산 어른들의 고단한 삶은 굽고 어긋나게 뻗은 과수를 닮았다.

나는 아내의 질문에 먹을 수 있는 식물이라는 이야기를 했다. 그리고 기억을 더듬어 그걸 '코딱지나물'이라고 한다는 것도 알려주었다. 아내는 깔깔 웃었다. 무슨 나물 이름이 그러냐는 것이었다. 그러면서 그게 꽃다지 아닌가 되물었다. 일이 끝나고 들어와 인터넷 검색을 해보았다. 아내의 말이 맞았다. 동글동글한 잎 위로 길게 줄기를 뽑아올려 줄기가지와 끝에 작고 노란 꽃을 좁쌀알처럼 달고 있는 그게 꽃다지였다. 냉이는 잎이 길고 잎가에 톱니가 있다. 그리고 불긋한 줄기를 뽑아올려 안개꽃을 닮은 하얀 꽃을 피운다. 냉이와 꽃다지가 꽃이 피어 덮인 밭은 훌륭한 꽃방석이 된다. 그 위에 복사꽃이 어우러지는 풍경은 봄 풍경 가운데 더없이 아름다운 색감을 자아낸다. 그림으로 친다면 배경이 아름다운 인물화와 같다고나 할까.

복사꽃 하나하나는 매화처럼 반듯하거나 예쁘지는 않다. 어딘가 일그러져 보인다. 분홍으로 물든 꽃잎도 그렇다. 다섯 장이 달리는 꽃잎은 좀 오갈이 든 것처럼 끝이 오글거린다. 그러나 약간 거리를 두고 바라보면 이전 사람들이 도화색(桃花色)을 금기시했던 이유를 알 듯하다. 꽃이 피어 만발하면 젊은 여성의 볼처럼 발갛게 달아오른 색조가 가히 뇌쇄적이다. 향은 그다지 강하지 않지만 색으로 압도해 오는 요염함은 다른 꽃에서 찾기 어려운 매력이다. 복사꽃은 조화의 아름다움을 생각하게 한다. 짙어오는 과수원의 풀밭과 복사꽃이 어울릴 때의 빛깔은 가히 환상이다. 낙원을 그린다면 그 이상의 빛깔이 없을 것이다.

복사꽃은 낙원을 상징한다. 언덕 저쪽으로 풀이 짙어오는 위에 아련히 떠오르는 복사꽃 과수원은 마치 낙원을 방불케 한다. 낙원의 형상을 왜 도화원(桃花源)이라고 했는지 알 만하다는 생각이 든다. 낙원은 저만큼 거리가 있어야 한다. 너무 가까이 있는 동네나 우리 집 뜰은 낙원에서 멀다. 미적 거리가 유지되지 않기 때문이다.

꽃이 떨어지고 나면 열매가 다닥다닥 열려 나무가 견디지 못할 지경이 된다. 그런데 이곳 주민들이 꽃을 따주는 것처럼 어린 과일을 따준다. 이름하여 적과(摘果)다. 그래야 과일 낱알이 굵고 당도가 높아진다고 한다. 그리고 열매가 너무 많이 달리면 나뭇가지가 찢어져 과목이 상한다. 봄에는 꽃을 따 주고 초여름에는 어린 과일을 따준다. 적화와 적과, 그렇게 나무를 관리한다.

나는 전지의 경제학은 잘 모른다. 그러나 과일나무를 길러 과일을 따서 팔아 생계를 유지하는 과수원 주인들은 다른 직업인의 일상처럼 꽃 이야기만 하고 살 수 없다. 자연과 거슬러 살아야 하는 일상은 여전히 아득하다. 꽃이나 어린 과일을 따버리면서 봄은 가고, 새벽부터 소독을 하고 농약을 뿌리면서 일과가 시작되기 때문이다. 과수원 경영은 결코 쉽지 않은 직업이다.

과수원의 봄은 소독 기계 돌아가는 소리에 감겨 여름으로 넘어간다. 이 무렵이면 과수원 둑에 아카시아 꽃이 소담하게 달려 향이 어지럽고, 뻐꾸기는 처연하게 울어제킨다. 봄이 안타깝게 간다는 것이다.

오죽을 손질하며

대나무[오죽(烏竹)]를 싸주었던 비닐을 벗겨냈다. 겨울이 워낙 추워 댓잎이 대부분 말라버렸다. 댓잎이 아직 살아 있는 것만 남기고 잘라냈다. 살아 있는 댓잎은 그렇게도 깔끔한데, 이게 마르니까 비늘 같은 북더기가 날린다. 살아 있는 것이 아름다운 까닭은 물기를 머금고 있기 때문이다. 꽃잎이며 나뭇잎은 물론 나무 줄기도 물기를 머금어야 윤이 난다. 윤기는 생명력의 다른 표징이다.

대나무는 한 해에 키가 다 자라고, 그 다음에는 영근다. 그래서 대나무에는 나이테가 없다. 한 해 자란 대나무가 3m가 넘는다. 한 해에 3m씩 자란다면, 10년 자라면 키가 30m가 되는 셈이다. 한 해만 자라니 망정이지 매년 그렇게 자란다면 기형적인 식물이 될 것은 물론이다. 봄에 죽순이 올라올 때는 한 나절이 다르게 쑥쑥 자라 올라간다. 그래서 우후죽순(雨後竹筍)이란 말이 생겨난 것인 모양이다. 이 말은 죽순이 여기저기 한꺼번에 자라 올라온다는 뜻이기는 하지만, 여기저기 돋아나 쑥쑥 자라는 모습이 자연스럽게 연상된다. 아무튼 작년에는 뿌리가 잡힌 대나무가 자라 올라가 창문을 완전히 가릴 정도가 되었다. 다른 나무 같으면 전지를 해 주어 키를 조절할 수 있을 터인데, 대나무는 중도막을 잘라버리면 나무가 영 우습게 되어버린다. 쇠붙이를 거부하는 속성이 대나무의 오연(傲然)함을 상징하는 듯하다.

대나무, 특히 오죽은 푸른 빛깔로 줄기가 나와 시간이 쌓이면서 줄기 빛깔이 검게 변한다. 처음에는 연한 푸른색이 도는 줄기가 뻗어 올라가다가 차츰 짙은 갈색이 섞이기 시작한다. 얼마간 그렇게 색조가 유지되다가 어느 날 문득 자기 색깔, 까마귀빛깔을 드러내기 시작한다. 검은 줄기의 마디에서 옆으로 뻗어 나오는 작은 가지들에 달리는 댓잎은 붓으로 친 것처럼 날렵하고 윤기도 흐른다. 특히 바람에 일렁이는 댓잎은 청삽(淸颯)한 상상을 불러온다. 푸른 바람에 머리를 날리면서 하얀 구름을 닮은 꿈을 꾸는 모양은 생각만 해도 청신한 기운을 돋아나게 한다.

대나무는 마디가 분명한 것이 매력 가운데 하나다. 잘 자란 대나무의 마디와 마디 사이가 두어 뼘씩이나 된다. 대나무는, 종류에 따라 다르지만 오죽의 경우, 아래쪽 몇 마디를 땅에서 훤칠하게 뽑아 올린 다음에는 마디마다 곁가지를 내어 나무의 균형을 잡는다. 마디 옆으로 잔잔한 가지를 달아 균형을 유지하는 대나무는 위로 올라가면서 줄기가 가늘어지고, 상대적으로 옆으로 뻗는 가지가 커져서 끄트머리는 대개 유연하게 휘어져 바람이라도 불면 서걱서걱 가벼운 소리를 내며 일렁인다. 아무튼 마디가 있기 때문에 균형이 잡힌다. 그리고 공학적 성장을 하기도 한다. 마디는 대나무의 빈 속에 가름대를 만들어

준다. 그렇게 해서 힘을 분산하는 효과를 얻게 된다.

이번에 정년을 하면서도, 이제 하나의 마디를 거쳐 간다는 느낌으로 다가왔다. 달리 생각하면 나 스스로 커다란 마디를 만들고 있다는 의미로 전환되기도 했다. 마디가 분명하고 깔끔한 삶을 생각해 보기도 한다. 내 자리, 내 지위, 내 나이 등에 따라 만들어지는 마디가 내 삶의 무늬와 더불어 정갈하기를 바란다.

오죽 마디마다 달린 가지를 전지가위로 잘라내고 끝을 잘라버린다. 까만 대나무 줄기를 노란 잔디 위에 던져놓는다. 시간의 실팍한 줄기가 잔디 위에 놓이는 듯하다. 발을 엮어서 창에 달아볼 생각을 하기도 한다. 그런데 가지를 잘라낸 부분이 칼끝처럼 날카로워 손을 잘못 스쳤다가는 금방 상처가 날 것 같다. 대나무 줄기는 무작정 위로 자라 올라가기 때문에, 나이테는 안 생기는 대신 섬유질이 철선(鐵線)처럼 질기다. 탄성이 높은 섬유질로 되어 있는 대나무는 성장과정의 특이성으로 인해 다른 나무와 변별되는 특성을 드러낸다. 줄기의 겉면은 쇠처럼 단단하지만 안으로 들어갈수록 목질이 연해지고 속에는 파라핀 종이처럼 된 피막(皮膜)이 들어 있다. 너무 연약해서 온전한 상태로 꺼내기 쉽지 않지만 물고기의 부레를 연상하게 한다. 겉에서 안으로 들어가는 과정을 통해 점점 연하고 부드러워지는 성질이 대나무의 속성이다. 외유내강(外柔內剛)의 역방향으로 목질이 형성되어 있는 것이다. 말하자면 내유외강(內柔外剛)이랄까. 그러나 이런 양분법에 속아 넘어가거나 거기 관습이 되어 타성으로 굳어지면 사유의 유연성을 잃게 될 게 아닌가 싶기도 하다. 유기체에서 내외를 가른다든지 안팎을 분리하여 생각하는 것은 고정관념의 일종이다. 다른 나무도 겉은 단단한 껍질 즉 수피(樹皮)로 덮여 있고, 그 밑에 유연한 물관과 체관이 형성되어 있으며, 안의 목질부는 딱딱하게 굳어 있다. 밖과 안과 속이 그 나름의 일정한 층서(層序)를 이루고 있는 것이다. 인간의 부실한 언어로 비유를 해서 사물의 본질을 왜곡할 일이 아니다.

표리부동(表裏不同)이란 말 또한 마찬가지이다. 안팎이 똑같은 인간은 사실 별 재미가 없다. 표리부동이란 대상의 의미를 파악하는 데 혼란을 빚게 한다는 뜻인지도 모를 일이다. 겉으로는 점잖은데 속으로는 난잡하게 놀아나는 인간, 겉으로는 친절한데 안으로는 칼을 가는 인간, 남을 위하는 척하면서 자기 속을 챙기는 인간, 그런 인간을 표리부동이라고 질타한다. 그런데 겉으론 유약해 보이지만 안으로 강직한 사람은 외유내강이라고 해서 칭찬해 마지않는다. 그를 표리부동이라 질책하지 않는 게 세태 인심이다. 의미론적 천착을 한 연후라야 본심을 알 수 있는, 의미작용의 난해성을 보이는 인간의 인식이 미치는 한계가 그런 것인지도 모를 일이다. 대나무는 오죽이든 청죽이든 속을 알 수 없는 게 특징이다. 겉을 보아서는 속을 알 수 없는 게 대나무의 생리이다. 그런 대나무를 두고 겉은 야물고 속은 연하다고 나무랄 여지는 없어 보인다.

오죽을 정리해 두면 여러 군데 쓸모가 있을 것 같아서 전지가위로 잔가지를 잘라 정리해 놓았다. 잔가지를 잘라낸 부분에 손을 대본다. 날카로운 칼끝처럼 억센 가지끝이 손끝에 선뜩하게 느껴진다. 대나무를 엇자르면 끄트머리가 날카로운 창이 된다. 이른바 죽창(竹槍)이다. 전주에서 부안 나가는 길에 백산면 죽산이라는 곳이 있다. 동학농민

혁명 때 흰옷 입은 사람들이 죽창을 들고 모여, 앉으면 죽산이고 서면 백산이라는 말이 생겼다고 한다. 죽창을 들고 일어섰던 선조들이 새삼 떠오르는 까닭이 무엇인가.

오죽을 다듬다가 생각이 죽창에까지 이르렀으면 거기서 생각을 접어야 할 것 같다. 선죽교(善竹橋)의 피묻은 대나무까지 생각을 이끌고 간다면 과도한 지적 유희 혹은 만상(漫想)에 이르는 것 같아서이다.

수밀도(水蜜桃)에 대한 서사적 상상

복숭아, 그 미혹(迷惑)의 마물(魔物). 나는 아직도 복숭아를 보면 춘정(春情)이 솟아난다.

간송미술관에서 개최하는 〈풍속-인물화〉 특별전에 다녀왔다. 학생들과 함께 가는 길이라, 그들의 시간에 맞추느라고 오후 4시 반경에 도착했다. 6시까지면 그런대로 볼 만한 시간이 된다는 생각이었다. 그런데 예상 밖으로 관객이 몰렸다. 미술관 입구에 한 200여 미터는 되게 줄을 이었다.

한 시간을 대열에 서서 기다렸다. 나무를 구경하고 화단에 피어 있는 꽃 이야기를 하는 중에 그런대로 너그럽게 시간이 흘렀다. 문제는 인파 때문에 그림을 제대로 볼 수 없다는 점이었다. 전시공간이 좁은 데다가 관람객이 너무 많이 몰렸고, 진행측에서는 문 닫을 시간이 얼마 안 남았다고 독촉했다. 그 그림 보려고 사람들이 몰린다는 혜원의 〈미인도〉도 상체만 보고 나와야 하는 판이었다.

도록을 사기 위해 전시실 앞에 마련된 판매대에 다가가다가 문득 눈에 띄는 그림이 있었다. 단원 김홍도가 그린 〈낭원투도(閬苑偸桃)〉라는 그림이었다. 아 저거다 싶은 생각이 들었다. 다른 것 돌볼 짬이 없이 복사본을 하나 샀다. 노인이 복숭아를 받쳐들고 허리를 약간 앞으로 숙이고 발자욱도 조심스럽게 걷는 모습을 속으로 음미하면서, 집에 도착할 때까지 안으로 설레었다.

근간에는 엄숙하고 무표정한 얼굴보다는 좀 익살스런 얼굴이 맘이 편하다. 익살스럽기까지 않다면 일상 가운데 발견할 수 있는 우리 이웃을 닮은 얼굴이 붙임성이 있어서 마음에 끌린다. 우선 이 그림의 인물은 내가 요즈음 찾는 그런 얼굴이라 흥미를 불러온다. 재기가 넘치는 얼굴에 이마가 약간 넓은 편이고 미간이 시원하게 간격이 벌어졌다. 머리는 뒤로 붙들어 맸는데 앞으로 밀려나오는 얼굴에 균형을 마련해 준다. 손에 든 복숭아를 쳐다보느라고 눈은 아래로 처져 있고 까만 눈동자에는 호기심이 어려 있다. 다듬지 않은 수염이 친숙한 느낌을 더한다. 아무튼 같이 이야기를 한다면 재치 넘치는 입담으로 사람을 즐겁게 할 수 있는 얼굴이다.

놓치면 일이 날 것이고, 그렇다고 우악스레 틀어쥐면 복숭아가 일그러질 터라서, 조심해서 복숭아를 잡은 손가락을 처리한 솜씨가 유연하다. 도포 자락을 허리에 질끈 동여맨 허리끈이 옷자락과 같은 방향으로 가볍게 날리듯 늘어져 있다. 코빼기에 빨간 물을 들인 짚신은 투박하게 그렸지만 앞으로 숙은 몸을 받치는 데 적절할 정도로 중량감을 주었다. 복숭아를 든 손을 앞으로 뻗어 허리를 조금 굽혔기 때문에 도포 자락이 앞으로 날리는 듯하다. 도포 자락을 그린 먹선이 투박하고 굵직굵직해서, 인물의 몸과 균형을 이루게 처리한 솜씨는 선의 변화를 따라 인물의 움직임이 살아나는 듯하다.

아껴두고 나중에 보기로 한 복숭아는 복숭아 가운데서도 잘생긴 것이다. 그게 선도(仙桃) 복숭아라는 것을 금방 알 수 있다. 인물의 손가락이 살그머니 받쳐들고 더듬는 복숭아 가운데 고랑은 여성적 매력을 담뿍 담고 있다. 위쪽의 볼그레한 빛깔과 아래 부분을 옅게 푸른색으로 처리한 솜씨는 절묘한 배색으로 복숭아의 실감을 살렸다.

그런데 이 그림에 그려진 인물이 누군가? 그림에는 인물이 누군지 아무런 암시가 나타나 있지 않다. 다만 낭원(閬苑)이 중국 설화에 나오는 여선(女仙) 서왕모(西王母)가 복숭아를 기르는 과수원이라는 것을 전에 들어서 알 수 있을 뿐이다. 그걸로 이 그림을 이해하는 데 필요한 정보는 충분하다. 그 낭원에서 복숭아를 훔쳐 먹은 주인공은, 저 삼천 갑자를 살게 된 동방삭(東方朔)이다. 낭원의 복숭아는 삼천 년 만에 한 번 꽃이 피고, 열매가 익는 데도 또 삼천 년이 걸린다고 한다. 그런데 그 복숭아를 먹는 사람은 일천 갑자를 산다고 한다. 한 갑자가 육십 년이니 삼천 갑자면 자그마치 십팔만 년이 된다. 장수(長壽)의 유혹은 언제 어디나 인간의 기본적 욕망인지라 재주꾼들이 그 복숭아를 탐내지 않는 이가 없었다. 그러나 서왕모의 과수원 감시가 삼엄해서 범접을 못했다 한다. 꾀바른 동방삭만 세 번을 훔쳐 먹어 삼천 갑자를 살게 되었다는데 그런 이야기를 전하는 문헌이 「한무내전(漢武內傳)」이다. 거기 전하는 이야기는 이렇다.

서왕모가 한무제에게 선도를 대접하려고 복숭아를 가지고 한무제의 궁전을 방문했다. 한무제가 감복해서 막 복숭아를 먹으려는데 남창(南窓) 밖에서 훔쳐보는 인기척이 있어, 한무제가 놀라 누구냐고 물었다. 서왕모가 대답했다.

"이는 내 이웃에 사는 동방삭이라는 어린애인데, 성품이 장난질을 좋아해서 벌써 세 번씩이나 복숭아를 도둑질해 먹었답니다. 이놈이 본래 태상(太上)의 선관이었으나 다만 놀기만 좋아해서 태상께서 귀양 보내 인간세상에 있게 했습니다."

그 뒤에 한무제와 서왕모가 어떤 이야기를 나누었고, 어떤 수작을 벌였는지는 기록이 없다. 도록 『간송문화(澗松文華)』에 달아놓은 최완수 선생의 해설에 나타나는 인용이 거기서 끊겼다.

서왕모가 복숭아를 대접했다는 것은 "수밀도(水蜜桃) 같은 젖가슴을 내줬다"는 뜻은 아닌가. 그런데 감시꾼을 달고 왔으니 한무제 또한 별 입맛이 당기지 않았을 법하다. 감시꾼이 이미 세 번이나 복숭아를 따 먹었다는 것은, 세 번씩이나 관계를 가졌다는 것은 아닌가. 이런 부질없는 생각은 그림을 보는 데 하등 도움이 안 되는 것을 잘 안다. 그러나 상상은 그런 쪽으로 가지를 벋는다. 복숭아가 복숭아인지라 상상이 뻗어가는 방향을 틀어앉힐 재간이 내게는 없다.

그런데 이야기는 이야기를 낳는 법이라서, 동방삭이 삼천 갑자를 살고 조선(한국)에 와서 붙잡혔다는 이야기가 있다. 어떤 연유인지 동방삭이 한반도로 들어와 용인 어름에 거처를 마련하고 살았다. 여기저기 헤집고 다니는 동방삭, 삼천 갑자의 목숨을 확보해 놓았으니 행동이 방자해질 만도 하다. 그를 잡아들이기 위해 태상이 술책을 썼다. 용인을 가로질러 흐르는 냇물에 아리따운 여인을 시켜 숯을 씻게 했다. 해괴한 일이었다. 냇물에 숯을 씻고 있다니. 호기심으로 늘 절절

끓는 동방삭이 그 이야기를 듣고 찾아가서 물었다.

"냇물에 숯을 씻는 연유가 무어요?"

"숯을 이렇게 오래 씻으면 나중에는 하얀 숯, 백탄이 된답디다."

동방삭이 배를 쥐고 웃었다. 백탄이라면 "석탄 백탄 타는 데는 연기만 푸불풀 나고요" 하는 민요 가락이 있기는 하지만, 한결 뒤의 노랫가락에 나오는 터라서, 동방삭으로서는 모를 일이었다. 혹시 표모(漂母)가 남편의 양물이 불달은 숯덩이처럼 뜨거워, 자기 패옥(佩玉)을 냇물에 식히고 있다는 이야기를 했을지도 모를 일이다.

"내 삼천 갑자를 살았지만, 숯을 씻어 희어진다는 이야기는 당신한테 처음 듣소."

그때 태상의 병사들이 나타나, "네가 네 입으로 삼천 갑자 동방삭이라 했겠다." 하면서 붙들어 갔다는 이야기가 전한다. 그런 연유로 그 숯을 씻던 내를 탄천(炭川)이라고 한다는 이야기다. 그런 이야기를 연결해서 바라보니 인물의 얼굴에 더욱 장난기가 돋아나 보인다.

그림을 자세히 들여다본다. 이런 낙관이 보인다. 만구근농역일관(晚求勤農亦一官)이라는 방형의 붉은 도장이다. 늘그막에 농사일을 찾으니 이 또한 벼슬이 아닌가. 뜻은 이중적이다. 관직을 차지하고 앉은 것처럼 뿌듯하다는 것인지, 작가가 애써 피하는 관직처럼 사람을 번요롭게 한다는 것인지 아리송하다. 기우유자(騎牛游子)라는 유인(游印)이 보인다. 소를 타고 노니는 인물이라면 능히 서왕모의 낭원에 복숭아 훔치러 들어갈 만하다. 그림 속의 인물이 농담 잘하는 우리 오촌당숙처럼 보인다. 동방삭이 아니라 이 나라 인물의 한 전형을 보는 것 같아 마음이 푸근하다. 당숙은 노래를 하다가 '수밀도 같은 젖가슴' 이란 구절을 꺼내곤 했는데, 그 자세한 맥락이 떠오르지를 않는다.

그림을 본 다음날, 국립극장에서 국악극 〈화선 김홍도〉를 감상했다. 단원이 그린 풍속화를 따라 장을 구성한 작품이기 때문에 단원이 그린 인물들을 한꺼번에 본 셈이다. 그런데 '낭원투도' 모티프는 나타나지 않았다. "그림이 세상 같고 세상이 그림 같은" 한 판의 판타지를 보고 있는 동안, 그림과 이야기가 상상력으로 만나는 실상과 마주쳤다. 수밀도 같은 젖가슴을 생각하던 춘정은 기실 삶의 원동력이라는 쪽으로 생각의 방향을 틀었다. 이 또한 위험한 관념의 장난이 아닌지 모르겠다.

말잠자리의 추락

아침나절 새참 시간 아내와 데크에 앉아 맥주를 한잔했다. 하늘은 맑고 햇살은 가볍게 부서졌다. 창고 지붕 위로 말잠자리가 날아와 선회를 거듭한다. 아내는 저렇게 큰 잠자리 참으로 오랜만에 본다고 즐거운 함성을 지른다. 그런 감탄을 거듭 되풀이해 말한다. 한참 못 보던 잠자리를 만나는 게 신기한 모양이다. 생각해 보니 나도 그렇게 큰 잠자리를 본 것은 꽤 오래전인 것 같다. 그동안 잠자리 하나 제대로 날아다닐 수 없는 환경이 된 속에 살았기 때문이리라.

하기는 이 동네는 과수원 지역이라 잎이 벌기 시작하는 철이 되면 소독차 윙윙거리는 소리로 날이 밝고 또 그 소리로 해가 저문다. 농약을 그렇게 뿌려대는데 그 속에서 곤충들이 무사할 까닭이 없다. 봄이면 벌이 숫자가 줄어 꽃이 수분(受粉)이 안 된다고 걱정을 하기도 한다. 그래서 꽃 피는 봄이 되어도 벌이 날아들지 않기 때문에 붓을 들고 꽃가루를 옮겨주는 작업을 하는 이상한 풍경을 연출하기도 했다. 인간이 벌이 해야 할 짓을 하는 것은 분명 희극이다. 그러나 그 원인과 결과를 생각하면 비극이다.

아래 건너밭에는 제초제(除草劑)를 뿌려 풀이 누렇게 시들기 시작한다. 복숭아나무를 심어 겨우 한 해를 지난 다음이라 나무의 세가 약하니까 밭의 대부분을 풀이 차지하고 왕성하게 자라 올라갔다. 과수는 아직 어리고 바닥이 널찍하기 때문에 예초기(刈草機)를 사용해서 풀을 베는 일이 수월할 터인데, 기계를 돌리지 않고 제초제를 뿌리는 것이다. 힘을 덜 들이겠다는 것일 터이나, 그 약이 어떤 폐해를 가져오는지는 생각 뒷전이다. 저렇게 길러서 믿거니 하고 먹을 것이다. 농약이 혈관을 타고 돌아다니면서 어떤 작용을 해서 인간을 어떻게 시들게 할지 알지 못하는 상황에서도 겉으로는 편안한 이들이다.

나비 또한 귀한 손님이 되었다. 봄이 되어 나비가 날아든다는 것은 환경을 위해서는 축복이다. 축복 이전에 자연의 본래 모습이 그렇다. 꽃이 피면 나비가 날고, 나비의 날갯짓을 따라 봄햇살이 잔잔하게 번지는 속에 아이들의 꿈이 익어간다. 아이들은 나비와 더불어 꿈을 꾼다. 그런데 나비들은 텔레비전 속으로 숨어 들어간 지 오래다.

집에 들어오는 입구에 길을 크게 내는 데는 꽤나 마음을 다져먹어야 했다. 우선 밭을 그만큼 줄여야 하는 게 안타까웠다. 당시 복숭아나무가 과수원으로서는 상종가를 부를 만한 때였다. 길을 내는 데 복숭아나무를 베어버려야 하기 때문에 선뜻 그렇게 하자는 이야기가 쉬울 턱이 없었다. 나무를 최소한으로 다치게 하면서 길을 내자 한 것이, 대문을 비껴서 집을 바라보고 바른편으로 치우쳐 길을 냈던 것이다.

집에 들어오는 길이 자갈로 앙상하거나 콘크리트로 포장을 해 버리는 것보다는 푸른 잔디를 밟고 들어오는 게 한결 운치가 있다는 생각을 했다. 잔디를 깔기로 작정을 했다. 핑계는 다른 데서 찾았다. 손녀가 돌아다니다가 넘어져도 무릎이 깨지지 않게 하자면 잔디를 심어야 한다는 핑계였다. 처음 잔디를 심은 해와 다음해는 잡초가 나는 것을 일일이 손으로 뽑아주었다. 민들레씨가 날아와 뿌리를 내릴 때는 노란 꽃을 본 다음에 뽑아주자고, 여유 있게 민들레꽃을 기대하면서 그대로 두기도 했다. 잔디밭 위에 드문드문 피어나는 민들레 노란 꽃은 가히 황금빛을 뿌리면서 피어난다. 질경이는 크게 자라지는 않지만 뿌리가 깊어서 호미로 캐주지 않으면 잎이 너절근하게 번진다. 거기다가 밟고 다녀야 하기 때문에 나물로 먹는 풀이기는 하지만, 잎이 상하지 않을 수 없다. 지저분하기가 다른 풀보다 더하다.

그런데 잔디밭에 나는 클로버는 당할 재간이 없다. 손가락 마디만 한 동그란 잎이 총총 솟아올라 번지면서 자라나서는 잔디를 뒤덮는다. 잔디는 본래 양지식물이라 그늘에 들어가면 제 모양을 잃고 다른 잡풀처럼 자라거나 아예 자라지를 못한다. 클로버 아래 잔디가 그렇다. 클로버도 처음에는 뿌리를 찾아 뽑아버렸다. 그런데 손이 가질 않는다. 잔디밭에 앉아 클로버 뿌리 뽑아낼 만큼 한가한 시간을 누릴 수가 없는 것이다. 그래서 잔디를 자주 깎아주어야 한다. 그래야 잔디 꼴을 잃지 않고 겨우 유지가 된다. 여름철에는 매주 한 번은 깎아야 잔디가 제 모양을 유지한다.

하기는 그렇다. 자연의 종다양성을 칭송하는 이로서 작은 마당 한 구석이기는 하지만, 잔디만 자라달라는 기대는 무리다. 삼대밭에 있어야 쑥도 멀끔하게 자라는 모양을 볼 수 있는 게 아니던가. 이른바 마중지봉(麻中之蓬)이라는 게 그런 것이다. 삼대 사이에서 자란 쑥이

죽죽 뻗어 올라간 모양을 보고, 사람도 교육환경이 좋아야 훤칠하게 성장한다는 이야기를 할 때 드는 비유다. 그러면서 네가 기댈 수 있고, 따라다니다 보면 너도 모르게 좋은 사람 축에 들게 되니 그런 친구를 사귀어야 한다는 이야기를 둘러말할 때 쓰는 비유이기도 한다.

클로버가 잔디를 자꾸 먹어 들어오는 이 상황에서, 잡풀을 제대로 잡아줄 수 없는 처지에서, 할 수 있는 일이란 클로버를 포함한 잡초를 예초기로 베어주는 것이다. 그도 손이 가질 않는 때가 있게 마련이다.

지난 두어 주 중국에도 다녀오고 밭에 다른 작물을 건사해 준다고 잔디밭을 돌볼 기회가 없었다. 속만 부글거리면서 이러지도 저러지도 못하고 지내는 사이, 클로버는 잎이 무성하게 자라 올라온 것은 물론 꽃까지 훤하게 피워놓았다. 밤에는 클로버 향기가 제법 달콤하게 번지기도 한다. 콩과식물들의 꽃이 대개 그렇듯이 클로버는 번식력이 대단하다. 식물 가운데서도 자기에게 필요한 영향을 스스로 만드는 게 콩과식물들이다.

유기농을 선언한 과수원에서는 이따금 클로버를 과수원에 뿌려서 기르기도 한다. 이중의 효과를 기대하는 것이다. 다른 잡초를 막아주고 과수원 토양을 비옥하게 하는 방법으로 클로버가 활용되는 것이다. 다른 잡초란, 바랭이라든지 귀리 같은 풀들이 클로버에 묻혀 자라지 못하게 하는 것이다. 클로버는 잎줄기가 30cm 정도밖에 자라지 않기 때문에 과수나무 아래 그대로 두어도 상관이 없다. 그리고 비료를 주지 않아도 클로버가 만들어놓은 영양분 - 응고된 질소-으로 과수가 잘 자란다.

문제는 잔디와 클로버가 공존을 못한다는 데 있다. 잔디는 조밀하게 자라면 양탄자처럼 탄력이 있는 촉감을 자아낸다. 발에 밟히는 감촉이 상쾌하고 보드랍다. 그런데 클로버는 발에 밟히면서 잎이 으깨지고 때로는 그 바람에 미끄러져 자빠지기도 한다. 생리적으로 둘이 상생을 못할 뿐만 아니라 잔디를 까는 목적을 배반한다. 좋다, 안된 일이지만 클로버를 베어버리자 하고는 예초기를 작동시켜 메고 나섰다.

아, 그런데 이게 무슨 불길한 징조란 말인가. 클로버가 돋아나 퍼렇게 우거지기 시작하는 구석부터 풀을 베기로 하고 예초기를 들이댔는데, 예초기 날이 돌아가는 그 앞에 말잠자리가 곤두박질을 하는 것이 아닌가. 눈앞으로 불이 확 솟는 듯한 환상이 지나간다. 어디선가 헬리콥터가 다가오는 소리가 들린다. 곧 기총소사(機銃掃射)가 시작되리라. 몸을 숨겨야 살아날 수 있다. 잔디가 깔린 길에는 몸을 숨길 만한 그늘이 없다. 윙윙 고속으로 돌아가는 예초기를 손에 든 채 건너편 과수원을 바라본다. 이 동네 사람들이 말하는 쌕쌕이가 농약을 뿌리느라고, 숲속을 누비는 장갑차처럼 과수밭을 더터 지나간다.

그렇지 말잠자리가 과수원에 접근했다가 농약 세례를 받고 우리 밭에 와서 몸을 날려 죽으면서 하소연을 하는 모양이다. 이렇게 죽으면 안되지 않습니까, 우박사님. 예초기를 든 손이 불불 떨려왔다. 풀을 베다가 말잠자리를 예초기로 절단내는 일 또한 위험한 장난일시 분명하다.

불장난의 끝자락

토요일, 비가 내리다 그쳤다. 6월 28일부터 7월 7일까지 독일 여행이 계획되어 있어서, 상림원(桑林園)에 들러 밭을 돌보아야 했다. 아내와 막내를 데리고 밭일들을 생각하며 서둘러 출발했다. 막내에게 빗길 운전을 시키는 것이 좀 안됐다는 생각이 든다.

출발이 늦어져서 점심때가 지나서야 앙성에 도착했다. 그쳤던 비가 세차게 내린다. 미끄러운 길을 간신히 올라가 차를 겨우 주차장에 대었다. 빗속에서 가지고 간 짐을 옮기면서, 몸을 움직여 일할 수 있다는 게 얼마나 고마운지 생각을 하기도 했다. 노동으로 적절히 피곤한 몸을 쉬는 운치, 피로와 한가함이 적절히 조율된 주말을 생각했다. 그렇게 보니 풀이 무성하게 자라 올라간 과수원은 적절한 일감을 제공하는 셈이었다. 바랭이며 피, 클로버, 여뀌 같은 잡풀이 듬성듬성 섞여 난 잔디밭 또한 오히려 자연스러워 보이기까지 한다.

짐을 다 옮기고 목을 축이려고 냉장고를 열었다. 냉장고가 안 돌아간다. 실내 전등 스위치를 점검해 본다. 마찬가지로 어디선가 전원이 차단되어 있다. 전주(電柱)에 설치된 계량기에 가서 차단 스위치를 올려본다. 금방 똑 하는 소리를 내고 떨어져 내린다. 어딘가 누전이 되었다는 뜻이다. 그런데 어디서 누전이 되는지 알 수가 없어 답답하다. 전기 없이 이틀을 지내야 한다. 전에는 생각도 못한 끔찍한 상황이 전개된 것이다.

부랴부랴 114 안내로 수소문을 해서 한전에 연락을 했다. 가까스로 연결이 되었는데, 그런 사소한 고장은 동네 전업사에 연락을 해서 해결하라고 한다. 전화번호부를 뒤져 전업사라는 전업사는 모두 연락을 했는데, 주말이라 그런지 연결이 되는 곳이 한 군데도 없다. 빗길을 내려가 양초를 사고 연료용 부탄가스를 구해 왔다. 저녁은 끓여 먹어야 하고, 일찍 잠자리에 든다고 해도 암흑 속에서 밤을 지낼 수는 없는 일이다. 시골 별장, 촛불을 밝히고 이야기꽃을 피우는 하룻밤, 얼마나 운치 있는 호사인가 생각하면서 혹시나 하고 전업사에 연락을 했다. 겨우 연결이 되었고, 고맙게도 올라와 보겠다고 한다. 암흑을 밝혀줄 구원자를 만난 것이다.

전업사에서 온 기술자는 전주에 달린 계량기함을 열어보고, 집에 붙은 분전판을 일일이 검침을 해 보고 하더니, 전주까지 올라오는 전기는 이상이 없는데, 전주에서 집으로 연결되는 중간 어딘가 누전이 된다고, 고개를 갸웃거리면서, 전선이 집으로 어떻게 연결되어 있는지 아느냐고 묻는다. 집에 전신주를 세우는 것이 볼썽사나워 전선을 수도관과 함께 땅에 묻었다는 이야기를 했다. 작업을 할 당시 아무 지장이 없을 것이라면서 장담을 했는데, 장담을 지나 전선을 밖에 늘이는 게 얼마나 보기 흉한가 하며 전선을 땅에 묻는 내 안목을 추켜올리기도 했는데, 일이 이렇게 돌아가고 말았다.

"그럼 방법이 아주 없습니까?" 절망적인 어투로 물었다.

"전신주에서 전선을 늘여 직접 따오면 됩니다." 간단하다는 대답이었다.

"이렇게 비가 오는데 공사가 됩니까?" 걱정스럽게 물었다.

"내일 아침 일찍 올라오지요." 하룻밤은 용서없이 촛불을 켜고 지내야 하겠다는 생각이 들었다.

초를 켜고 밥을 먹었다. 음식들이 어디 어떻게 놓여 있는지 잘 분간이 안 된다. 찌개가 맵기는 한데 빛깔을 알 수 없다. 고추를 골라 먹을 수 없다. 매운 것은 눈으로 보기만 해도 땀이 나는 터라 나는 매운 고추가 질색이다. 그런데 촛불로는 애고추를 가릴 재간이 없다. 빛깔과 모양이 안 보여도 소주맛만은 제맛이다. 아내가 가스버너를 이용해 끓인 밥은 그런대로 촛불을 밝힌 식탁에서 성찬이었다. 석유 등잔을 쓰던 시절이 떠올랐다. 석유 등잔 아래 식구들이 오손도손 둘러앉아 식사를 하는 단란함, 그것은 일찍부터 내게 허위적인 수사였다. 석유 등불 아래 단란함은 멀리 사라져 환하게 불을 밝힌 문명의 식탁으로 도망치고 암울한 불안과 지루한 밤이 남는다.

초를 켜고 이야길 나누었다. 촛불이 비친 아내의 얼굴에 기름기가 번득인다. 막내의 눈에서는 촛불이 반사되어 묘한 광기 같은 것이 일렁인다. 하는 이야기도 하나 하나 가시가 돋아서, 공사를 할 때 그럴 줄 알았다는 둥, 남들은 집 앞에 전주를 세우고 거기서 전원을 집으로 연결하는데, 여기가 무슨 수도 서울이나 되는지 땅에 전선을 묻은 것 자체가 어울리지 않는 처사라고 이야기를 한다. 나를 질책하는 아들?

나는 소주잔을 들어 자아, 같이 한잔 하자, 그렇게 국면 전환을 시도한다. 에이, 전기가 없으니까 술맛도 안 나네. 궁시렁거리면서 일어나 담배갑을 찾아들고 밖으로 나서는 막내의 등에 촛불이 일렁여 그림자가 어린다. 그림자놀이를 하던 기억이 떠오른다. 과수원에 집을 짓고 한가한 시간을 누려보자는 것 자체가 그림자놀이, 위험한 그림자놀이인지도 모를 일이다.

저녁이 끝나자 아무런 할 일이 없어졌다. 밖에는 여전히 비가 주줄거리면서 내린다. 그리고 건넛마을의 불빛과 앙성 시내의 불빛이 다정하고 행복하게 빗줄기 속에서 빛을 발한다. 내 어둠이 남의 빛을 영롱하게 하기도 한다는 생각이 든다. 손이 허적거려서 아무것이라도 해야 하겠는데, 할 일이라곤 아무리 찾아도 나타나 주질 않는다. 몇 십 년을 그렇게 살아 그 이야기가 그 이야기고, 딱히 할 이야기도 없는 그런 내외로 살아야 하는 사람들, 촛불을 쓴다고 해서 밤이 대낮같이 밝을 까닭이 없을 터. 아내는 잠자리에 들 준비를 한다. 나는 책상에 멍하니 앉아 펄럭이는 촛불을 묵연히 쳐다보고 있었다. 바슐라르도 「촛불의 미학」을 이런 환경에서 썼을까?

전원을 연결해서 썼던 노트북 컴퓨터를 켜 본다. 아, 컴퓨터가 살아 있다. 이 얼마나 큰 위안인가. 독일에 가면 발표할 논문을 교정이나 보아야 하겠다고, 앉았는데 글이 눈에 잘 들어오지 않는다. 촛불로 돌아가는 컴퓨터는 왜 발명이 안 되는 것인가. 무선으로 공급받는 전원을 이용한 컴퓨터쯤은 돼야 컴퓨터지, 이건 전기 없으면 돌아가지 않는 놈은 석기 시대의 작업도구가 아닌가. 그렇게 투덜거리고 있는 동안 전원이 나가고 먹통이 돼 버린다. 컴퓨터가 꺼지고 촛불만 혼자 춤을 춘다. 벽에 너울지는 촛불 그림자, 조지훈의 시 「승무」에서처럼 "빈 대(臺)에 황촉불이 말없이 녹는 밤에" 그렇게 전개되는 시상은 전기가 있어야 떠오르는 모양이다. 몇 자 메모를 하기도 어렵다. 빗소리를 들으며 억지 잠을 청한다.

편치 않은 밤을 지낸 다음날 아침도 비는 여전히 내린다. 우산을 쓰지 않으면 돌아다닐 수 없는 날씨다. 비가 많이 오면 작업을 할 수 없다고 하던 전기기사의 말이 떠오른다. 다 접고 아침이 끝나면 빗길로 돌아가야 할 판이다. 전기가 안 들어오는 통에 냉장고에 넣어두었던 김치니 과일이니 하는 것들을 꺼내놓아 실내는 퀴퀴한 냄새로 가득하다. 전기 안 들어오는 싱크대에서 가스버너로 밥을 하는 아내의 뒷모습이 가난한 서생의 생애를 따라 살아간 그늘 같은 것이 어려 보인다.

그때다. 측백나무 울타리 넘어 저쪽으로 차가 올라오는 게 보인다. 빗속을 뚫고 전기기사가 온 것이다. 나 같은 사람의 계산법으로는 아침 일찍이라면 열 시는 되어야 하는데, 9시도 되기 전에, 그것도 일요일에, 비까지 내리는데, 약속을 지켜 올라와준 것이 고맙기 그지없다. 우선 이런 우중에 일을 할 수 있는가 물었다. 죽기를 각오하지 않는 한 비 오는 날 전기 작업은 위험천만이기 때문이다. 전기 없이 불편하게 지낼 것이 걱정되어 달려왔다는 전기기사의 직업의식이 돋보이는 순간이었다. 전기기사가 일을 하는 동안 나는 장우산을 받쳐들고 충실한 시종처럼 따라다니면서, 조수 노릇을 했다. 아쉬움을 덜어주는, 문제를 해결하는 이는 누구나 선생이다.

전기가 들어왔다. 냉장고가 돌아가고, 전기불판이 달아올라 찌개를 끓인다. 컴퓨터가 작동을 한다. 아내는 "전기 고마움을 알아야 한다."

고 철든 소리를 한다. 새로운 세상이 눈앞에 전개되는 셈이다. 오늘이 일요일, 천지를 창조한 하느님마저 쉬었다는 날, 빗속에서 전기작업을 해준 기사가 어찌 성인이 아니던가.

전에 위험한 장난이라는 글을 쓴 적이 있다. 내 형편에 별채를 갖는다는 것이 위험한 장난이라는 내용이었다. 구체적으로 말하자면 먹을 물을 구해야 하는데 관정을 파서 물을 끌어올리는 그 물장난은 위험하다. 과수원에 물이 귀해서 관정을 팠는데, 그 과정이 여러 가지로 위험하기 이를 데 없다. 인공적으로 물길을 돌려놓는 것 또한 위험한 장난이다. 불장난은 전기, 난방, 취사 등에 사용되는 불을 끌어들이는 일이다. 이 또한 위험천만이다. 프로메테우스가 불을 훔쳐내 인간에게 공급한 결과 독수리에게 간을 파먹히는 형벌을 받은 까닭으로 미루어 불장난이 얼마나 위험한지 짐작할 일이다. 흙장난은 신이 흙으로 인간을 빚은 일. 호락호락하지 않은 피조물. 반역의 의지로 가득한 인간들. 내게는 밭에서 흙을 파고 뭘 심고 하느라고 도랑을 치고 두둑 만드는 일이 흙장난인 셈이다.

비 오는 날의 불장난이란 벼락이 아닌지 모르겠다. 누전이 되는 바람에 치른 한판 소동은 불장난의 위험을 다시 일깨운다. 아, 불장난을 들킨 프로메테우스여, 아직도 코카서스 산의 독수리는 그대의 간을 매섭게 쪼아대는가.

가을−꽃을 든 남자

가을은 고향을 생각하게 한다. 특히 초가을은 여름을 보낸 끝에 오는 성숙과 함께 우리를 고향으로 이끌어준다. 어른이 된 이들은 고향을 추억으로 떠올린다. 어른이 져야 하는 무거운 세월의 짐을 벗어던지자면 추억으로 침잠할 수밖에 없는지도 모른다. 현실은 늘 갈등과 문제 상황으로 얽혀 있기 때문이다. 나를 추억 속으로 이끌어 넣는 가을은 자연 몸과 마음을 편안하게 해 준다.

하이데거의 말대로, 우리는 고향 상실의 시대를 살고 있다. 고향은 모든 것이 익숙하고 아무런 걸거침이 없는 공간이다. 익숙함의 반대편에 낯설음이 그늘을 드리운다. 낯설음의 극단에 자기소외가 도사리고 있다. 도무지 내가 나 같지를 않아 스스로 어설퍼지고, 때로는 나라는 존재가 뭔가 하며 허깨비를 보는 것 같은 느낌을 받기도 한다. 가을에 추억이 더욱 그리운 것은 나를 돌아볼 때의 그 낯설음에서 벗어나고 싶기 때문인지도 모르겠다.

가을은 단풍과 함께 국화가 아름다운 계절이다. 일 년 내내 손질하고 기른 국화가 어지럽게 피어 흐드러지기 시작한다. 서정주의 시에 나오는 것처럼 '한 송이의 국화꽃을 피우기 위해' 일 년 내내 땀을 흘린 것은 아니다. 밭둑 여기저기, 그리고 봄에 꽃이 피고 열매가 일찍 익는 매실나무 사이에 국화를 심어 무더기 무더기 피어나는 것이, 서리가 하얗게 내린 날 아침 배추밭머리에 황홀하게 피어나던 고향의 국화를 생각하게 한다. 그 꽃을 보고 싶어 주말과 연휴를 벼렸던 터이기도 했다.

연휴를 기다린 이유 가운데 다른 하나는 꽃씨를 뿌리는 일 때문이었다. 가을에 뿌려야 하는 꽃씨는 그리 흔치 않다. 가을에 꽃씨를 뿌려야 하는 데는 다른 인연이 있다. 어느 날이던가 문학의 이미지를 설명하는 강의 시간에 목화를 본 사람 손들어 보라 했더니 아무도 손을 드는 학생이 없었다. 목화를 모르면서 어떻게 시를 읽느냐고 하다가, 내가 목화를 길러 자네들에게 목화꽃이며 다래며 목화솜을 보여주겠다고 했다. 그리고는 국립종묘연구소에 연락을 해서 목화씨를 얻어다가 심어 기르기를 몇 해째 계속했다. 그 소문을 들은 생물과 김영수 교수가 목화씨를 한번 얻어가고는, 때만 되면 꽃모종이며 꽃씨를 전해 주곤 한다. 작게 주고 크게 받는 셈이다.

이번에는 개양귀비 씨를 주겠단다. 아내가 개양귀비를 유난히 좋아하는 터라, 잘 되었다 싶어 김 교수한테 꽃씨를 받아왔다. 그런데 그 개양귀비 씨는 가을에 실기(失期)를 하지 말고 뿌려야 싹이 나서 겨울을 넘기고 봄에 꽃이 핀다고 한다. 꽃씨 때문에 일정에 얽매이는 것은 좀 우스운 일이다. 그러나 지금 씨를 뿌려야 돌아오는 봄에 꽃을 볼 수 있다는 것을 알면서 그대로 주저앉아 뭉기적거리며 견딜 수는 없다. 선물로 받은 꽃씨를 그대로 두었다가는 그 화려하고 아름다운 꽃은 고사하고, 작은 씨앗이 말라버리고 말 것을 생각하면 몸에 저르르하며 긴장이 스쳐간다. 서둘러서 밭으로 가야 하는 까닭이다. 품 안드는 사랑이 어디 있겠는가.

개양귀비 꽃씨를 뿌리면서 이게 잡초를 이기고 자라서 꽃을 피울까 걱정이 되었다. 개양귀비는 본래 야생이라서 자생을 한다. 꽃이 피었다가 풀밭에 씨가 떨어지고, 떨어진 씨 가운데 몇 개가 겨우 흙내를 맡고는 싹이 튼다. 싹이 튼 것 중에 몇 그루가 힘겹게 자라나서 꽃이 핀다. 그리고는 또 씨가 떨어지고 잎이 벌고 꽃이 피고 하기를 거듭하는 중에 들판을 덮고 자라는 풀꽃이다. 그런데 이 꽃을 인공으로 자라게 하려면 공력이 꽤나 든다. 그 공력 때문에 한국에서는 이 꽃에 고급이라는 분류표가 붙게 되었다. 고급, 기르기 어려운 품종, 그런 표찰이 붙은 꽃들은 대개 섬연(纖妍)한 아름다움의 매력이 있다. 봄에 피는 꽃을 가을에 심는 준비성도 그렇거니와 '국화 옆에서' 봄꽃 씨를 뿌리는 마음은 예사롭지를 않다. 가을에 봄을 예비하는 마음이 꽃을 심는 마음이 아닐까 싶다.

개양귀비 꽃씨를 다 뿌리고 허리를 편다. 허리가 뻐근하다. 주먹으로 허리를 치면서 밭을 돌아보았다. 국화가 흐드러지게, 다른 표현이 안 떠오를 정도로 피었다. 딸아이가 한 아름을 꺾어 가지고 가겠단다. 친구에게 선물하겠다며 곱게 웃는다. 그러마 하고 맘껏 꺾어가라 한다. 꽃을 선물할 수 있다는 것은 물질적 오고감을 지나 마음의 교감을 풍성하게 하는 방법이다. 그리고 꽃은 혼자 보는 것보다는 남과 함께 보는 데 매력이 있다. 내년엔 국화를 길가에다가 심고 다른 사람들이 함께 볼 수 있게 해야겠다. 그건 가을을 나눌 수 있는 착실한 방법이 되기도 하리라.

시내에서 점심을 먹고 밭에 올라오는 길에 개울 건너 과수원 옆에 거목으로 우람하게 선 밤나무를 바라봤다. 누릇누릇한 밤송이가 탐스럽게 달렸다. 어떤 놈은 송이가 벌어진 것도 보였다. 입에 군침이 돈다. 큰 밤나무 아래 알밤이 없을 까닭이 없다. 차를 세우고 밤나무 밑으로 다가갔다. 이미 발라갔거나 알밤이 떨어진 밤송이 사이에 떨어진 밤톨을 주웠다. 알밤으로 떨어진 밤을 주워보기는 오랜만이다. 알밤이 손에 잡히는 촉감이 '실존 그 자체'라면 과장일까.

그 밤톨을 달고 있던 나무를 올려다본다. 까마득하게 자라 올라간 나무가 끝이 보이질 않는다. 어린 시절 나무들이란 나무는 그렇게 까마득하게 높아 보였다. 나무가 워낙 커서 그늘이 짙기 때문에 그 아래에서는 다른 과일나무가 안 된다. 밤나무의 위의(威儀)에 다른 나무는 그 아래 기를 펴지 못한다. 어른들 하던 이야기가 떠오른다. 나무는 큰 나무 덕을 못 보아도 사람은 큰 사람 덕을 본다, 그늘의 의미가 그렇게 다르다는 이야기를 해 주면서 큰 사람을 사귀라고 동네 조무래기들과 노는 손자에게 꾸중과 훈계를 겸한 이야기를 해 주던 할머니 기억이 난다.

밤 가시에 찔리면서 한참 알밤을 줍고 있는데, 구 이장댁 아주머니가 바구니를 들고 언덕으로 올라왔다. 그 나무는 구 이장댁 소유로 되어 있는 터라 잠시 멈칫하는데, 많이 주우라면서 오히려 저쪽 편에서 시선을 비켜준다. 더 멈칫거리면서 밤을 줍는 것이 미안하기도 하고 해서 다 주웠다고 언덕을 내려왔다. 아주머니가 바구니를 들고 과수원 가장자리까지 쫓아온다. 그리고는 알밤이 굴썩하게 든 바구니를 내밀면서, 가지고 가서 삶아 먹으라 한다. 이미 내가 주워 모은 걸로 충분하다고 사양을 했다. 그 집도 아이들과 밤을 삶아 먹으면서 이야기 나눌 것을 생각해 보았다. 밤 줍기, 가족, 단란함, 살아간다는 것, 그런 단어들이 순서 없이 떠오른다. 문득 저 밤나무는 누군가 오래전에 심었을 테고, 그 후손과 그와 인연이 닿는 사람이 밤을 따 먹는다는 사실이 가슴에 따뜻한 느낌으로 다가온다. 할아버지가 심은 나무의 열매, 대를 이어가기 그런 생각을 하면서 손을 흔들어 인사를 했다. 인사를 받으면서 웃는 구 이장댁 아주머니의 하얀 잇속이 들꽃처럼 곱다.

연휴를 마무리하는 날은 아쉽고 미진한 일들이 한꺼번에 불거진다. 연휴가 끝나는 3일은 남계 정병헌 교수의 갑년 식사 초청을 받아놓은 터라, 아침나절 서울로 돌아가기로 했다. 정 이장댁 농막 앞을 지나는데, 이장댁 아주머니가 새참을 준비하는 중이었다. 새참을 같이 먹고 가라고 붙잡는다. 갈 길이 바쁘다면서 서둘렀는데, 기어코 막걸리 한 잔이라도 하고 가라 한다. 막걸리 한 대접을 마시고는 올 과수원 작황을 묻고, 집안의 안부를 물었다. 빈손으로 와서는 주인보다도 먼저, 새참으로 막걸리를 얻어먹는 게 염치가 없었다. 밭에 지천으로 핀 국화라도 꺾어다 성의를 표시할 것을 그랬다는 생각이 들었다. 내가 바빠서 꽃을 갖다 드리지 못하는 형편이니, 시간 내어 밭에 올라가 꽃을 꺾어 가져가라 하는 인사를 했다. 말만 들어도 고맙다며 둥근 얼굴에 웃음이 흐드러진다. 전에 밭에서 국화를 한 다발 꺾어다 준 후 내 별명이 '꽃을 든 남자' 가 되었다.

밭에 다녀가면서 만나는 사람들마다 내가 '이 동네 사람'이라는 생각을 하게 한다. 내가 이 동네 사람들을 우리 동네 사람으로 받아들이는 방법은 무엇인가를 생각해 본다. 내가 이 동네 사람들이 낯설지 않은 것처럼, 남들도 내가 낯설지 않게 처신을 해야 하리라. 그러자면 무엇인가 나누어 줄 수 있도록 채비를 해야 할 것 같다. 봄에 개양귀비 꽃이 피면 꽃다발을 만들어서 건네야 할까.

가을에 봄을 기다리는 것은 조급함인가 시간이 무르익어 계절의 경계를 넘나드는 까닭인가. 아무튼 가을 과수원에서는 사람의 마음까지 너그러워진다. 그래서 나는 가을이면 꽃을 든 남자가 되고 싶은 것이다.

꿈속에서 시를 쓰다

종일 일을 한 뒤라 몸을 가누기 어려울 정도로 피로가 몰려왔다. 저녁을 먹자마자 다른 일 제쳐놓고 자리에 누웠다. 어둠을 무서워하는 아내가 바깥문을 닫아 달래서 잠이 덜 깬 채로 밖에 나갔다. 초이레 반달이 하늘에 예쁘게 걸려 있다. 바람은 서늘하고 달은 요염할 지경으로 아름다웠다. 잠시 달을 쳐다보며 서울에서 보기 어려운 풍경이란 생각을 했다. 이제는 용서 없이 가을이구나 싶었다. 용서 없이라니? 계절이 용서를 구하고 오는 법이 있던가? 한 주일만 있으면 추석이 다가온다. 추석이 지나면 가을이 깊어진다.

낮에 보았던 콩포기들이 눈에 선하다. 자잘한 콩꼬투리가 조랑조랑 달린 것이, 저게 한 달 지나면 알에 물이 배고 비릿한 풋콩 냄새를 피우며 익으리라. 풋콩 생각으로 입안에 단물이 고이는 판인데 바람 한 줄기가 등을 스치고 지난다. 가녀린 한기가 몸을 감싼다. 그렇게 기온은 자꾸 낮아지고 바람끝은 날이 서기 시작하면서 가을이 깊어 겨울로 다가가리라. 그러면 나무들이 단풍진 시간의 무게를 덜어내고 자기 자리에 묵직하게 서서 짙은 그림자를 드리우리라. 또 등으로 한기가 지나 간다.

지난 여름에는 할일이 참 많았는데 겅정겅정 지나가고 말았다. 우선 학회에서 발표한 원고를 정리해서 논문집에 게재할 일들이 밀린 채로 지나갔다. 소설을 하나 새로 쓸 생각이었는데 전에 써놓은 작품을 손보느라고 그냥 줄거리를 써놓은 상태에서 진전이 없다. 용서 없이 흐르는 시간과 멈칫거리고 바장이는 가운데 밀려가는 시간이 나의 내부를 푸른 물살로 지나가는 듯하다. 그러나 그렇게 순환이 되는 것이려니 하는 생각을 하다가 불빛에 비친 제라늄 꽃이 진저리치게 붉은 빛깔로 다가온다. 잎은 거의 이울고 꽃만 붉어 을씨년스러울 지경이다.

거실로 들어왔는데 무릎이 짜아하니 통증과 쓰린 감각이 아울러 지나간다. 낮에 벌을 쏘인 독기가 그렇게 번지는 모양이다. 거년에 블루베리를 사다 심었는데 작년과 금년 몇 줌 맛을 볼 수 있었다. 그런데 거름을 잘 주어서 그런지 유독 나무 주변으로 풀이 무성해서 갈 때마다 손질을 해 주지 않으면 나무 꼴이 되지를 않는다. 허리까지 자라 올라온 바랭이를 뜯어주느라고 나무 밑둥을 얼싸고 들치는데, 눈앞에 마치 현기증처럼 벌떼가 움직이는 듯하다가는 무릎을 쏘았다. 온몸으로 알싸한 느낌이 지나간다. 벌에 쏘여 죽는 사람들 이야기를 하도 많이 들어 우뚜름한 걱정이 인다.

다시 방 안으로 돌아왔을 때, 예쁜 반달이 창에 비치어 뜰에 심은 오죽이 그림자를 드리운다. 정신은 말갛게 개고 잠이 오지를 않는다. 어디선가 물소리가 들린다. 아무리 생각해도 물이 흐를 곳이 없는데, 물소리가 환청처럼 들린다. 내 안의 어딘가에 물이 흘러내리는 모양이다. 그리고 대바람 소리가 들리는 듯도 하다. 이쯤 되면 내가 산인지 내가 물인지 구분이 안 되는 경지를 헤매고 있는지도 모른다는 생각이 든다. 나는 아주 단순한 언어로, 좋다는 소릴 속으로 뱉어본다.

벌에 쏘인 무릎에 통증이 아스라한 바람소리처럼 싸아하니 지나간다. 한기가 등골이 오싹할 정도로 몰려온다. 낮에 벌에게 쏘인 일 때문에 오는 오한이 분명하다. 홑이불 한 장으로는 떨리는 몸을 눌러둘 수가 없다. 몸을 떨다가 솜을 둔 이불을 꺼내 덮고서야 겨우 안정이 되어 잠들 수 있었다. 아, 가을이다, 하면서 잠이 들었다. 물소리와 바람소리가 가라앉지를 않는 채.

잠이 든 것이라기보다는 가수상태(假睡狀態)에서 혼몽한 시간이 흐른다. 혼몽 중에 두 가지 꿈을 꾸었다. 하나는 금년에 정년을 하는 선배 김 교수 출판기념회에 가는 꿈이었다. 정년을 하고 책을 내어 출판기념회를 한다고 한다. 나는 축의금 낼 돈이 모자라 농협을 찾아 헤매었다. 언덕을 기어 올라가고, 개울을 건너고 지붕을 넘고 해도 농협은 안 나오고 지갑에 돈이 삼만 원인가가 남아 있는데, 그걸 단작스럽게 축의금이라고 내밀 염치가 없다. 어제 찾은 돈 가운데 막내한테 3만원인가를 용돈으로 쓰라고 내주고, 지갑에 남은 돈이 그렇게 꿈으로 실현되는 것인가, 꿈속에서 그런 분석을 했다. 일상에서 시달리는 일들이 가끔 꿈에 나타나기도 한다. 가을이 확실한 실감으로 다가오면서 시간의 억압 속에 지내는 내 모습을 보는 것 같았다.

다른 하나는 꿈속에서 가을을 명상하는 것이었다. 명상이라기보다는 그야말로 가을 속을 걷고 있었다. 언덕에 풀이 이울어 누렇게 물이 들었다. 바람이 분다. 바람이 언덕을 쓸며 넘어간다. 몸에 소름이 돋는다. 언덕에 묻혀 있던 풀씨가 바람에 일어나 싹을 틔운다. 바람을 타는 풀 사이로, 상수리나무인지 감나무인지 나무가 돋아 올라온다. 풀들이 그 나무를 밀어올려 나무가 쑥쑥 자란다. 나무에 열매가 달리고, 열매는 다시 땅에 떨어진다. 바람이 불어 싹이 트고, 나무가 자라고, 나무에 열매가 달리고, 바람이 불고 나는 추워서 등에 소름이 돋는다. 나무에 벌들이 잉잉거리며 날아나고 날아드는 것 같기도 하다. 나는 이런 시를 읊다가 쉬다가 하기를 거듭한다.

> 바람은 씨앗을 깨워
> 언덕을 푸르게 물들이고
> 풀들은 어린 나무를 밀어올려
> 그 기운으로 나무는 자란다.
> 나무에 열린 열매는
> 다시 언덕으로 떨어진다.
> 바람에 눈을 뜬 풀들이
> 어린 나무를 밀어올려 자란다.
> 풀과 나무는 언덕에서
> 힘지게 얼싸안고 돌아간다.
>
> 언덕 저편 산 능선에
> 초이레 반달이 떠올라
> 풀벌레 소리함께 旋律을 다듬는다.

꿈속에서까지 시를 쓴다면, 시에 들려[憑] 사는 것일 터인데, 알 수 없는 것은 꿈속에도 걱정이었다. 어떤 출판사가 있어서 내 시집을 찍어줄까? 그리고 꿈속의 독자는 누구인가? 아, 가을이다.

애호박과 씨오쟁이와

씨가 다 자라기 전에 따먹어야 하는 것들은 안타까움과 안쓰러운 감정을 불러온다. 애호박이 그렇다. 햇살이 좀 성글어지고 찬바람이 나면 애호박이 잘 달린다. 파릇하고 청순한 빛깔과 윤기가 자르르 흐르는 애호박은 손을 댔다가 너무 잔양스러워 따지 못하고 물러서고 말 정도로 사랑스럽다.

아내와 같이 밭에 나가 호박덩굴을 작대기로 들쳐보았다. 풀과 함께 너우러져 번 호박잎 아래 깨드러지게 웃는 어린애 얼굴 같은 애호박이 숨어 있다가 보물처럼 불거져 나온다. 아내는 요것 따다가 볶아먹으면 참 맛있겠다, 요놈은 따다가 전을 부쳐 먹으면 제격이겠다며 금방 달려들어 딸 기세다. 나는 그 옆에서 긴장하기가 싫어 못 들은 척 옆으로 물러나 다른 일을 한다. 애호박이 '어린이호박' 처럼 생각되는 것이다.

어린이와 결합할 수 있는 말들이 따로 있지, 어린이를 잘라? 따? 먹어? 말이 안 된다. 물론 그런 사고가 자칫 감상(感傷)으로 빠질 수 있는 은유적 사고, 원시적 사고란 것을 모르는 바 아니다. 그러나 애호박이 살아 있어 나에게 애처로운 눈초리를 보내는데 어쩌랴. 좀 과장하자면 애를 사르는 애호박이다. 속이 차지 않은 호박, 씨가 여물지 않은 호박이다.

애호박을 제때 따지 못하고 멈칫거리다가 설늙은 호박을 따다가 먹곤 한다. 애호박의 달달하고 보드라운 느낌은 사라지고, 잘 익은 호박의 달고 푸근한 감미가 잡히지도 않은 어중간한 호박이 설늙은 호박이다. 설늙은 호박은 그 씨까지 설익어서 속을 통째로 빼버려야 한다.

호박은 천명을 다하도록 푹 늙혀두는 게 마음이 편하다. 그래서 누구네 돌담이나 헛간 지붕에 누렇게 익은 호박을 볼 때마다 마음이 푸근해진다. 늙은 호박이 노지(露地)에서 겨울을 지내는 동안 살이 얼었다 풀렸다 하는 가운데 저절로 씨가 밖으로 나와 여기저기 흩어져 번식하는 모양을 생각한다. 구김이나 단절 없는 호박의 일생을 보고 싶은 것이다. 그러자면 영근 씨를 받아 간수했다가 심어야 다음 대로 생명을 이어줄 수가 있다.

전에 어른들이 호박씨, 외씨, 가지씨 같은 씨앗을 받아 간수했다가 뿌리던 기억이 떠오른다. 씨앗을 사다가 뿌리고 모종 또한 사다가 심는 것은 근래의 풍습이다. 호박 이야기가 나왔으니 씨 받을 호박을 길러 간수하던 모습을 더듬어 본다. 호박의 첫물은 천신(薦新)을 하기 때문에 끝까지 남겨두는 법이 없다. 첫물을 지나 틈실하게 열리는 호박을 골라 똬리를 해서 받쳐주고, 풀을 제쳐 햇빛을 잘 받을 수 있게 건사해 주면서 누렇게 익기를 기다린다. 서리가 내려 호박넝쿨이 착 까부라지면 늙은호박이 덩그렇게 밭두렁에 배를 드러낸다. 지게에다가지고 와야 할 정도로 큼직한 호박은 사랑이나 마루 구석에 놓아두고 보기만 해도 마음이 뿌듯했다.

그런 호박은 대개 호박고지를 만드는 데 썼다. 호박을 갈라 속을 파내고 겉껍질을 벗긴 다음, 호박의 둘레를 따라 돌아가면서 얇게 저미듯이 가닥지게 켜서 널어 말리면 호박고지가 된다. 호박고지는 떡을 할 때 넣어서 호박떡을 만들어 먹었다. 호박고지를 만들 때 남은 여줄가지는 호박풀데기를 해 먹기도 했다. 호박씨를 발라 비료푸대 종이 같은 데다 말려 두었다가 종자를 삼았다. 그런 호박씨는 아이들의 군것질 감이 되기도 했다. "호박씨 까서 한 입에 털어넣는다."는 말은 정성들여 어떤 일을 하고는 그 결과를 금방 보람도 없이 탕진하는 경우에 자주 하던 말이었다. 호박씨는 낱낱의 씨가 거창한 줄기로 벋어나가며 자랄 수 있기 때문에, 한꺼번에 털어 먹거나 땅에 묻어버리는 법이 없었다.

외 또한 호박 비슷한 과정을 거쳐 늙히면 늙은외가 된다. 늙은외를 노각이라고 했다. 늙은외를 따서 속을 긁어내어 씨를 발라 말려둔다. 외는 속이 물기가 많아 그대로 말리면 상하기 쉽다. 외 속을 담은 바가지 같은 데다가 물을 붓고 손으로 주물러서 속살을 뺀 다음, 남은 물이 다 빠질 때까지 받쳐 놓았다가 마른 종이에 널어 말린다. 한번은 노각 외를 길렀는데, 금방 나온 돼지새끼만 한 놈들이 주렁주렁 열려 외가 그렇게 탐스러운 것을 보고 놀랐다. 놀란 것은 외가 커서 뿐만 아니다. 그 작은 씨에서 싹이 트고 줄기가 벋고 그리고 열매가 여는 그 생명의 과정이 신비로 가득 차 있기 때문이다. 어찌 외뿐이랴. 겨자, 담배, 양귀비 같은 것들은 씨가 너무 작아 눈에 보일 듯 말 듯한데 거기서 싹이 나고 잎이 벌고 꽃이 핀다.

여인들의 버선 가운데 가장 잘 빚어진 버선을 외씨버선이라고 하는 것은, 조지훈 시인의 「승무」에 "소매는 길어서 하늘은 넓고 사뿐히 접어올린 외씨버선이여" 하는 구절에서 확인된다. 갸름하니 뽀얗고 보송보송한 외씨의 질감이 농사를 하는 사람들에게는 가히 미적 표상이 되었음 직하다. 늙은 외가, 미적 표상을 대표하는 버선 같은 씨를 안에 품고 있다는 것은 미적 감수성과 늙음이 반비례로 가지 않음을 뜻한다.

가지 또한 애호박처럼 씨가 여물기 전에 따 먹는다. 딸 시기를 놓쳐 쇠면 껍질이 억세지고 속살은 부드러움을 잃는다. 나긋나긋한 맛 또한 기대하기 어렵다. 씨를 받을 가지는 반들반들 윤이 나는 것 가운데 크고 실한 놈을 지목해 두고, 따지 못하게 단속을 하면서 늙히면 겉이 노랗게 된다. 늙은 가지를 따다가 십자로 갈라 그 사이에 젓가락 같은 나뭇가지로 꾀어서 벌려 말려둔다. 이듬해 씨를 뿌릴 때 마른 가지를 물에 불려 씨를 추려 가지고 쓴다. 가지는 성적인 이미지를 환기하는 터라, 과부가 '그 맛'을 알면 가지밭에 가지가 남아나지 않는다는 비속한 속언도 있다. 씨에 대한 근원적 욕망이 그런 '설'을 만들어내는 지도 모를 일이다.

종자로 삼을 꼭지에다가 아이들이 손을 대는 것은 큰 벌을 받을 못된 짓으로 치부되었다. 철이 든다는 것은 무엇이 귀하고 귀하지 않은 가를 분간할 줄 안다는 뜻이다. 천하 못된 말종을 일러 "종자 까먹을 놈"이라고 했을까. 종자를 까먹는 놈은 어려서부터 싹수를 가리기 어렵다는 뜻이다. 종자는 절대가치를 지닌 물건이었다. 그래서 종자를 간수하는 일 또한 집안의 엄한 규율로 자리잡게 되었다.

종자를 보관하는 데 쓰던 짚가공품[稿工品] 가운데 오쟁이라는 것이 있다. 짚으로 엮어서 구럭 모양이나 커다란 주머니 모양으로 만들어 잣다란 물건을 보관하는 데 썼다. 씨앗은 일반적으로 통풍이 잘 되는 데 보관해야 한다. 보리, 밀, 콩 같은 곡식이나 쪽파 같은 것을 오쟁이에 담아 서늘한 광에 걸어두기도 했다. 절곡(絶穀)이 되었을 때 식구들은 씨앗이 든 오쟁이를 쳐다보면서 한숨을 짓는다. 그럴 때 주인장은 어금니를 물고 안타까운 인내를 거듭해야 한다. 그것은 내년을 위한 희망의 씨앗이기 때문이다. 그래서 "굶어 죽더라도 씨오쟁이는 베고 죽어라." 하는 이야기가 있을 정도다. 자기는 죽는 한이 있어도 그 다음을 이어서 살아갈 사람들을 위해서는 씨앗을 까먹어서는 안 된다는 것이다.

오쟁이에 보관되는 물건은 주로 씨앗이지만, 신주 다음으로 소중하게 갈무리해 두어야 하는 것이었다. 사리분별 없이 다른 사람이 하는 행동을 따라 충동적으로 움직이는 이를 일러 "남이 장에 간다니까 씨오쟁이 떼어지고 간다."고 한다. 씨오쟁이는 장판에서 팔려가고 국밥에 막걸리라도 한잔 걸치고 나면 씨오쟁이 값은 씨앗과 함께 절단이 나고 만다.

씨앗과 연관된 속언 가운데 "똥구멍으로 호박씨 깐다."는 걸작을 앞설 게 없을 듯하다. 실질적인 실천은 않고 입만 나불대는 작자를 가리켜 빗대는 말이다. 호박씨는 고소한 맛 때문에 까서 먹기는 하지만 노력에 당하는 보람은 크지 않은 편이다. 여기서 한 발짝 더 나간 것이 호박씨가 수박씨로 바뀐 것이다. 수박씨는 먹을 것도 없으려니와 겉이 단단하고 너무 매끄러워 냉큼 까지지를 않는다. 호박씨가 술안주로 나오기도 하고 빵 같은 데 얹히기도 하는 것을 보면 요새는 기계로 까는 모양이다. 씨앗으로 쓰기 전에 모두 까서 입에 털어넣는 것은 아닌지 모르겠다.

요즈음은 직업도 분화가 되어 씨앗을 전문으로 생산하는 업체가 있다. 씨앗을 사다가 싹을 틔워 모종을 만들어 파는 일을 직업으로 하는 사람도 있다. 씨앗 따로 모종 따로, 심는 일 따로, 풀 매는 일 따로 모두가 따로다. 그러다 보니 농사짓는 일이 전체성을 상실하게 되었다. 과정을 모르고 부분만 알게 된다. 서사가 와해되는 것이다. "꽃씨 속에 꽃잎이 하늘거린다."는 상상력이 작동되지 않을 것은 물론이다.

그뿐이 아니다. 씨앗 전쟁이라 해도 지나치지 않을 정도로, 씨앗, 종자에 대한 로열티가 백억대를 헤아리는 시대가 되었다. 귤, 장미, 백합, 참깨 등등 일일이 예를 들기 어려울 정도로, 신품종을 수입하는 데 지불하는 돈이 엄청난 부담이 되는 모양이다. 모든 씨앗은 황금씨앗이다. 황금은 전쟁의 도화선이 된다. 트로이전쟁의 불씨가 된, 최고의 미인 헬레네에게 던져 주었던 파리스 왕자의 황금사과(pomme d'or)의 씨앗 또한 황금이었으리라.

황금씨앗 가운데 가을 들판을 황홀하게 물들이는 벼를 당할 것이 있을까. 우수한 볍씨 품종을 개발한 우리 농업사는, 굶어 죽을망정 씨오쟁이는 간수하던 조상들이 보여준 종자애(種子愛)의 다른 판본(버전)이 아닐지 모르겠다.

무국(撫菊)은 유정(幽情)터라

밭을 장만해서 일하기 시작한 지 여섯 해가 지났다. 그동안 몇 가지 깨달은 게 있다. 하나는 곡식과 잡초를 구분하는 이분법이 이기적인 인간의 억지 분류라는 점이다. 산자락 밑에 있는 밭이라 봄부터 가을까지 여기저기 먹을 만한 식물들이 그야말로 지천으로 널려 있다. 다만 그런 식용 식물을 자세히 알지 못하기 때문에 우리가 잘 모르는 식물을 잡초로 분류할 뿐이다.

다른 하나는 화초와 잡풀로 구분하는 양분법이 인간의 왜곡된 미의식에 바탕을 두고 있다는 점에 대한 깨달음이다. 일 년 내내 크고 작은 꽃들이, 눈에 익은 꽃과 낯선 꽃이 연달아 피어나는데, 모란, 작약, 장미 같은 꽃만 꽃이라고 고집할 필요가 없다는 생각을 하게 한다. 이른바 들꽃을 보는 눈이 생긴 것이다.

나에게 이런 깨달음을 가져다 준 것 가운데 하나가 야국이다. 야국은, 꽃을 따서 차를 만들어 마시는 사람들은 감국(甘菊)이라고도 하고, 또 그 빛깔만 보는 이들은 황국(黃菊)이라고도 한다. 야국이라고 하면

한자를 그대로 번역해서 들국화라고 할 만하다. 그러나 야국과 들국화는 모양부터 다르다. 우리가 보통 들국화라고 하는 것은 쑥부쟁이, 벌개미취, 해국(海菊) 등을 가리킨다. 물론 엄격한 의미의 분류나 개념에 대해서는 전문가들 소관이다. 아무튼 내가 아는 야국은 9월 말부터 10월에 밭둑이나 산기슭에 무리지어 피어나는 노란 빛깔의 국화를 뜻한다.

그런데 야국이라고 했지만, 이 식물은 쑥의 일종이라고 보아야 할 것이다. 이전의 어른들도 국화를 쑥의 일종으로 보았던 것 같다. 가을에 피는 과꽃을 배추국화라고 했고, 쑥이파리처럼 자라고 쑥향기를 풍기는 국화를 통틀어 쑥국화라고 했다. 분류학상의 명칭은 아니지만 내 인식의 터전에 국화로 분류되는 국화는 쑥국화가 대부분이다. 야국을 쑥의 일종으로 생각하는 배경은 이처럼 오래된 것이라서 내 인식이 변하지 않는다.

그런데 야국은 움이 올라오는 모습부터 쑥이나 일반 국화와는 다르다. 진초록이라기보다는 약간 노르끄름한 색깔로 싹이 올라온다. 그리고 그 모양이 국화나 쑥은 잎이 나오자마자 널찍하게 퍼지는데, 야국은 고사리순이 모여서 난 것처럼 오그르르 올라온다.

야국은 자라면서 쑥 모양을 갖추는데, 쑥과는 또 다른 특색이 있다. 쑥잎은 솜털이 나기 때문에 회색 빛깔을 띠는 데 비해 야국은 연초록으로 자라면서 회색을 띠지 않는다. 그리고 쑥잎보다 잎이 얇아 산뜻한 느낌이 더 짙다. 그리고 쑥보다 덜 번지는 속성을 지니고 있다. 야국이 언덕 같은 데 나면 무더기를 지어 자란다. 대신에 쑥보다 키가 더 자라 올라가기 때문에 늦가을까지 잡초 사이에서도 잘 자라 올라가 꽃을 피운다.

밭 가장자리에다가 야국을 몇 줄기 갖다 심은 게 재작년 봄이었다. 그해는 그다지 번지지 않더니 작년부터는 포기가 벌면서 틈실하게 자리를 잡아 자라난다. 봄에 싹이 올라오기 시작하면 근처의 잡초를 제쳐주었다. 얼마 자라면 잎이 무성해져 다른 잡초가 그 아래 잘 자라지 않기 때문에 건사하기가 수월하다. 그런데 꽃이 10월이나 되어야 피기 때문에 봄부터 가을까지 꼬박 꽃을 기다려야 한다. 사실 그 기다림은 좀 지루하기도 하다. 그러나 서리가 올 때까지 꽃이 피어나는 걸 보면 기다림이 헛되지 않다는 생각, 기다림에 대한 보상을 받았다는 생각을 하게 된다.

지난 봄에는 서쪽 담밑에 야국을 몇 뿌리 옮겨다 심었다. 아무래도 세가 잡히지 않아 다른 잡풀 사이에서 기를 못 피고 자랐다. 그런데 가을로 접어들면서 줄기가 번지기 시작하더니 담밑을 온통 다 덮어버렸다. 그리고는 꽃을 피우기 시작한 것이 꽃동산을 이루었다. 그 옆을 지날라치면 국향이 짙게 번지고, 벌이 잉잉대는 소리가 교향악처럼 귓가에 울린다.

그렇다, 탐화봉접(探花蜂蝶)이라지 않던가. 이 늦은 가을에 벌들을 보기 위해서라면 야국만 한 꽃이 달리 없을 듯하다. 일반 국화는 야국처럼 언덕을 덮을 정도로 기르기가 쉽지 않다. 뿐만 아니라 꽃송이 하나하나가 착실한 미적 구조를 갖추고 있기 때문에 무리지어 피어난 것보다는 꽃송이를 바라보고 완상하게 된다. 그런데 야국은 꽃송이 하나하나는 그다지 두드러진 모양을 갖추지 못했다. 꽃잎은 약간 성글게 붙어 있고, 꽃술에 꽃가루가 잔뜩 붙어 별로 볼품이 없다. 그런데 모여서 피어 흐드러지기 때문에 풍성하고, 그 풍성한 꽃무더기에 벌들이 모여들기 때문에 벌 또한 무리로 날아난다. 야국 흐드러진 고삽을 지나면 벌들이 볏논에 메뚜기 날아나듯이 날아올랐다가는 다시 꽃무더기 속으로 묻힌다. 그 벌들을 보면서 나도 모르게 발걸음이 바빠진다.

야국을 되돌아보느라고 바쁜 걸음이 다시 멈칫해진다. 한 다발 꺾어다가 큼직한 화병에 꽂아두는 것도 운치가 있을 것 같다는 생각을 해 본다. 그러나 야국은 글자 그대로 밖에 있어야 꽃답지 집안으로 끌어들일 일은 아니라고 생각을 고쳐먹는다.

꽃을 보면 꺾고 싶은 것이 사람의 본바탕 마음인 것 같다. 도연명도 동쪽 울밑에서 국화를 꺾어 들고 남산을 느긋하게 바라본다고 하지 않았던가. 도연명의 시 가운데 "採菊東籬下 悠然見南山"이라는 구절이 그것이거니와, 이는 겸재 정선도 그림으로 그린 바 있다. 「음주」라는 연시 가운데 위 구절이 나오는 작품은 이렇게 되어 있다.

結廬在人境 而無車馬喧
問君何能爾 心遠地自偏
採菊東籬下 悠然見南山
山氣日夕佳 飛鳥相與還
此中有眞意 欲辯已忘言

이 시에서 국화를 꺾어들고 '남산을 느긋하게 바라본다'는 데에 매력이 있지, 꽃을 집안에 들여놓는다면 멋없는 속기(俗氣)가 넘칠 뿐이 아니겠는가. 다시 발길을 돌린다.

바쁜 걸음으로 움직여도 야국의 알싸한 향기는 여전히 코끝에 어려 맴돈다. 국향(菊香)을 제대로 음미할 수 있는 것만으로도 봄부터 가을까지 기다린 보람이 헛되지 않았다는 뿌듯한 느낌이 다가온다. 야국의 알싸한 향기는 향기로만 느껴지는 게 아니라 샛노란 꽃을 보는 시각과 함께 어울려 공감각으로 다가온다. 그래서 야국의 향기는 황금빛 향기가 된다. 황금이 향기를 띠면서 천속한 욕망의 대상에서 미적 대상으로 승화하는 순간이 전개된다. 야국 옆으로 지나면서 향기를 맡는 것은 그야말로 지복의 순간이다.

여름내 자란 풀을 베어 눕히고 눈을 기다릴 때까지, 샛노랗게 피어나는 야국은 오상고절(傲霜孤節)로 표현되는 국화의 결기를 흠뻑 느끼게 한다. 꽃과 벌을 바라보느라고 시간 가는 걸 잠시 잊었다. 어느새 해가 서쪽 산봉우리에 걸려 있다.

페치카(печка) 앞에서

집을 달아내면서 벽난로를 설치했다. 모양은 투박하고 실용성은 아직 검증이 안 되었다. 공사를 하는 동안 가족들 사이에도 벽난로에 대한 의견들이 분분했다. 나는 책장을 놓고 책을 정리할 욕심으로 벽난로 설치하는 것을 크게 달가워하지 않았다. 벽난로를 설치하는 공간에 책장을 들이고 싶었던 것이다. 그런데 아내의 간곡한 소청이라 몰라라 하고 물리치기는 너무 이기적이라는 생각이 들기도 했다. 공사를 맡은 신 기사에게 벽난로를 하나 만들어 달라 했고, 잠시 망설이더니 그렇게 해보마 응락을 했다.

방 실내 공사를 하면서 구석자리에다가 사방 2미터 정도는 되게 공간을 비워 놓았다. 다른 데는 반듯하게 공사가 마무리되어 가는데 한 구석이 흙을 바른 바닥이 노출되어 좀 어수선하고, 공사가 언제 끝난다는 것인지 알 수 없는 정황이었다. 벽난로는 언제 만들 것인가 물으면 다른 작업 마무리하면 곧 착수한다는 대답만 하고 미적미적 미뤄왔다. 약속은 했는데 자신이 안 서는 게 아닌가 하는 생각을 하는 중에 또 시간이 흘렀다.

바닥 공사를 끝내고는 며칠 후 흙벽돌을 갖다가 벽난로를 만들었다. 벽과 천장을 소나무 판자로 처리했기 때문에 벽난로 재료인 흙벽돌은 그런대로 색조가 맞아 제법 운치가 있었다. 그런데 벽난로라는 것의 모양새가 문제였다. 흙벽돌을 세 단으로 쌓아 올리는 모양이 마치 모양새 없는 전탑(塼塔)을 연상하게 하는 것이었다. 방에 비해 너무 크고, 모양이 꼭 어느 옹기그릇 굽는 가마처럼 생겨서 육중하기만 하고, 저런 것을 실내에 두어야 하는가 싶을 지경으로 부담스러웠다.

신 기사가 벽난로 공사가 다 됐다고 보고를 했다. 그런데 어딘지 자신감이 없어 보였다. 나는 별 감동 없이 수고했다는 인사를 건성 건넸다. 신 기사가 내려가고 나서 난로 아궁이 – 그건 필시 옛날 시골 살 때 보았던 아궁이지 다른 화려한 단어를 떠올릴 수 없다 – 안을 살펴보았다. 신문지 태워본 재가 조금 남아 있다. 공사를 하면서 남은 나무 쪼가리를 갖다가 불을 지폈다. 연기가 한 점도 난로 안으로 빨려 들어가지 않고 아궁이를 통해 역류한다. 아궁이 문턱이 금방 시커매지고, 방 안은 매연으로 가득 찼다. 밖은 아직 찬바람이 몰아치는 날씬데 문을 모두 열어놓고 덜덜 떨면서 환기를 했다. 눈에서 눈물까지 날 지경이었다. 옛날 청솔가지를 쪄다가 때던 기억이 떠올랐다. 가난한 집 할아버지는 저녁무렵이나 되어서야 지게를 지고 산으로 올라가 청솔가지를 쳐서 지고 내려와 군불을 땠다.

그 뒤로 몇 번인가 실험을 해 보았지만 번번이 기대를 배반하는 것이었다. 방 안은 여전히 연기로 가득해서 그을음이 컴퓨터 자판에 거멓게 내려앉기까지 했다. 자세히 보지는 않았지만 천장 또한 그을음이

낀 듯하다. 쓸모도 없는 물건 만들어 고생한다면서 투덜거리다가는, 연기가 이 모양으로 역류하면 아예 난로 사다가 설치하는 게 낫겠다는 이야기까지 나왔다. 근원적 대책을 강구해야 한다면서 신 기사를 불렀다. 그 사이 보았던 다른 집의 벽난로 이야기를 하기도 하고, 어떤 대책이 있는가를 진지하게 물었다. 신 기사는 방법이 있다, 궁리 중이다, 그런 이야기를 하고 내려가서는 또 며칠이 훌쩍 갔다.

연통을 키우고 문을 해 달면 잘 탈 것이니 너무 걱정하지 말라면서, 또 날짜를 잡는 데 한참 기다려야 할 판이다. 이번에는 자신이 서는지 금방 공사를 시작했다. 벽난로 위를 헐어 통풍구를 키우고 직경이 30cm는 되는 연돌로 교체했다. 불을 지펴보니 제법 잘 들어간다. 이정도면 문만 해 달고 그대로 쓸 수 있겠다 싶었다. 그런데 문을 만들어 다는 데 또 시간이 천연(遷延)된다. 그러다가 드디어 아궁이 문을 해 달 준비가 다 되었다는 연락이 왔다.

조그마한 철문에다가 내화유리(耐火琉璃)를 장착해서 흙벽돌로 쌓은 난로 아궁이에 설치하고 불을 피워 놓았다. 주문은 댐퍼를 설치해 달라는 것이었는데, 문 앞에 바람을 조절할 수 있는 구멍을 만들어 댐퍼를 대신하는 데 그쳤다. 정식으로 설치하는 벽난로의 댐퍼는 개념은 알지만 익숙하지 않은 품목인 모양이다. 불이 잘 들이고 연기도 방으로 안 번진다. 굴뚝을 키우고 문을 만들어 닫은 효과가 이제 바야흐로 나타난 것이다. 아내가 흐뭇해한다. 벽난로 만들자는 제안은 했고, 연기가 그야말로 너구리 잡는 굴속처럼 밀려나오니 속이 오죽했을까 짐작이 된다. 끓던 속이 풀린 모양이어서 얼굴이 환하다.

모종 심는 일이 끝나고 벽난로에 불을 피웠다. 향긋한 소나무 타는 기운이 번지면서 불길이 곱게 일렁인다. 그리고 이따금 타던 나무가 툭툭 불꽃과 더불어 불덩이를 튀겨낸다. 아내가 차를 끓여 가지고 왔다. 아내와 벽난로 앞에 앉아 잠시 이야기를 나눴다. 이런 벽난로 설치한 집에서 살 생각을 못했는데, 그 꾸지 않은 꿈이 실현되니 놀랍다는 이야기였다. 나는 집은 잘 지어놓았는데 벽난로 없어서 운치가 떨어지는 경우 이야기를 하면서, 아내의 푸근해진 마음을 건드리지 않으려고 애를 쓴다. 모처럼 여유 있는 시간이기 때문에 이야기를 그런 방향으로 이끌어갔다.

여유가 문화를 만들어낸다. 여유라는 말은 여가(餘暇), 즉 한가로운 시간을 뜻한다. 여가가 만들어낸 문화 가운데 하나가 차 마시는 일일 것이다. 사실 차는 배가 부른 것도 아니고, 그 맛이 입을 약간 즐겁게 하는 정도에 그친다. 한국에서 다도(茶道)를 즐기는 분들은 차향의 그 으늑함과 그것의 정신적 가치를 칭송하곤 한다. 그러나 일반 백성들이 이어가는 삶의 맥락에서는 차가 그리 잘 맞지 않는 게 사실이다. 종일 노동에 시달리는 농꾼들에게, 생일꾼들에게 차를 마실 여유가 어디 있을 것인가. 그러나 그들에게도 추운 겨울날 차를 한 잔 나누어 마시는 일은 삶의 활력일시 분명하다.

러시아 사람들의 차문화는 그들의 기후와 연관이 깊다. 러시아는 겨울이 길고 밤이 깊다. 그래서 웬만한 집에는 우리가 벽난로라 하는 페치카(печка)를 설치한다. 벽에 장치한 난로에다가 장작을 지피고 불이 타는 동안 그 앞에 앉아 이야길 나누고 차를 마신다. 차를 마시기 위해 탕기를 따로 장만하는 경우도 있다. 그게 사모바르(самовар)다. 이전에는 불에 올려 물을 끓이는 주전자였는데, 전기기구가 발명된 이후에는 주로 전기를 쓴다. 사모바르에 끓인 물로 차를 준비하고 손님들은 긴긴 이야기를 나눈다. 소설을 읽기도 하리라. 긴 겨울을 견디면서 봄을 기다리는 이야기가 전개되는 소설들. 그런다가 차를 마시고, 또 책을 읽고……, 잊어버렸던 기억을 떠올리면서 아내는 남편에게 그 책을 언제 읽었는가 묻기도 한다. 책 읽은 기억이 묘연한 남편은 그저 고개를 주억거린다. 역시 아내가 낫다는 생각을 하면서.

러시아에서는 차를 차이(чай)라고 한다. 중국의 차가 유럽으로 보급되면서 차를 뜻하는 말들이 중국어에서 연유된 외래어로 사용된 결과로 보인다. 이는 영어에서도 마찬가지라고 생각되는데 영어의 티(tea)는 말레이어 떼(茶, teh)의 음역으로 생각된다. 혹간 thee로 쓰기도 하는 이 단어는 불어의 떼(thé)도 같은 어원이다. 중국에서 직접 건너간 '차' 계열의 어휘가 있고, 말레이시아를 거쳐 간 다(茶) 계열의 어휘가 있는 셈이다.

벽난로 앞에서 차를 마시다 보면 이런저런 생각이 넌출지어 떠오른다. 겨울밤 문을 걸어 잠그고, 페치카를 피워 추위를 몰아내며 바깥과 차단된 안온한 방 안에서 나누는 이야기는 예사롭지 않은 의미를 떠올리게 한다. 만일 그가 작가라면 이야기 상대가 없어서 혼자 보드카라도 한잔 하면서 서성이다가 문득 솟아나는 상상을 억제하지 못하고 인간 운명의 비참함을 다루는 소설을 구상하기도 하리라.

핸드폰으로 찍은 벽난로 사진을 아이들과 형제들에게 보내던 아내는 자기 방으로 건너갔다. 나는 이 짧은 시간을 이용하여 소설을 구상한다. 장작이 한 덩이밖에 안 남았다. 밖에서는 바람이 휘몰아간다. 가난한 사내 데드노스키는 아름다운 베즈젤리나를 사랑한다. 그런데 집안이 망하는 바람에 이 여인과 더불어 도시에서 살 수 없는 형편이 된다. 베즈젤리나와 함께 시골로 가고 싶다. 페치카 안에서 불꽃이 탁탁 소리를 내며 튄다. 밖에 눈이 내리는 모양이다. 마구간에 당나귀도 잠들지 못하고 마룻바닥을 발로 득득 긁는 소리가 들린다.

제목은 「페치카가 있는 방」 정도로 생각해 본다. 그리고 안톤 체홉의 「버찌 농장」과 백석의 「나와 나타샤와 흰 당나귀」를 함께 엮어서 아름다운 사랑 이야기를 만들어볼 생각을 한다. 나무가 타느라고 탁탁 튀던 소리도 잦아지고, 불꽃도 사그라들었다. 벽난로 쪽에서 훈훈한 온기가 물결져 오면서 눈이 감긴다. 밤이 깊은 모양이다. 소설 구상은 페치카의 온기와 함께 꿈속으로 가져가야 할 모양이다.

안경잽이 론(論)

안경이 내 몸의 일부가 된 지도 십년이 넘는다. 공부하는 사람치고 눈은 못 속인다는 이야기를 수태 들었다. 어느 나이가 되면 안력이 약해져서 안경을 써야만 잔글씨로 된 책을 볼 수 있다는 뜻이다. 이른바 노안이 오면 안경에 의존할 수밖에 없다는, 거부할 수 없는 현실이 닥친다는 것이었다. 나도 어쩔 수 없이 평균인이라는 걸 증명이라도 하듯 오십대에 노안이 와 안경을 쓰기 시작했다. 하릴없이 '안경잽이'가 되고 말았다.

나는 그나마 일상생활을 하는 데는 안경 없이 견딜 만하다. 그런데 이게 이따금 말썽을 빚는다. 안경이 몸에 착 붙는 게 아니라서, 초등학교 들어갔을 때 차고 다니던 콧수건처럼 어딘가 달고 다녀야 한다. 안경을 간수하는 일이 조련치를 않다. 기왕 내 몸의 일부인데 하면서, 집에 하나, 학교에 하나, 가방에 하나 그렇게 셋을 준비해서 안경 걱정을 잊고자 했다. 그런데 생각처럼 잘 간수가 되지를 않는다. 어떤 때는 안경 세 개가 집에 다 몰려 있어서 학교에 가서 절절매고, 내둥

챙긴다는 것이 빈 가방을 들고 나서는 바람에 정작 안경이 필요한 자리에서는 그야말로 오리무중에 암중모색을 해야 한다.

지금 생각해 보니 선친께서도 오십대에 안경을 썼던 게 떠오른다. 어른들한테 인사성이 밝아야 한다는 주문을 달고 다니던 양반이었다. 인사성이 하도 밝아서, 동네 노인들을 만나 인사를 할라치면 안경부터 벗는 것이었다. 모자를 벗고 인사하는 거야 그렇거니와 몸의 일부인 안경을 벗어야 하는지 이해가 가지를 않았다. 동네 노인들보다 이마가 더 훤하면 이마 가리고 인사를 해야 하나, 그런 생각이 들기도 했다.

그런데 개화기 풍속을 들여다보다가 선친의 탈경인사법(脫鏡人事法)의 연원을 짐작해 알 수 있었다. 그게 개화신사의 몸단장과 관련이 되는 것이었다. 개화기 신사들이 갖추어야 하는 외출 차림이 그런 것이었다. 양복을 입어야 하는 것은 물론, 머리에는 새로 들어온 양풍의 개화모(開化帽)를 쓰고, 개화장(開化杖)이라는 단장을 짚어야 하고, 그리고 끝으로 얼굴에는 개화경(開化鏡)을 쓰고 나서야, 개화신사 꼴이 잡히는 것이었다. 젊은 사람이 그렇게 치장을 하고 나섰다가, 동네 노인을 만나면 안경(개화경)을 쓴 채로 인사를 하기가 겸연쩍어 안경을 벗고 버릇없음을 모면하려 했던 것이, 선친 세대까지 영향을 미쳤던 모양이다.

나도 그 아버지의 그 아들이 아니랄까봐, 선글라스를 쓰고 밭에서 일을 하다가 동네 사람을 만나기라도 하면 선글라스를 정중히 벗고 인사를 한다. 우리 세대에는 이른바 라이방이라고 하던 레이반, 파일로트 안경이 멋을 돋궈주었다. 요즘처럼 선글라스가 다양한 형태와 색깔로 개발되어 나오지 않던 시절이라서, 인천상륙작전에 맥아더 장군이 썼던 그 선글라스가 모양을 내는 사치품으로 군림했던 것이다.

아무튼 어른 앞에서 겉멋이 든 젊은이로 비치는 게 껄끄름했던 것만은 틀림이 없다.

풍자작가답게, 채만식은 겉멋이 들어 거드럭거리는 인간을 그리는 데 수완이 놀라웠다. 그 가운데 "안경을 처억하니 잡숫고"라는 구절이 나온다. 안경을 잡숫고? 안경을 먹어? 고개를 갸웃거리다가, 옳거니 떠오르는 게 술꾼이었다. 먹고 마시는 행위를 표현하는 계열의 단어 가운데 "술을 한잔 걸친다"는 게 있다. 술을 거나하게 마시고 좀 건드렁거리는 작자의 행동을 일러서 하는 말이다. 그러니까 작가는 타동사 "마시다 = 걸치다 = 잡숫다" 하는 등식에다가 목적어로 먹을 수 없는(-edible) '안경'을 대입한 것이다. "안경을 처억하니 걸치고" 거들댄다는 뜻이다.

내가 제주도에 처음 갔던 것은 고등학교 수학여행 때였다. 촌놈들이 제주도, 그 해외를 간다니까 들떠서는, 너도나도 차릴 만큼은 차리고 나왔다. 그 가운데 옆반 반장을 하던 친구가 선글라스를 처억하니 걸치고 나왔다. 아니나 다를까, 체육선생이 손가락을 깨딱깨딱해서 불렀다.

"자아식이, 시건방지게, 뭐야 이게."

수학여행 마치고 돌아와서 돌려준다며, 그 건방터진 라이방은 체육선생에게 압수 보관되었다. 친구는 시불시불하면서 애를 삭이지 못해 등을 들썩거렸다. 제주의 첫날밤, 안경으로 인해 사단이 벌어졌다. 사제동행을 강조하던 학풍대로, 체육선생은 아랫목에 자리를 잡고 잠이 들었다. 여정이 고단했던지 술을 한잔 해서 그랬던지 코를 골면서 잠에 떨어졌다.

"야들아, 저 쌩차미 늦잠자게 해볼까?"

체육선생의 별명이 쌩차미였다. 어디서 구해온 것인지, 친구는 유성 매직을 손에 들고 있었다. 그는 용감하게도 체육선생의 안경알에다가 매직으로 까만 칠을 해 놓았다. 이윽고 체육선생이 머리맡을 더듬다가, 자기가 안경을 낀 채로 잤다는 것을 알아채고는, "몇 시나 됐는데 이렇게 어둬……, 이놈들도 다 자나?" 하면서 군시렁거렸다.

학생들은 하나같이 숨을 죽이고 상황이 어떻게 전개될지 가슴을 조이고 있었다. 그때 반장이 목청을 터억하니 낮춰서, "아직 밤중인데, 더 푹 주무세요." 그렇게 능청을 떨었다. 체육선생은 다시 코를 골며 잠에 빠져들었다. 학생들 편에서 긴장을 하기 시작했다. 잠이 깨 가지고 안경에다가 장난질한 걸 알면, 요절을 내겠다고 할 판이었다. 학생들이 슬금슬금 마당으로 나가기 시작했다. 여관 마당에서 석고대죄(席藁待罪) 채비를 하고 있었다.

드디어 체육선생이 문을 열고 마당으로 나왔다. 그런데 희한한 것은 멀쩡한 안경을 쓰고 있었다. 체육선생이 반장을 불렀다. 너는 죽었다, 그렇게들 긴장을 했다.

"네 라이방 돌려준다, 대신 내 안경이나 닦아 놓아라."

땅바닥에 머리를 찧으며 고두사죄(叩頭謝罪)를 해야 할 줄 알았던 반장은, 오히려 어이가 없어 쩔쩔맸다. 체육선생이 내미는 라이방을 받아드는 반장의 손이 덜덜 떨렸다.

"너희들 그런 장난 칠 줄 알고, 안경 하나 더 넣어왔지."

학생들은 후유 숨을 내쉬었다. 그리고 체육선생은 빙긋이 웃었다.

안경잽이 노릇 제대로 하려면 안경 하나쯤 더 준비하는 유념성이 있어야 할 듯하다.

생고기집과 추사(秋史)의 글씨

집을 어울리지 않게 치장한 경우, 이를 두고 "가게 다리 입춘"이라고 험담을 한다. 더 나아가 "개발에 주석 편자"라는 말도 있다. 성서에는 거룩한 것을 개에게 주지 말며, 진주를 돼지(porcos) 앞에 던지지 말라는 이야기도 나온다.(마태 7장) 어제 회식을 했던 생고기집이 이런 말들을 떠올리게 하는 데는 연유가 있다.

나이가 들면서 육식을 줄이고 채식으로 전환할 것을 권하는 이야기를 흔히 듣는다. 세간의 이야기가 맞는다는 생각을 하게 된다. 근래 실제로 고기맛이 그렇게 입에 당기지 않는다. 버릇대로 삼겹살에 소주 한잔 하는 식으로 고기를 먹기는 한다. 또는 복날 개를 못하는 나로서는 애들이 사주는 삼계탕 한 그릇이 보양식이 된다. 늙어서 근육이 다 빠져 나가면 몸이 허해지니 단백질을 적절히 섭취해야 한다는 권유까지 물리치면서 고기를 거절할 생각은 없다. 육고기에 대해서는 적절한 선에서 거리를 유지하며 지내는 편이다.

그런데 어제 젊은 사람들과 어울려 함께 대접을 받을 일이 있었다. 어느 생고기집이었다. 고기를 부위별로 인원수에 맞춰 시키고 조금 더 보충해서 먹었다. 막걸리를 곁들여 먹은 고기맛이 그런대로 괜찮았다. 물론 불판을 달구면서 쇠기름 덩어리를 올려 불판에 윤활성을 더하는 방식은 쇠기름냄새를 풍겨, 고기를 먹기도 전에 식욕을 짓무르게 하기는 했다. 조금 덜 구운 고기가 맛있다면서 앞접시에 집어놓아 주는 종업원에게 고맙다고는 하면서도, 접시 바닥에 벌겋게 번지는 피는 식욕을 꺾어 내렸다.

고기를 꼭 이렇게 먹어야 하나 하는 생각을 하면서 잠시 건너편을 멍하니 바라보았다. 문기둥 사이에 추사체로 쓴 주련이 몇 개 붙어 있는데 눈에 들어오는 게 있었다. 최고의 요리는 두부와 오이 생강나물이다 하는 구절이 그것이었다. 왈, 대팽두부과강채(大烹豆腐瓜薑菜)라는 것이었다. 전에 추사고택에서 이 주련을 보고 글을 쓴 적도 있고 해서 낯이 익었다. 거기 대를 이루는 구절이 고회부처여아손(高會夫妻兒女孫)이라는 것이다. 사람들이 모여서 어울리는 최고의 자리는 아내와 아이들과 손녀들이라는 것이다. 그런 주련을 써 붙인 집에서 지글지글 기름내를 피우며 고기를 굽고 있는 모양이 영 안 어울린다는 느낌이었다.

건배를 제의해서 술을 한잔 하고 다시 건너편 창을 바라보았다. 그런데 창틀 사이에 문기둥마다 붙여놓은 주련의 내용이 맥이 서지를 않는다. 글깨나 읽은 사람들은 자기가 읽고 있는 글에 맥이 서지 않을 때 당혹스러워한다. 얼마간 주의를 쏟아부어 맥을 세우려 해 보다가 영 맥이 안 잡히면, 때로 자신의 무식함을 한탄하기도 한다. 그런데 大烹豆腐瓜薑菜 앞에는 好古有時搜斷碣(호고유시수단갈)이라는 구절이 버티고 있다. 끝의 석 자는 간신히 독파가 된다. 옛것을 좋아해서 뭐를 못했다는 것 같은데 맥이 안 선다. 그 다음에는 石室文高兩漢風 (석실문고양한풍) 돌집, 석실에 문기가 높아 양한의 풍모가 있다는 뜻인 듯한데, 두부 과강채를 먹으면서 만족하는 소박한 삶 가운데 어찌한다는 뜻인지 종잡을 수가 없다.

추사의 대련을 순서를 잘못 잡아 건 것인가 하고 다시 살펴보니 그 것도 아니다. 書藝如孤松一枝(서예여고송일지)라는 구절은 작가 이문열의 「금시조」에 인용되기도 한 것이라서 익숙하다. 그런데 이어지는 구절이 또 혼란을 불러온다. 내 기억으로는 書藝如孤松一枝 다음에는 화법 이야기가 나오던 것인데 그게 아니다. 畵法有長江萬里(화법유장강만리)라고 이어지던 게 떠오르는데, 秋水文章不染塵(추수문장불염진)이라니. 그 문장 자체는 가을 물과 같은 싸늘한 감각의 문장이라야 세속의 먼지에 물들지 않는다는 뜻이다. 어찌 보면 어울릴 것 같기도 하고, 아닌 것 같기도 하다. 이런 어지러운 맥락 가운데 고기며 술이 그렇게 입에 척척 어울릴 까닭이 없다.

집에 돌아왔을 때는 감기가 덮쳐 콧물이 나오고 기침이 거우러진다. 대접받은 데 답배를 한다고 맥주집에 들렀는데 담배꾼들 사이에서 목이 잠길 지경으로 고통을 참으면서 앉아 있던 터라 옷에 배었던 담배냄새와 고기 기름냄새가 함께 어우러져 기침을 돋아내는 것이었다. 고기 대접을 받은 것이 속이 우글거리고 골치가 띵띵 아파왔다. 화식하는 인간이 죽은 후에 떨어진다는 무간지옥(無間地獄)의 공간을 헤집고 나온 것 같은 느낌이라면 과장일까. 대충 씻고 잠자리에 들었다. 결국 어지러운 꿈으로 잠을 설쳤다.

아침에 깨어 양치질을 하는데 아직까지 쇠기름냄새가 남아 있는 듯하다. 고기 좋아할 일이 아니라는 생각을 하면서, 어제 어지럽게 걸려 있던 주련을 찾아보았다. 마침 제주 추사박물관에 갔다가 사온 서첩이 있었다. 그러면 그렇지 주련의 한 구절씩을 잘라다가 순서없이 걸어놓았던 것이다. 하얗게 칠한 판자에 청남색으로, 그것도 추사체가 분명한 필체로 응숭깊은 내용이 전개되던 그 주련이 가게다리 입춘 격이라는 것을 비로소 알게 되었다. 공연히 호고(好古), 서예(書藝), 문장(文章) 그런 단어를 조합해서 뜻을 붙여보고는 그게 나의 문장론이라도 되는 듯 생각했던 것은 쑥스러운 일이었다.

추사가 본래 대련 형식으로 쓴 글은 다음과 같은 것이었다. 이런 대련을 툭툭 잘라다 마구 걸어놓았으니, 정연하게 뜻이 전달될 까닭이 없다. 혹자는 말할 것이다. 하나를 처들어주면 다른 하나는 스스로 알아서 떠올리고 뜻을 완성할 일이지, 순서 없이 걸었다는 것을 탓하는 짓은 당신의 지식이 짧은 데 대한 푸념이 아닌가 하고. 아무튼 아래 대련을 찾아보는 가운데 추사의 글씨를 다시 한 번 볼 기회를 얻은 셈이었다.

> 好古有時搜斷碣(호고유시수단갈)
> 研經婁日罷吟詩(연경누일파음시)
>
> 大烹豆腐瓜薑菜(대팽두부과강채)
> 高會夫妻兒女孫(고회부처아녀손)

石室文高兩漢風(석실문고양한풍)
珠林書妙三唐字(주림서묘삼당자)

書藝如孤松一枝(서예여고송일지)
畵法有長江萬里(화법유장강만리)

春風大雅能容物(춘풍대아능용물)
秋水文章不染塵(추수문장불염진)

　우리는 대대로 집의 벽에다가 그림을 그리기보다는 의미있는 문구
를 글로 써서 현액을 만들어 걸거나 기둥에 주련으로 붙여놓는 게 일
반이었다. 사찰의 벽에 그린 그림이라면 진리를 찾아 떠나서 진리를
찾는 과정을 그린 심우도(尋牛圖)를 떠올리게 한다. 사찰 안에는 물론
탱화(幀畵)가 걸려 있게 마련이다. 그러나 어둑신한 실내에서 탱화를
감상하기는 졸연치 않다. 절 기둥에 붙어 있는 주련들을 읽어보면서
절의 유래를 생각하고, 불도의 심도를 짚어보는 일이 절에 더욱 가깝
게 다가가도록 한다.

　아내가 아침에 전복죽을 쑤었다. 그걸 두부과강채(豆腐瓜薑菜)라 하
면 과장일시 분명하다. 그러나 감기로 열이 나고 잘 먹지 못하는 남편
에게 전복죽 만들어주는 아내가 대회(大會)의 첫 항목이 되는 까닭을
알 만하다. 전복죽을 먹으면서 추사가 유배생활을 했던 제주의 추사
박물관에 걸려 있던 현판이며 대련으로 되어 있던 글씨들을 떠올려
보았다. 결국 가게다리 입춘도 보기 따라서는 글감이 되기도 한다.

선연 또한 애증이라*

서울대학교 사범대학과 인연을 맺고 공부하고 가르치는 동안, 참으로 좋은 분들을 많이 만나 선연(善緣)을 쌓으며 살았습니다. 부지런히 학문을 하면서 문학적 창조 작업을 해온 은사를 만났고, 탁월한 감수성과 학문적 열정을 견지해 나가는 동료를 만났습니다. 내가 공부하는 영역을 발전적으로 이어가는, 이어갈 학생들을 만났습니다. 참으로 복된 일이 아닐 수 없고, 늘 고맙게 생각하고 있습니다.

내가 서울대학교 사범대학에 입학한 것은 1968년 3월이었습니다. 그해가 김신조 일당이 넘어왔던 해입니다. 교련이라는 게 생기고, 대학가는 데모로 들끓었습니다. 프랑스에서는 68학생혁명으로 지성인들의 목소리가 한참 높아지던 때였습니다. 국내외적으로 상황이 요동

• • • • •

* 2013년 2월 28일 서울대학교에서 정년식이 있었고, 사범대학 정년식은 3월 19일에 있었다. 이 글은 사범대학 정년식에서 인사말로 작성한 원고이다.

치던 소용돌이 가운데 대학생활이 시작된 것입니다.

나의 대학생활은 그야말로 아르바이트의 전성 시대였습니다. 하긴 사범대학 국어교육과를 선택한 것도 학비 부담이 적었기 때문이었습니다. 원고지와 볼펜으로 생애를 해결하겠다는 어설픈 도전이었습니다. 아르바이트와 함께 진행된 대학생활이었습니다. 중간에 군대를 다녀왔기 때문에 학부를 졸업하는 데 8년이 걸렸습니다. 용두동에 입학해서 관악에서 졸업했습니다.

석사 과정은 교직과 대학원을 병행하는 고단한 세월이었습니다. 변두리 신설학교와 공업고등학교에 근무하는 동안, 교육대학원에서 일반대학원으로 전환된 대학원에 다녔습니다. 공부를 제대로 할 수 있는 여건이 아니었습니다. 대학에서 못 읽은 책들이 또 뒤로 밀려 나가는 중에 외국어 공부 때문에 강의 없는 날은 외국어를 익히려고 학원을 다니기도 했습니다. 중고등학교 근무와 대학원 공부는 말하자면 교학의 연속이었습니다.

국어교육과에 박사 과정이 생기기 전이라 인문대 국문과 박사 과정에 진학한 것이 1982년이었습니다. 박사 과정에 입학하던 해 6월에 전북대학교 사범대학에 전임강사 발령을 받았습니다. 80년 광주 일로 해서 교수는 잘려 나가고 졸업정원제로 학생은 30%를 더 뽑았습니다. 그때 처음 서울대학교라는 기구의 힘을 실감했습니다. 석사학위만 있어도 서울대에서 공부했다고 대학에 임용을 해 주었던 것입니다. 박사 과정에서 배운 것을 대학에서 풀어먹고, 대학에서 가르친 내용을 대학원에서 반성하기도 했습니다. 중학교 때부터 시작해서 대학생활 내내 계속한 아르바이트 덕분에, 아무나 가르치려고 하는 버릇이 생겼습니다. 심지어는 자식과 마누라를 가르치려고 드니, 직업병일시 분명합니다.

서울대학교 사범대학 국어교육과에는 1995년에 오게 되었습니다. 당시는 내가 소설가로 등단해서 10년이 되어가는 무렵이라 소설이 제법 써진다 싶은 때였는데, 모교라는 것에 덜미가 잡혀 소설보다는 논문 쓰고, 남의 논문 보아주어야 하는 지식노동의 현장 서울대학교를 선택하게 되었습니다. 시집살이를 자청한 셈이지요. 시집살이 잘하려면 우선 어른 앞에서 고개 팍팍 숙이고 설설 기어야 하는데 그러질 못했습니다. 내 스스로 선배연하고 나서지 않겠다는 다짐이 그렇게 나타난 모양입니다만, 지금 생각하면 송구스럽기도 합니다.

사범대학을 나오고 사범대학에 근무하는 동안, 사범대학에 대해 애증(愛憎)이 교차했으나 결국 사범대학은 학문을 하면서 인간적 성숙을 기할 수 있는 소중한 삶의 영토가 되었습니다. 주로 공부하고 글 쓰는 과정에서 깨달은 바가 내 생애를 엮어갈 수 있는 힘이 되어 주었습니다.

내가 한 공부는 문학연구와 문학교육연구에 집중되어 왔습니다. 문학연구는 박사학위 논문이 채만식 소설의 언어미학과 연관된 주제였기 때문에, 언어적 존재로서의 인간에 대한 성찰을 자주 해야 했습니다. 인간이 운용하는 언어는 대화적으로 수행된다는 점은 내게 하나의 이념을 형성했습니다. 이야기판에서 혼자 나서서 설치는 이를 심히 꺼리는 까닭은 언어의 대화적 본질을 해치기 때문입니다. 특히 소설에서 그렇습니다만, 인간의 언어는 이질적인 언어가 다층적으로 조직된다는 특징이 있습니다. 언어의 복합성에 대한 이해는 인간의 다양성과 복합적 가능성에 대한 신뢰를 낳게 하였습니다. 이는 언어적으로 본 교육의 가능성이기도 합니다. 언어는 총체적인 에너지입니다. 이는 훔볼트의 언어관에 연계되는 사항이기도 합니다. 내가 발하는 언어는 내 생애에너지의 총량입니다.

문학교육연구는 1988년 은사 구인환 선생님과 동료 몇이서 공저로 낸『문학교육론』이후, 사범대학에 근무하는 문학 교수의 몫이라서 지속적으로 작업을 해 왔습니다. 문학교육을 모색하는 과정에서 깨달은 바는, 문학이 수행되는 양상의 상호성입니다. 작가는 작품을 생산하고 독자는 의미를 생산합니다. 작가와 독자는 서로 간에 견인하여 문화적 상승을 기하는 존재들입니다. 작가가 텍스트를 창출하는 주체라면 독자는 해석주체로서 작가의 의미 창출에 참여하게 됩니다. 작가가 대작을 쓰고, 위대성을 지니기 위해서는 독자의 수준 높은 해석능력이 뒷받침되어야 합니다. 포르노를 요구하는 독자들 사이에서는 '성의 철학'을 탐구하는 작품이 나올 수 없습니다. 독자가 문화주체라는 인식과, 독자는 잠재적 작가라는 인식은 문학 현상의 민주화를 도모하는 새로운 에피스테메입니다. 작가로서의 의무감과 독자로서 문화주체의 사명을 인식하는 일은 문학교육을 공부하는 이들의 자존감을 높여주는 작업입니다. 어쩌면 이 일은 사범대학 고유의 책무인지도 모릅니다.

내가 소설가로 등단한 것은 1986년입니다. 그 사이, 최근에 전해드린 『멜랑꼴리아』를 포함하여 단편집 4권, 장편소설 2편을 냈습니다. 그리고 금년에 중편집 하나를 내게 될 것 같습니다. 이러한 작업은 '창작교육론'에 대한 관심으로 전개되었습니다. 나로서는 소설을 쓰는 일이 문학연구를 실천하는 작업이기도 합니다. 이것도 널리 보면 교학상장(教學相長)의 논리에 닿아 있는 듯합니다. 일종의 해석학적 순환, 즉 잘 이해해야 믿음이 생기고 믿음이 깊어야 이해가 잘 된다는, 허메뉴티컬 서클(hermeneutical circle)에 연결되기 때문입니다. 소설을 써본 사람이 가르치는 소설론이 생의 감각에 더욱 핍절(逼切)하게 다가간다는 우직한 믿음일지도 모릅니다. 그런데 소설을 쓰면서 깨달은 것은 인간의 복합성과 다층성입니다. 그리고 어떤 사태든지 편견 없이 다중적 시각으로 바라보아야 한다는 점입니다. 허구적 상상력을 통해 우리는 현실적 층위 위에 혹은 옆에 다른 세계 하나를 마련하고 살게 됩니다. 우리들이 구성하는 세계는 허구적 상상력의 힘으로 팽창하게 됩니다. 이 허구세계를 작가는 자신을 위해 형상화하고 독자는 그 세계 안에서 자신의 세계를 팽창시켜 나갑니다.

정년 후에 모색하는 일이 몇 가지 있습니다. 하나는 소설 창작에 집중하여 향후 10년 동안 소설집 10권 정도를 내는 일입니다. 하루 한 페이지씩 쓰면 1년에 최소한 300페이지 한 권이야 안 되겠나, 그렇게 10년이면 10권, 그런 단순하고 우직한 계산을 하고 있습니다.

다른 하나는 3도4촌(三都四村)의 리듬으로 지내고자 하는 겁니다. 주초 사흘은 서울서 해찰하고, 주 후반 나흘은 농장에 가서 땅 파고 풀 매면서 지내려고 합니다. 이는 아내의 결재를 이미 받아놓은 사항입니다.

끝으로, 이런 자리에서 공개를 해 놓아야 스스로 약속을 지킬 수 있을 듯해서 드리는 말씀인데, 서울대학교 의과대학에 시신을 기증하려고 합니다. 아직 가족들과 교섭을 하는 중입니다. 나는 단호한데 아내가 아직은 고개를 갸웃합니다.

내가 사범대학에서 맺은 아름다운 인연은 모두 여러 동료 교수님들과 교직원 여러분들이 만들어주신 겁니다. 이번에 정년하는 우리 네 사람이 생각나면, '교학의 세월'을 펼쳐 보시고, 또 내정에 자라는 매화 몇 그루가 있는데 그걸 쳐다보시기 바랍니다. 전에 정해무자생 몇이 모여 한담을 하다가 네 사람이 발의해서 심은 매화입니다. 또 제가 생각나면 어떻게 하지요? 교수회관 올라가는 왼편 언덕에 잘 자라고 있는 백송 세 그루가 있습니다.* 여러분들이 모아주신 저의 회갑기념 축의금으로 사서 심은 나무들이니, 그 나무를 쳐다보며 절 기억해 주시면 고맙겠습니다.

여러 교수님들의 왕성한 학운을 빌며, 교직원 여러분들의 건강과 행운을 빕니다. 대단히 고맙습니다.

● ● ● ● ●
* 이 백송 세 그루는 공사 때문에, 12동 앞 화단에 두 그루, 교육정보관 현관에 한 그루가 옮겨 심어졌다.

지나고 보니 보이는 꽃

인쇄 2013년 11월 1일 | 발행 2013년 11월 7일

지은이 · 최병우 · 정병헌 · 박인기 · 우한용
펴낸이 · 한봉숙
펴낸곳 · 푸른사상사
주간 · 맹문재 | 편집 · 지순이 | 교정 · 김재호, 김소영

등록   제2-2876호
주소   서울시 중구 충무로 29(초동) 아시아미디어타워 502호
대표전화   02) 2268-8706~7   팩시밀리 02) 2268-8708
이메일   prun21c@hanmail.net
홈페이지   www.prun21c.com

ⓒ 최병우 · 정병헌 · 박인기 · 우한용, 2013

ISBN 979-11-308-0035-6 03810
 값 15,000원